文訊叢刊⑬
〈近代學人風範〉第一輯

知識分子的良心

——連橫、嚴復、張季鸞

文訊雜誌社　編

《序》尋找知識報國的典範

祝基瀅

人類文化的發展，一方面是庶民大衆爲了基本的生存與生活所形成的經驗與智慧之累積，另一方面是羣體當中擁有知識者不斷繼承與創新所造成的，後者尤其重要，因爲他能夠將一般經驗系統化成知識，進而使之被當做學習或批判的對象，去加以修正、轉化，或重新創造，使整個文化傳統永遠健康豐碩、活力充沛。然後使人類的生存空間更加寬闊、多元，使生活更加充實、愉快。

當然，這還必須有一個前提，那就是這些擁有知識者能將其知識之力量向上向善去發揮，換句話說，他們要能以道德結合知識，胸中常懷人羣結構的良性發展，否則知識也可能被誤用、濫用，而爲害社會。

從這方面來看，所謂擁有知識者的「知識人」（或「知識分子」）的質與量之狀況，就可以說是檢驗文化發展的指標了。也確實是這樣，在各知識領域的研究，無論如何都必須以「人」作爲討論的核心，否則可能就會落入玄虛的論辯。這就是爲什麼當代對於所謂「知識分子」的討論會那麼熱烈，而且可以說沒有間斷過，尤其是對於晚淸以降中國的知識分子之研究，幾乎可以視爲一門顯學，就記憶所及，下面這些成書頗具代表性：「中國知識分子與西方」（汪一駒著，梅寅生譯）、「轉型期的知識分子」（馬彬著）、「知識分子與中國」（周陽山編）、「知識分子與台灣發展」（中國論壇編委會編）、「女性知識分子與台灣發展」（同上）等，其他有關中國近代思想史、文學史的研究，或者是有關傳統與西化的激盪之課題，大部分都環繞著知識分子的思想和行爲去開展系統研究。

熟悉中國近代史的人都知道，在晚清這麼一個「三千年未有之變局」中，救亡圖存的重責大任落在先進的知識分子身上，他們在對於中國文化的檢討、西方思潮的引進、新制度的探討以及國體的大辯論上，貢獻良多。他們奔走呼號、糾合同志，希望能力挽狂瀾，拯救民族於危急存亡之際的精神，令人欽佩。民國肇建以後的國情雖有所不同，但有良心的知識分子之所用心，亦彰彰在人耳目。他們所追求的無非是「國富民强」，因爲民族的危機並沒有解除，人民的苦難日愈加深。

如今，國家發展又面臨另一個關鍵時刻，知識報國，不但是知識分子的責任，也是社會大衆的殷切期許，這也讓我們想起從晚清（尤其是甲午之戰）到民國的這一時代中，究竟形塑了多少知識分子的典範？是否有重新試探的必要？由於時代的接近，環境也頗有類似之處，如果典型已在夙昔，在風簷展書讀之際，是否可以找出一些典範以爲借鏡，進而尋思我輩在當前的情勢中一些應行可行之道。

這就是我們爲什麼籌畫這一系列「近代學人風範研討會」的主要原因。選用「學人」這個名詞以代「知識分子」，主要是感到它有一種親和性和尊重感。至於選擇那些學人以爲研討對象，這是一個仁智互見的問題。我們一方面考慮學人是否有其明顯的特性，譬如說，嚴復在西方社會科學方面的翻譯，連橫撰述台灣通史，張季鸞的報業成就，蔡元培在教育和學術行政上的卓越表現等，同時其人格嶔崎磊落，足堪後人表率。另外，我們也考慮到各位學人所代表之學術或專業領域，以及社會人士所感到興趣之課題。

面對每一位學人，主要是了解其生平，清理其學術表現及其涉及公衆事務之成就，分別約請專家撰述論文，安排特約討論人，希望透過公開的學術論辯，探觸思想的核心，以供今後國家發展的借鏡，我們歡迎同好參與討論，集思廣益，必能對尋找典範，實踐知識報國有所貢獻。

從民國七十九年七月起，我們每月舉行一次研討，每次以一位學人爲對象，計畫進行一年。本書是前三次的結集，呈現在國人面前，旨在提供進一步討論的基礎，盼望能引起知識界及社會大衆更廣泛的注意。

目錄

張季鸞：報人典範

連橫：立足台灣的見證人

雅堂溫文樂天，處異族統治之下，雖未武力相抗，卻致力保存鄉邦文化，發奮創爲「台灣通史」、「台灣語典」，以今日眼光衡之，仍爲不世之作，其苦心孤詣，值得稱誦。

從文人到國士

——對連雅堂先生的觀察

■蔡相煇

一、前言

連橫，字武公，號雅堂（雅棠），又號劍花，福建省台灣府台灣縣寧南坊馬兵營（今台南市中區）人，生於清光緒四年（西元一八七八），卒於民國二十五年（一九三六），享年五十九。其一生經歷清朝統治、乙未割台、日人竊據；並卒於祖國大陸，經歷時變之劇急，罕見其匹。所接受的教育，爲中國古代之科擧制式教育，長大後卻淪爲異族日本國民，人生追求之目標與前途頓失依倚，實人情之所難堪。成家後，就業於日人所辦報社，言論依違取捨，更費思量。處此衰亂之世，立身行事，倍加艱難。雅堂處其間，卻堅苦自勵，網羅中外史料，創爲「台灣通史」，以明台灣非日本人之台灣，復從語言學上探索台灣文化之根源，撰成「台灣語典」，呼籲各界提倡外，更直指「台灣之語，出自漳泉，而漳泉之語，傳自中國。」「高深優雅，有非庸俗之所能知；且有出於周秦之際，又非今日儒者之所能明。」其苦心孤詣，非知其世，實不足以論其人。

台灣光復後，雅堂生平事蹟，遂爲學界所重，爲文考述其生平、表彰其志節、闡發其思想者不乏其人，較著者有楊雲萍、吳相湘、毛一波、李雲漢、曾迺碩等先生，鄭喜夫先生更以數年心力，編撰「連雅堂先生年譜」行世。雅堂先生生前事蹟，除文獻不足徵者外，略已大白於世。本文參酌相關史料，就家庭背景、求學與師友、職業與志業、思想與著述等方面來觀察連雅堂先生，掛一漏萬，尚祈方家指正。

二、文化氣息濃厚的家庭背景

雅堂先世爲福建省漳州府龍溪縣人，其六世祖「興位」，於清康熙中葉移居台灣縣寧南坊。「寧南坊」是明鄭時代開闢爲居商賈之街衢，也是清代台灣最繁榮之鬧區，連氏所居「馬兵營」，雖非最要區，若無貲力，也無能相宅於此，故可推斷雅堂先世，非商則賈。數傳之間，家業也迭有興落。

清道光、咸豐年間，西力東漸，雅堂祖父長瑞乘時奮起，家業漸興，除自有園圃之外，並於府城坊橋頭開一「芳蘭號」煙舖，收入頗豐。雅堂父得政，克紹箕裘，光大家業，置產頗多；且以家貲富饒，凡天災、兵燹、恤孤、救貧、助學等慈善及公益事業，常一擲千金，毫無吝色。以此，交遊十分廣闊。光緒十九年（一八九三），福建台灣採訪「孝友」，連得政以「孝友端人，事蹟確鑿」，被列狀上聞。巡撫邵友濂並爲題請旌表。

連得政雖非科場出身，也雅好讀書，對子弟教育十分重視，如光緒十五年（一八八九）購得學人吳尚霑之別墅「吳園」，即以爲子侄讀書處，平居復常對雅堂等講述春秋戰國書、三國演義等忠義故事，家中充滿文學氣息。光緒十八年（一八九二），雅堂仲兄德裕、從兄重家同入台灣縣學爲生員，士大夫過往者衆，連氏亦竭誠款待。謂連氏於光緒年間已晉身士紳階層，應不爲過。

光緒二十三年（一八九七），年二十，與沈鴻傑先生長女少雲完婚，少雲時年二十四。鴻傑少習海，貿易日本及東南亞，復與英、德商合作，採辦洋貨分售南北，而以台貨外銷西洋。嗣又爲紐西蘭海上保險代理店，後又經營樟腦煉製，外銷額每年達數萬擔，獲利數十萬金，爲當時豪商之一。雅堂婚後即寓夫人家，與夫人弟伯齡年相若，交甚篤，平居無事，偶亦走馬章台，「幾度相攜入醉鄉，酒籌歌板少年場」「章台走馬柳絲長，慘綠年華竟擅場」，即為此一階段生活之寫照。

雅堂兄弟五人，然其三兄、五弟早殤，故實為季子，倍受父母疼愛，幼時即恆隨侍父親往遊各地，長大亦不必為家計操心，故其性情溫文浪漫，剛毅果斷稍有不足。他日主持「台南新報」漢文部時，為開「赤城花榜」，遴選十美；於「赤城花榜」冠軍李蓮卿病歿，為賦七言絕句十首，集成「悼蓮集」一帙；民國十九年（一九三〇）日人欲在台灣推行「鴉片漸禁」政策，與台民主張「全面禁絕」相牴觸，雅堂復不能堅拒日人之請求，撰「台灣鴉片特許問題」欲為疏導，此皆雅堂個性文弱所致，而其個性則十足由家庭背景塑造而成。

三、求學與師友

民國以前之教育體系，係針對政府科舉用人而設，地方政府雖有縣學、府學之設置，但其層次已高，能入學者，多已讀畢四書一經，能賦詩論文。入學後，也多在詩文切磋致力，且其名額甚少，故學校之實質作用是在培養地區性新一代社會領導階層，讓他們得以參加科舉考試，進入管理國家政治之官僚體系而已，其性質與今日之國民教育迥然不同。因而擇師就傅，即為讀書人最重要之事。

雅堂第一位老師為魏一經，魏氏台灣縣人，為宿儒，及門多俊逸之士，如其高足陳省三早在同治十三年（一八七三）即已高中進士。如此名師，似不必日為八歲小童親授入門科目，而僅於拜師破筆時，親為耳提面命一番而已。實際為雅堂啓蒙師者，似為其姊夫鄭夢蘭（鄭氏事蹟不詳）。至十三歲，雅堂又就傅於觀音亭街，但雅堂亦未曾提及師事何人，似乎雅堂受到老師影響不大。

推斷雅堂學問之根源，似來自父兄之教育。雅堂謂：「先君好讀春秋、戰國書及三國演義，所言多古忠義事，故余得之家教者甚大。」（過故居記）而其日後發奮撰「台灣通史」，更係彼十三歲之年，父得政購「台灣府志」授之，並告以「汝爲台灣人，不可不知台灣事」所得之啓發。雅堂十五歲之年，其仲兄德裕（長雅堂六歲）、從兄重家同考入縣學爲生員，是兩人學問皆已有根柢，而雅堂十二歲至十八歲，皆從二兄攻讀，其所得應不亞於外出就傅。

此外，雅堂於光緒二十三年（一八九七），曾赴上海，入聖約翰大學攻俄文，然未幾，即奉母命歸台。此後即未曾再接受正式教育。因而論連雅堂之學問，仍以傳統科舉舊學爲主，即以三字經、幼學瓊林、朱熹注本小學、四書、四史、五經中之一經爲其根基。

雅堂交遊甚廣，而交稱莫逆，或爲道義交者，則有沈伯齡、林輅存、林朝崧、梁啓超、胡南溟、張溥泉等人。

沈伯齡爲雅堂夫人長弟，長雅堂二歲。雅堂婚後即寓居夫人家，故與伯齡交至篤。沈家家業龐大，伯齡復奮發，有與友人合設台灣實業社之計劃，故酬酢頗多，爲秦樓章台之嬌客。雅堂常與相攜入醉鄉，遂遍識花國名妓，旋於台南新報開「赤城花榜」，遴選十美，即以此而來。惜伯齡於光緒二十六年（一九〇〇）以二十五英年病卒。苟伯齡長壽，家業不衰，雅堂日後生活不陷窮困，其理想與抱負，或更得推展。

林輅存字景商，原籍福建安溪。其祖在台經營茶、樟腦、金礦等業，遂寄籍台灣淡水。輅存生長於台，至乙未割台，乃返原籍安溪，與雅堂爲總角交。光緒二十八年（一九〇二）八月，雅堂至福州應是年補行庚子、辛丑恩、正併科經濟特科鄉試。試畢，雅堂滯留廈門，主鷺江報筆政，與輅存（時寓鼓浪嶼）常相往來。輅存早薦經濟特科，嘗上書言變法，光緒帝嘉納之，以郎中用，充總理各國事務衙門英國股章京。戊戌政變，避居日本東京，旋歸國，改道員，簽發江蘇，改調廣東，復爲福建諮議局議員、資政院補缺議員等，民國成立後，仍被選爲國會議員。連雅堂之民族意識及維新思想，皆受其啓迪。光緒三十二年（一九〇六）雅堂有留別林景商七絕四首，其一云：「舉杯看劍快論文，旗鼓相當共策勳。如此江山如此恨，不堪回首北遙雲。」其四云：「合羣作氣挽洪鈞，保種興王起劫塵。我輩頭顱原不惜，共磨熱刀事維新。」雅堂不啻已由慘綠少年成爲爲憂時憂國之士。而致之者，輅存之功也。

林朝崧，字俊堂，號癡仙，台中霧峯人，台灣縣廩生，文名宿著，爲台中文壇祭酒，曾與其侄資修、賴紹堯等倡結詩社「櫟社」於霧峯。林朝崧與連雅堂係由文字訂交，光緒三十二年（一九〇六）朝崧贈雅堂七律二首，云：「伊川被髮久爲戎，望絕英雄草莽中，革命空談華盛頓，招魂難起鄭成功。霸才無主誰青眼，詩卷哀時有變風；擊碎唾壺歌堂哭，知君應不爲途窮。」「才華縱橫策治安，江湖淪落一儒冠；神交數載憑文字，晤語移時吐膽肝。熱血少年消耗易，頹風故國挽回難；願君好繼龍門史，藏向名山後代看。」朝崧對雅堂才華之推許與期望之高，由此可見。光緒三十三年（一九〇七）以後數年，雅堂任林家「合春號」秘書，移居台中，與林朝崧、林獻堂等交往甚密。朝崧嘗謂雅堂：「吾輩論交當爲生死之友，次爲道義之友，次爲文字之友，最下乃勢力爾。」（雅堂文集卷二林癡仙哀辭）。其交友，必推心置腹，故深爲友朋愛戴。是年冬，雅堂與櫟社成員筆戰旬日，即賴朝崧調停。宣統二年（一九〇九）春，雅堂並應朝崧邀，入盟櫟社。惜朝崧於民國四年（一九一五）以四十一壯年病逝，雅堂少一能愛護他，幫他調和各界之友，與櫟社盟友往來漸疏。民國十九年（一九三〇）雅堂於台灣日日新報漢文版發表「台灣鴉片特許問題」一文，贊同日人鴉片漸禁政策，輿論大嘩。櫟社成員則藉故將雅堂除名，終不全朋友之義也。

梁啓超字卓如，號任公，廣東新會人，世代書香，父、祖皆有功名，十七歲中廣東省舉人第八名，後師事康有爲。光緒二十年後與康力倡維新，維新失敗後復主保皇，與 國父孫中山先生領導之革命運動相雄長。當清社未屋，台灣士子亟盼祖國能奮發圖强，並將希望寄託於康、梁身上。宣統三年（一九一一）二月，梁啓超與長女令嫻、湯叡，應林獻堂之邀來台訪問，約半月之久。雅堂時爲林家秘書，陪與酬酢十餘日，啓超並書中堂兩幅贈之，其一云：「明知此是傷心地，亦到維舟首重回；十七年中多少事，春颿樓下晚濤哀。」啓超來，與會諸人十分振奮，對台灣未來紛紛問計。啓超輒勉諸人「勿以文人終身」，即當效法范仲淹「先天下之憂而憂，後天下之樂而樂」之襟懷，不可以詩酒吟唱爲已足。雅堂次年之有大陸行，致力保存文獻，著「台灣語典」保存宗邦文化，受梁氏啓迪者不少。

胡南溟，名殿鵬，字子程，以字行，台灣縣人，前清廩生，長雅堂十二歲，爲日據時期台灣三大詩人之一。南溟與雅堂訂交，約在光緒二十八年（一九〇二），是年南溟入「台南新報社」任記者，與雅堂共事，交相契。光緒三十一年（一九〇五）雅堂攜眷赴廈門，與蔡佩香等人創辦「福建日日新聞」，自任主筆。旋以筆政繁劇，遂挽南溟赴廈佐之，至次年該報結束乃止，兩人之交愈篤。後南溟返台，任「全台報」記者，雅堂則重主台南新報社漢文部。其後雅堂移居台中，遠遊大陸、定居台北，交不少衰。因雅堂詩文確爲當時之佼佼者，爲全台之所厚望。但雅堂任事之單位，非日人經營之報社，即與日本官方關係密切之台商，故種種作爲，難免多所瞻顧，如民國五年（一九一六）日本台灣總督安東貞美令各廳設筵張樂款待長壽者，雅堂爲賦「慶養老典」五律一首歌之；又民國七年（一九一八）「台灣通史」稿成，雅堂分請「台灣日日新報」主筆日人尾崎秀眞、「台南新報」主筆日人西崎順太郎爲其撰序，民國九年（一九二〇）更請日本台灣總督田健治郎、前任總督明石元二郎、台灣銀行頭取（董事長）等爲書題詞；總督府總務長官下村宏等爲書撰序；又民國十二年（一九二三）日本皇儲裕仁來台，台北當局令各界組武陣、藝閣遊行至其旅邸以供觀覽。雅堂用吳鳳故事，以「通事成仁」爲題爲林本源家作詩藝閣；用辜婦媽故事，以「節婦訓子」爲題爲辜顯榮作詩藝閣。雅堂此類行徑，看在至友胡南溟眼裡，眞不勝痛惜。民國十三年（一九二四）雅堂將其十年來所爲詩，集爲「寧南詩草」，函請南溟爲之作序，南溟遲遲不肯動筆，至次年四月，始復書云：「前書索序，遲遲未發，以兄多年交誼，又屬社友，未可突唐西施，弟之苦衷，難以道及。」（台灣詩薈第十八號）及發爲序文，果對雅堂頗多諷勸，云：「寧南爲台灣首善之區，三百年詩文充汗……近代卓越如連子，旗鼓騷壇，著作如林，其亦可謂三百年文獻中之秀者歟！然而海桑身世，爲時屈、爲地屈、爲名與利屈，則其人品、文品、詩品亦爲一變，有心文獻者無不爲連子惜，並爲寧南人惜也……」（寧南詩草序）不久，南溟復致書雅堂，指陳學者病因，云：「聖學式微，半由史學；漢書以儒林、文苑分途，而文章無實學，大失文行四教之本旨……聖學微茫，學者病焉。」（台灣詩薈第二十一號）南溟直、諒、多聞，可謂爲雅堂益友。

張繼，字溥泉，河北滄縣人，爲革命黨之健者。十八歲赴日留學，十九歲入早稻田專門學校習政治經濟，曾與秦力山、下田歌子等組織「興亞會」，主張中日兩國同時革命，具有世界性之政治眼光，對台灣狀況，極為注意。民國十年（一九二一）「台灣通史」刊行，雅堂以民國三年曾於北京向章炳麟多所請益，遂呈贈一部。張繼於炳麟處見是書，歎為極有價值，屢欲得一部，置之座右，藉以懷先民，景慕鴻範。民國十三年（一九二四）初，雅堂創刊「台灣詩薈」，寄贈張繼一份。張繼收後，除函謝外，並索閱「台灣通史」，雅堂旋再贈張氏「台灣通史」一部，並請將「大陸詩草」一册轉陳章太炎。太炎閱後，謂：「此英雄有懷抱之士也，異日當為之作台灣通史序。」（台灣詩薈第五號）故張繼與雅堂，純為道義之交、文字之交。但張繼對雅堂之回報，則遠超出任何人。民國十九年雅堂為台灣日日新報撰「台灣鴉片特許問題」一文後，各界壓力紛至。次年，雅堂毅然命獨子震東投奔張繼，參與宗邦建設。張繼對此請託，亦絕無一語推辭。此後連震東追隨張繼，由北平而西安、而重慶，達十五年之久。台灣光復後，連震東迭膺重寄，復參贊決策，溯其根源，實為張繼啓之。

綜觀雅堂一生，交友不可謂不多，年輕時，往來多科名中人。亦曾醉心維新與保皇，大陸之遊以後乃漸有與革命黨人往來，但似未加人同盟會等革命團體，返臺後則間週旋於日人、御用紳士之間，而為諸友不諒。雅堂亦不加辯解，蓋處異族之下，行事不易，苟無出賣同胞之心，事情終有大白之日也。

四、職業與志業

職業為謀生之資，可無分貴賤高低，志業則為人生理想，兩者常無法合而為一。雅堂生長在衰亂之清季，否則憑其資質、才華，應可在科舉中獵得功名，優游度過一生。

雅堂幼攻學業，但命運弄人。十八歲之年，清廷割臺，無端變成異國之民，於心靈上之打擊，應爲不小，幸清廷未視臺民爲化外，使雅堂在二十五歲之年得一償宿願參加是年福建省學辦之科學。結果雅堂落第，也死了在場屋追求功名之心。

雅堂第一個從事的行業是新聞業。光緒二十五年五月，日人在臺南創辦「臺澎日報」，即延聘雅堂入該報社任漢文部主筆；次年「臺澎日報」與「新聞臺灣」合併，改組爲「臺南新報」，仍由雅堂任主筆，至光緒二十八年赴福州應舉時離職，次年十月，再回臺任原職。

光緒三十一年（一九〇五）日俄戰爭發生，雅堂憤清政不修，攜眷赴廈門，與臺南新報同僚蔡佩香等合創「福建日日新報」，並邀友人胡南溟往助，亟思有所作爲，然在無强力財力支援下，報社頗不易維持。五月，外舅沈鴻傑逝世，雅堂回臺爲經理喪事，至八月始畢。次年，報社即有財務不支現象，南洋方面派李竹癡至廈，商改組爲中國同盟會機關報，但卒未成，雅堂不得已結束報務歸臺，復爲臺南新報社主筆。至光緒三十四年（一九〇八）春夏間，移家臺中，轉入「臺灣新聞社」漢文部，並兼霧峯林家所營商號秘書，至民國元年（一九一二）遠遊大陸止。民國四年（一九一五）雅堂返臺，復入臺南新報社，並致力撰寫臺灣通史。

民國八年（一九一九），雅堂應華南銀行發起人林熊徵聘，爲處理與南洋華僑股東往返文牘之秘書，舉家移居大稻埕。民國十五年（一九二六）春，雅堂攜眷內渡，居杭州西湖，至次年春，北伐軍興，江南擾攘，乃重返臺北，並與黃潘萬合夥，於今延平北路經營「雅堂書局」，所售文具、圖書，全採購自大陸之著名書局，對日文書籍及日製文具，一概不賣。初時業績尚可，久則每況愈下，且無好轉之可能，二年後不得已停止營業。民國二十年（一九三一）春，雅堂再返臺南，旋應臺南新報社社長之邀，入主該報詩壇，日與詩友酬唱，至二十二年返大陸定居乃止。

雅堂一生任職，除漫遊大陸之數年及自營雅堂書局之兩年外，絕大部份時間均任職於日人所辦之臺南新報。臺南新報對雅堂也似最厚，隨時歡迎雅堂，然揣其用心，仍為統治者攏絡士紳之策而已，乃終攜眷返國，免為異族利用。

雅堂在日本統治者之下任職，但仍未喪失其理想，即：撰著臺灣通史，讓臺灣人知道臺灣事；蒐集遺逸書籍、文物，保存鄉邦文獻；風揚詩學，以維民族精神於不墜；這三件事情，對日人欲同化臺灣都有延宕作用。

光緒三十三年，雅堂在臺南新報發表「臺灣詩界革新論」，反對非詩之「擊缽吟」，引起臺中臺灣新聞記者陳瑚之氣憤，著論相駁，雙方筆仗十餘日，卒賴林朝崧出面調停。雅堂日後語及此事，曾為詩云：「廿紀風潮翻地軸，千秋事業任天民；劫殘國粹相謀保，尼父春秋痛獲麟。」即指明提倡詩學是為日據下之臺灣保全舊文化。

民國十三年，雅堂創刊「臺灣詩薈」，亦云：「臺灣詩學，於今為盛，文運之延，賴此一線……且彝倫攸斁，漢學式微，教育未成，民德猶薄，徬徨歧路，昧其指歸，差之毫釐，謬以千里，此又士大夫之恥也……臺灣文運之衰頹，藉是而起，此則不佞之幟也。」（臺灣詩薈發刊序）此亦證明雅堂思想前後是一致的，他並親結「浪吟詩社」、加盟「櫟社」、改創「南社」；擔任「桃園吟社」、大甲「蘅吟社」、宜蘭「登瀛吟社」盟員創刊詩報顧問；於文化協會台北支會講解詩學淵源等，對臺灣詩學之勃興有其卓越貢獻。

對於臺灣歷史文物的保存維護，雅堂也不遺餘力。日人據台後，逐步在各地推行都市更新計劃，相對的，也拆掉許多深具意義的名蹟，雅堂遇有此類情形，必盡力維護。宣統元年（一九〇九），臺南市區改建，將竹子街、武館街、帽子街、十三舖、大井頭街等拓寬，改為一大馬路，議塡大

井。時雅堂在臺中任職，聞訊，即於臺南新報著論，力言此井為臺灣史蹟，應為保存。井因得以不

毀。

民國五年（一九一六）十二月，臺南第一公學校擴建，將毀法華寺北之「閒散石虎墓」，泥水匠某以告，雅堂聞訊，即率門人往視，斷定墓主為明鄭遺民，乃請於官，命工移其碣於法華寺之後園。又著論鼓吹，勸人對吉金貞石，皆宜加保存。其用心確為良苦。

對蒐集臺灣各時期文獻，雅堂十分用心。民國十三年雅堂創刊「臺灣詩薈」，即自謂：「不佞之刊詩薈，厥有二義，一以振興現代之文學，一以保存舊時之遺書。」（臺灣詩薈第五號，詩薈餘墨。）雅堂也果不食言，民國十三年，蒐得清初夏琳所撰「閩海紀要」，以清代官書記述明鄭史事多誣衊之辭，此書為明鄭實錄，延平精忠大義、東都之經營擘劃可藉之流傳天壤，因之狂喜不已，立為整理梓行。十四年，復藉詩薈向各界徵求遺書，並編竣「臺灣叢刊」三十八種，其要者有：黃宗羲，賜姓始末；鄭亦鄒，鄭成功傳；季麒光，臺灣雜記；郁永河，番境補遺；吳振臣，臺灣偶記；沈光文，沈斯庵詩抄；黃琡璥，台海使槎錄等，不少為焚餘之書，其於維護臺灣文獻之功，於日據時期不作第二人想。

綜觀雅堂一生，其職業與志業恰似火車之兩軌，永無交點，人或不能自處，雅堂則甘之如飴，並自解其人生觀云：「余嘗見古今詩人，大都侘傺無聊，淒涼身世，一不得志則悲憤塡膺，窮愁抑鬱，自殘其身，至於短折，余甚哀之。顧余則不然，禍患之來，靜以鎮之；橫逆之施，柔以報之，

而眷懷家國，憑弔河山，雖多迴腸盪氣之辭，不作道困言貧之語，故十年中未嘗有憂，未嘗有病。豈天之獨厚於余？蓋余之能全於天也。」（寧南詩草自序）

五、思想與著述

雅堂一生思想，隨著時代巨輪不斷的轉變。弱冠之年，也對政治充滿憧憬。光緒二十三年雅堂赴內地，其友應祥和題別詩中云：「懷才眞可師韓范，得志無難佐武周。」，「問君何事客他鄉，答爲功名去桑梓。」即充分顯示少年連雅堂，鑑於清室積弱，外患頻仍，想師法韓錡、范仲淹開幕府以禦西夏之雄心壯志。也因爲雅堂對積弱的清廷，仍充滿幻想，所以五年後，他不惜花費金錢，赴廈門捐監，並赴福州參加是年的鄉試。

鄉試落第後，雅堂滯留廈門，主鷺江報筆政，並日與林輅存往來。林輅存曾上書言變法，爲光緒帝嘉納，是爲維新份子，雅堂受其影響，此後數年，多傾向維新與保皇。光緒三十二年，其留別林景商詩云：「舉杯看劍快論文，旗鼓相當共策勳，如此江山如此恨，不堪回首北遙雲。」「合羣作氣挽洪鈞，保種興王起劫塵；我輩頭顱原不惜，其磨熱刀事維新。」其豪情壯志　錯落著力點，否則必可與少年汪兆銘的「飲刀成一快，不負少年頭」相媲美。

雅堂的保皇思想，一直維持到宣統三年梁啓超來臺時仍未變。啓超曾書中堂贈雅堂，其一云：「明知此是傷心地，亦到維舟首重回；十七年中多少事，春颿樓下晚濤哀」落款云：「辛亥春遊臺過馬關之作，寫似，劍花當同茲懷抱。」

清朝固曾統治臺灣二百年，但就種族意識論，卻爲僭竊明朝正朔之外來統治者，對漢人也未眞有大恩大德，其統治基礎一旦崩潰，漢人皆不願再爲效力。民國宣告成立，雅堂思想爲之丕變，並以祭告延平王鄭成功，其詞有：「滿人猾夏，禹域淪亡，落日荒濤，笑望天末……春秋之義，九世猶仇，楚國之殘，三戶可復。今者虜酋去位，南北共和，天命維新，發皇踵厲，維王有靈，其左右之！」（雅堂文集卷二，告延平郡王文）等語。

思想之轉變，雅堂將之化爲具體的行爲。民國元年六月，雅堂大陸之遊，住於上海華僑聯合會。一夕飲於勾闌，同座皆革命黨人，競行酒拳，其猜枚名詞多以封建官職爲代號。有人强雅堂猜之，雅堂正色告之曰：「諸公以革命大義，覆異旗，創共和，廓清瑕穢矣，乃猶習舊時之枚猜，以一品、五魁聒余耳，余厭聞也。且此而不改，積惡長存，是仍驅一世之人心於利祿之途，其爲害豈勝言哉？」衆問然則如何而後可，則曰：「改之，改之而合於民主之制度。今以一品之統一。」衆曰善。曰：「其次爲兩院，爲三權。」衆曰：「尤善，是共和國之神經也。」曰：「曰四民，士、農、工、商，國之本也。曰五族，國之所以成也。曰六法，法治之根源也。曰七曜，曰八星，世界之大同也。曰九鼎，今之武功章也，以武勵民，軍國之主義也。」衆曰：「至矣美矣，十爲如何？」曰：「共和。以統一開其始，以共和收其終，豈非圓滿之國乎？」（大陸遊記卷一）

中國北伐統一以後，雅堂思想更明顯傾向國父孫中山先生的三民主義，認爲三民主義已爲新中國建設之大經。民國十八年（一九二九）元旦，雅堂在「臺灣民報」第二百四十一號撰「思想統一論」，詳爲解析，云：「遜清之季，政亂民窮，外患內憂，危亡日至，有識之士羣呼救國，或唱保皇，或謀立憲，而孫中山、黃克强、章太炎之流獨主革命，以爲根本。中山又創造三民主義，號召黨徒，乘時而起，迭遭失敗，志不少衰。——中山知革命之事，非僅可恃國民黨也，當爲全民運動，於是設學會、刊書報、事講演，極力宣傳三民主義，而農而士而商而兵，莫不深明其理，前呼後應，億兆一心。洎乎北伐告成，障礙已棄，而三民主義遂為新中國建設之大經。此則思想統一之效也。中山雖死，精神尚存，三民主義之運用進行，當有蓬蓬勃勃之氣象矣！」

民國二十年，雅堂命其獨子震東至大陸投奔張繼，雅堂在致張繼函中云：「今者南北統一，偃武修文，黨國前途，發揚蹈厲，屬在下風，能不欣慰！兒子震東畢業東京慶應大學經濟科，現在臺灣從事報務。弟以宗邦建設，新政施行，命赴首都，投奔門下……弟僅此子，雅不欲其永居異域，長為化外之人，是以託諸左右。昔子胥在吳，寄子齊國，魯連蹈海，義不帝秦；況以軒黃之華胄，而為他族之賤奴，泣血椎心，其何能恝？」（民國六十二年二月六日，青年戰士報）為了不讓自己子孫再當異族之賤奴，不僅把自己理想寄託在統一、奮發、前景光明的大陸祖國，並命自己獨子去參與祖國之建設，此實為雅堂思想經過數十年淬礪之結論。

雅堂之著述甚多，其生前引為自豪，死後也為各界重視者，自是「臺灣通史」。是書始於隋大業元年（六〇五）終於清光緒二十一年，上下凡一千二百九十年，其體例略仿司馬遷史記，分別為記四：開闢、建國、經營、獨立。志二十四：疆域、職官、戶役、田賦、度支、典禮、教育、刑法、軍備、外交、撫墾、城池、關徵、榷賣、郵傳、糧運、鄉治、宗教、風俗、藝文、商務、工藝、農業、虞衡。列傳八：列傳一為為顏思齊、鄭芝龍及明鄭開闢台灣文武勳臣；列傳二為清代武將施琅及抗清人物吳球、劉卻、朱一貴等傳；列傳三為王世傑、吳鳳等清代開拓人物及抗清人物林爽文、平定林爽文事件的清將福康安、楊廷理等人傳；列傳四為清中葉海寇列傳及平定海寇之王得祿等人傳；列傳五為同治、光緒年間抗清、平定事件相關人物戴潮春、林文察、沈葆禎、劉銘傳等人傳；列傳六則爲循吏、流寓、鄉賢、文苑；列傳七爲孝義、勇士、貨殖、列女；列傳八爲臺灣民主國之邱逢甲、唐景崧、劉永福等人傳。並有「延平郡王世系表」等一百零一表散在各志中。

此書之以「通史」爲名，是因內容上溯自秦漢有史之始，下迄乙未割臺，已涵蓋全部臺灣歷史時期。雅堂復認爲國以民爲本，無民不足以立國，但前人作史，多詳禮、樂、兵、刑，而於民生之豐嗇、民德之隆汚，每置缺如，故內容多重鄉治以下之民事。

「臺灣通史」梓行以後，民間迭有批評者，或謂此書乏考證功夫；以老史家的眼光，以老法子編成；敍述涉外關係往往誤謬。（漢人，臺灣革命史，自敍）然若從雅堂所處時代背景論，亦未可厚非。誠如雅堂所言：「斷簡殘編，蒐羅匪易，郭公夏五，疑信相參，則徵文難；老成凋謝，莫可諮詢，巷議街譚，事多不實，則考獻難。重以改隸之際，兵馬倥傯，檔案俱失，私家收拾，半付祝融，則欲取金匱石室之書，以成風雨名山之業，而有所不可。」（臺灣通史自序）在如此困難情況下，雅堂效司馬遷，北遊大陸，入清史館蒐集史料，乃得成此巨帙，其任事之態度與宏偉之氣魄，較古之史學名家，亦毫無遜色。至於撰寫過程中，所需面對的日本統治者所施之各種有形、無形壓力，更非局外人所能瞭解矣！

於「臺灣通史」印行七十年後之今日來觀此書，雖未可說是完美之作，但仍爲研究近代臺灣史不可不參考之作，即雅堂有此著述已可不朽矣！

雅堂第二部於民族文化有重大貢獻之著作爲「臺灣語典」。民國十八年底，雅堂鑑於臺人在日本强勢統治之下，逐漸不用臺語，臺語日就消滅，故警覺到必須早日整理，以保存民族精神於不墜。乃於臺灣民報撰文，云：「今之學童，七歲受書，天眞未漓，咿唔初誦，而鄉校已禁其臺語矣。

今之青年，負笈東土，期求學問，十載勤勞，而歸來已忘其臺語矣。今之搢紳上士，乃至里胥小吏，遨遊官府，附勢趨權，趾高氣揚，自命時彥，而交際之間已不屑復語臺語矣……余以僇民，躬逢此阨，既見臺語之日就消滅，不得不起而整理，一以保存，一謀發達……苟從此而整齊之、演繹之，發揚之，民族精神賴以不墜。」（民國十八年十二月一日，臺灣民報第二百八十九號，臺語整理之責任）如此公然批評統治當局、批評搢紳、批評新銳知識青年，完全是爲了保存自己的母語、保存自己本土的文化，這種情操是令人敬佩的。

從民國十八年底至二十二年初，雅堂編臺灣語典至第四卷，即攜眷返回大陸，返國後雖仍致力臺語研究，旋以肝病，於民國二十五年逝世，書遂未全帙。「臺灣語典」四卷，其卷一，釋單詞，凡四百餘詞，釋明出處，註記讀音及語音，且舉例以明其用法。卷二以下釋複詞，共七百餘詞，逐一解釋，兼明出處及讀音。觀此書內容，雅堂整理臺語已有相當可觀之成績，其保存臺灣文化及民族精神之作用與貢獻，絕不下於撰述「臺灣通史」。可惜雅堂離開臺灣後，中日關係日趨繃緊，無人敢公然挺身宣揚，遂使此書淹沒不彰，十分可惜。

除上述兩部專著外，雅堂尚輯錄明清二代有關臺灣詩作爲「臺灣詩乘」，其餘論述散見報刊，後被輯印成專書者，有「臺南古蹟志」、「劍花室詩集」（含大陸詩草、寧南詩草、劍花室外集三部分）、「雅言」、「雅堂文集」等，論著之豐，實遠超前此之臺籍賢者。

六、結語

欲探索人物與事變之關係，連雅堂確爲最佳對象之一，彼所處之時代，爲中西文化衝突最烈的時代，幼時接受科學教育，長大面對著泛濫的西洋文明，他不斷加以吸收，又化爲言論，指導其同胞，可謂能與時俱進。所處之政治環境，其複雜性更不可言，生於清朝，弱冠即遭亡國之痛，淪於日人統治，旋以文化使命感，遠遊大陸，瞭解祖國河山之壯麗與文明之偉大。及北伐告成，全國統一，雅堂即知孫中山先生之三民主義必爲中華民族之大經大本，迺不願子孫再爲異族之賤奴，先命學有專精之獨子返國參與宗邦建設，再舉家終老首丘。

雅堂溫文樂天，處異族統治下，雖未武力相抗，卻致力保存鄉邦文化，發奮創爲「臺灣通史」、「臺灣語典」，以今日眼光衡之，仍爲不世之作，其苦心孤詣，仍直稱誦。

綜而言之，連雅堂生於富厚之家，身處衰亂之世，在異族統治之下，致力民族文化之保存，其人實已由傳統文人，而爲一鄉之士，終爲一國之士，亦足以不朽矣！

（本文作者現任文化大學史學系副教授）

■編輯部

綜合討論

時　　間：七十九年七月廿一日上午九時
地　　點：台北市復興南路一段「文苑」
主　　席：楊雲萍（台大教授）
論文撰述：蔡相輝（黨史會委員）
特約討論：林衡道（台灣史專家）
　　　　　李雲漢（黨史會副主任）
　　　　　鄭喜夫（省文獻會委員）
　　　　　王啓宗（師大教授）
列　　席：祝基瀅（文工會主任）
　　　　　鄭貞銘（文工會副主任）

文工會主任祝基瀅先生致詞：

「知識份子」的質與量之狀況，可以說是檢驗文化發展的指標。那麼，知識份子的標準為何？從晚清到民國之間，究竟形塑了多少知識份子的典範？這些都值得深究。

人類文化的發展，一方面是大衆為了基本的生存與生活所形成的經驗與智慧的累積；另一方面，則是羣體中有知識者不斷繼承與創新所造成的。在各知識領域的研究中，大抵都是以「人」為討論的核心，尤其對晚清以來中國知識份子的研究，幾乎可視為一門顯學，其主要原因在於晚清這個「三千年未有之變局」中，救亡圖存的重任就落在知識份子身上，他們對文化的檢討、西方思潮的引進、新制度的探討等皆有顯著的貢獻。如今國家發展又面臨另一個關鍵時刻，知識報國，不但是知識份子的責任，也是社會大衆的殷切期許。

有鑑於此，文工會特舉辦系列「近代學人風範研討會」，希望促使學術界本其智慧、道德、良心，發揮近代學人治學與為人的風範。對於研討的每位學人，主要是了解其生平，清理其學術表現及所涉及公衆事務之成就，希望透過公開的學術論辯，以供今後國家發展做借鑑。

主席致詞：

我與連雅堂先生結緣，是在民國十三年，當時台灣新舊文學的論戰正熱烈地展開著。主張新文學運動的健將張我軍先生在報章上為文，大力抨擊舊文學的代表連雅堂先生。而連雅堂先生也全力反擊，並指出，提倡新文學者不過是坎井之蛙。那時我年僅十八歲，就讀於台北第一中等學校（今建國中學前身），對新文學十分嚮往，並以「士林雲萍生」的筆名，在報章上發表了幾篇白話文作品，支持張我軍先生的新文學運動。

後來，我在「人人雜誌」上發表了一篇「無題錄」，主要是批評雅堂先生的「餘墨」一文。由於年少，雖然深覺得雅堂先生的古詩寫得很好，卻仍然和他唱反調，尤其他主張詩應有韻，而我卻堅稱詩未必要有韻。

對於我種種作對的行爲，雅堂先生卻不以爲忤，甚至在多年以後，我輾轉得知，他曾告訴其子震東，當年許多文人中，只有我有資格批評舊文學，因爲我懂得舊文學。

至於雅堂先生著述「台灣通史」一書，以他當時家境之窘困，卻費時十年日夜筆耕，完成此書。想到他撰述時的艱鉅，以及身心的疲累，而書付梓後卻未遭文壇重視，不禁令人有「文人自古皆寂寞」的慨歎。

雅堂先生於民國廿五年病逝上海，當時台灣新聞界卻只在「台灣日日新報」上刊登一則很小的訊息。以雅堂先生撰述「台灣通史」，致力於台灣文獻古物的保存，居功厥偉，然而死後卻未得應享之哀榮，令人深感不平。民國七十四年，國立編譯館重新發行雅堂先生的「台灣通史」，邀請我寫篇序言，刊於卷首。於是，在文章中，我便指出，雅堂先生是歷史家，是詩人，更是愛民族的志士，尤其他斥力撰著「台灣通史」，雖然該書尚有可議論之處，但是回顧他在日人統治下，力作此書，以謀求台灣史料的保留，其心意及貢獻都是值得後人崇敬與尊重。

論文發表（略）

特約討論

林衡道：

連雅堂先生是日本人統治台灣五十一年中，台灣文化界的第一人，這是大家都肯定的。而他主要的著作「台灣通史」，體裁取法司馬遷的史記，因此，也可以說是中國舊史學中最成功的一位。

不過，今天我卻要針對「台灣通史」，提出一些問題供大家討論、參考。基本上，「台灣通史」是部很周全而且十分客觀的史書，但是，仔細研究，卻可以發現，書中有許多地方是雅堂先生爲了表達對日本人的不滿，而故意歪曲史實來强調自己的主張。比方說，台灣各地都蓋有「王爺廟」，所謂「王爺」，指的是瘟神，早於荷蘭人統治台灣期間已存在。而連雅堂卻故意將「王爺」解釋爲抗清名將鄭成功；其次，台南開山宮乃是明末創建的保生大帝廟，而他卻改稱該廟是隋代的古廟；此外，台南馬公廟內所供奉的是漳州人信仰的「馬舍公」，連雅堂則故意將「馬公」解釋爲鄭成功的部下「馬信」……。諸如此類的寫法，連雅堂先生的用意乃在於喚醒人們的愛國意識，只可惜許多年輕人在研讀「台灣通史」時卻不能體會雅堂先生的用心良苦。

此外，連雅堂先生在台灣居住了數十年，交遊甚衆，其中不乏上層的社會人士，對於這些人的詳細資料，希望後學者能將之考證出來。

最後，我想提出來的是，雅堂先生在世時，足跡遍及全台灣，當然我們不能把每個他行經過的地方都列爲古蹟，但是有幾處較重要的地方，卻應該立碑列爲古蹟，以供後人紀念：一是雅堂先生誕生的地方，位於台南市兵馬營，即以前的市政府後面；二是台中縣霧峯鄉林家萊園，此乃昔日雅堂先生作詩的地方；三是連雅堂先生衆多寓所中較具特色者，位處今迪化街南京西路口，俗稱啞寮；四是台北縣泰山鄉的連雅堂墓。

連雅堂先生的著作中，除了「台灣通史」、「台灣語典」，還有「台灣詩乘」，這也是我較喜愛者，但是此書卻有許多人看不懂，並非文字問題，而是許多舊地名未經考證、註釋，致使閱讀者不容易了解。因此，也期望蔡相煇先生，或有心致學者，能加以註解，裨益後人對連雅堂先生的著作能有更深一層的了解。

李雲漢：

我並不是研究連雅堂先生的專家，但是對連先生為人十分景仰。加以我多年以來鑽研於中國革命史，而雅堂先生與革命有些關係，因此十年前，我曾寫過一篇有關雅堂先生與中國革命的論文。就我對雅堂先生的粗淺了解，有幾點看法：一、連雅堂不但是位學者，同時也是革命志士；二、他是愛國詩人，更是民族史學家；三、他雖沒有實際參加孫中山先生的革命，但卻是其忠實的信徒；四、他可以說是一位民族主義者的前驅。

現在，我想針對蔡相煇先生的論文，提出兩點補充性的意見：一是有關連雅堂先生的思想改變。連雅堂先生是位有原則的讀書人，有自己的看法和立場，因此，倘若他眞如蔡相煇先生所言，思想有所改變，則必然有其改變的立場與原則。時代、環境變了，他的某些主張也變了，那是為了適應時代環境，而做適度修正，並不表示其思想本質上有任何變異。

其次，蔡先生的文章中提到連雅堂先生對梁啓超十分崇敬，並且深受其影響。我的看法則是，雅堂先生是位固守原則的人，對於梁任公的行事，他認為對的便十分贊同，認為有悖於時代潮流者，則予以强烈批評，因此，梁任公對連雅堂先生的影響應當不似蔡先生所說的那樣深厚。

民國二十年九一八事變爆發，當時大家都明白中日戰爭定將來臨，而以中國此時國勢的衰弱，戰局必不樂觀，因此許多人都不願意回到大陸。然而，連雅堂先生卻於此時返回大陸並計畫定居下來。直到民國二十五年他臨終前，才說明當時他認爲中日戰爭勢所難免，而此次戰役即是光復台灣的最佳時機，所以他要回國參加中國抗日戰爭，希望能親眼看到台灣的光復。有關此等資料希望蔡先生能多加蒐集，使論文更充實、完美。

最後，我認爲我們今天開這討論會，並非僅僅寫寫文章發表出來就結束了。紀念連雅堂先生最重要的是要把他的精神、思想、志節弘揚出來，使他的志節後繼有人。目前年輕一代較不瞭解中華民族的歷史，以及當時大陸來台同胞開墾台灣胼手胝足的辛苦，所以，我們尤應在此方面克盡心力，使民族精神得以傳達下去，相信這也是當年連雅堂先生所殷殷切盼者。

鄭喜夫：

我僅就「台灣通史」提出三點意見：第一點是關於此書的體裁，即篇目的問題。光緒三十三年，在陳少白先生奉　國父之命於香港創辦的中國日報中，曾刊載一篇有關吳彭年的文章，吳彭年是位抗日先烈，而這篇文章的作者雖未署名。實際上，此文即爲「台灣通史」吳彭年傳的初稿，光緒三十四年，雅堂先生搬到台中，並正式開始撰寫台灣通史。當時他把所撰埔里社志編列爲台灣通史地理志的第十篇，此於手稿上有記載，連雅堂先生初期擬訂的篇目，與今日所見刊本的目錄卻出入甚大。他原擬的篇目爲：地理志、種族志、沿革志、政治志、軍備志、財賦志、教育志、文學志、禮俗志、交通志、產業志、外交志、民變志、番務志、人物志等十五志，範圍十分龐大，亦足見他對台灣府志的熟稔。

連雅堂先生撰寫台灣通史的目的，是想補正台灣府志之缺失，所以初期所擬的篇目卻與一般方志的篇目十分接近。於是，幾經修訂，首先將地理志改爲疆域志，並把前述的埔里志刪除，又將產業志改異爲物產志（定稿時又改爲虞衡志）、農業志、工藝志、権賣志。至於他把接近方志體裁的篇目改爲接近國史體裁的篇目，其眞正目的是否在於不希望在日本人統治下，「矮化」自己，所以要刻意强調台灣的地位？我想這一點似可做進一步的探討。

第二點，關於台灣通史的斷代問題。此書斷代終於日人入據台灣的淸光緒二十一年。此種作法，是否因爲他有意將日本人侵台以前，台灣政治、軍備、社會、文教等方面的樣貌保存下來，裨供後人尋根？此點亦有待研究。個人以爲極有可能是這樣。

此外，有關他想要寫續編一事，在前面所提後來被棄置的「埔里社志」稿的論贊之末有云：「若夫改革之後，事變之多，則俟之後篇。」可知他開始撰著通史時即已有寫續編之意，後來他致書徐炳昶曾說：「欲撰就（通史）續編，記載乙未以來三十餘年之事，昭示國人，藉資殷鑑。而索居臺灣，文網周密，不無投鼠忌器之感。歸國之後，倘得一安硯之地，從事修纂，必有可觀。」不過這續編終究未能寫出來。試想以雅堂先生這樣民族思想濃厚的愛國史學家，如何撰寫日據時期的台灣通史？就算眞的寫了，能否付梓，恐怕亦成問題。

王啓宗：

我個人在師大擔任台灣史的課程，對台灣的資料多所涉獵，而於幾年前應中國歷史學會之邀，於年會時寫篇當代史學家的簡介，這篇文章的主角即爲連雅堂先生，連先生對台灣實有多方面的貢獻：一是編撰台灣通史；二是在語言方面，著述「台灣語典」；三是將台灣歷史上的詩人按時間先後排列，編成「台灣詩乘」，並著有「劍花室詩集」；四、他是位熱心台灣歷史文化的教育者，例如當年台灣文化協會舉辦文化講座時，他應邀擔任台灣通史的講座。

在連雅堂先生的著作與講授中都有著一貫的精神，即是民族精神。雅堂先生並未親炙近代的史學教育，亦不知道近代的種種史觀，但是其著作中卻充溢著民族史觀，其胸襟之大實在令人敬佩。

在蔡相煇先生的論文中，曾屢次提到雅堂先生的軟弱態度，我想最主要的原因應是他身受時代動亂的影響。此外，大家應該都感到納悶：爲何日本人竟允許這本充滿民族色彩的「台灣通史」發行呢？由於此書發行的時間正值第一次世界大戰結束，民族主義浪潮高漲，因而此書得以發行，是有其時代意義的，應當不可忽視。

剛剛王教授曾提到應將連先生的精神加以發揚，此點我十分贊成。過去我們一直把台灣研究視爲一種忌諱，一談到台灣就好像有分離意識，因此一般人都不太願意從事台灣的研究和台灣史的傳授。楊雲萍先生可以說是台灣光復以來承續雅堂先生對台灣歷史教育工作的第一人，直到晚近才陸續有人效尤。而中央黨部及救國團也自民國五十九年起，請林衡道先生和宋時選先生等人聯合舉辦台灣史蹟源流研究會。透過二十年來活動的舉辦，台灣研究逐漸蔚爲風氣，在學術界也成爲顯學，可說是他們的倡導之功。

另外値得一提的是，我們與會者對台灣、大陸間這條血緣關係都有極深切的體會，但卻只是在會中討論，不夠積極。政府常說「立足台灣，胸懷大陸，放眼天下」，連雅堂實是具有此等胸襟者，而如今我們卻仍侷限於立足台灣上。實在須加强台灣研究，透過本土的研究，凝聚大家的向心力。更希望能秉持雅堂先生的民族熱忱，加强本土教育，使下一代對傳統文化、家國都能擁有民族意識和使命感。

結論

鄭貞銘：

在會議之前，祝主任已明白地說明，展開此系列研討會主要是有感於時下功利現實主義的盛行。從教育的觀點來看，學術的倡導是十分重要的，因此，爲年輕人闡釋近代學人的生平事蹟、思想行爲，作爲其學習的楷模，是此系列會議的眞義。至於如何將會議上所討論的內容，化文字爲行動，除了政府的推動外，尤須社會國人的共識和努力。

（高惠琳記錄整理）

〈附錄〉

愛國保種爲己任的連雅堂

■林文月

婆娑之洋中有美麗之島，然而這個美麗之島的臺灣，在歷史上卻是一個動盪多事的地方：先是荷人啓之，鄭人作之，淸代營之；後割讓於日本，其後光復；今則爲反共之基地。時局的變化，刺激且蘊育了各方人才的產生，尤其近百餘年來，文武俊彥輩出，未嘗不可謂時勢造英雄的結果。於此濟濟多士之中，連雅堂先生無疑是一位極重要傑出而令人永難忘懷的人物。

雅堂先生的七世先祖興位公，因爲痛明室之亡，決計隱遯，於淸聖祖康熙年間，渡海來臺，卜居於臺南的寧南坊馬兵營。興位公選擇馬兵營爲家園，並不是偶然的，因爲這個地方正是明末延平郡王鄭成功抗淸的駐軍故址；連氏以此爲居址，正表明了恥仕二姓的初衷。興位公臨終之際，並遺命家人及子孫後代，凡族人死亡治喪，必以明服殮葬。自此以後，連氏世代奉爲家規，迄於民國，皆遵行不誤。

雅堂先生先天即稟承了這樣的忠君愛國血統。他誕生於光緒四年（一八七八），卒於民國二十五年（一九三六）。在個人的生命史裡，他自始至終是一位書生，卻是一位熱心愛國的書生。說得具體一點，連雅堂先生雖以鉅著「臺灣通史」垂名於世，但是他也是一位報人，一位文學家；而無論從哪一個角度來看，貫穿他一生言行的，都根源於一個堅定而崇高的理想——愛國保種。下面就分別從這三個方向來看他爲人處世的言行風範。

司馬遷著作「史記」，一方面是受其父司馬談的勉勵，另一方面則是受後來遭李陵之禍，幽於縲紲的刺激發憤；連雅堂先生撰寫「臺灣通史」，也可說是遠近兩個原因促成的。

雅堂先生的父親得政公，雖以經商爲業，但他頗喜讀左傳戰國策及三國演義等史書，家居閒談，也每以古之忠義事曉諭諸兒，所以雅堂先生對歷史的重視與喜好，可謂得自家教者甚大。在他十六歲的時候，得政公以兩金購得余文儀「續修臺灣府志」，便以此書授之，而告以：「汝爲臺灣人，不可不知臺灣事。」雅堂先生如獲至寶，細心覽閱，終覺其書疏略，年少的心中，已有來日發誓述作，以補其缺之志。在「臺灣通史」孝義列傳序文中，雅堂先生曾追述其事，並云：「今吾書將成，先君音容如在其上，乃以學殖淺陋，不能追識十一，以告我後人，是橫之罪也夫。」太史公著史，固是不辱先父之命；而雅堂先生作「臺灣通史」，亦可告慰得政公在天之靈矣！

光緒二十一年（一八九五），對於雅堂先生而言，是國仇家恨永不可忘的一年。這一年，清廷因甲午之戰敗於日本，簽下馬關條約，中有一條，將臺灣割讓與日本。滿清政府的腐敗，卻禍殃於臺灣居民，雖然臺灣人士在「無天可賴，無人肯援」的絕境之下，組織「臺灣民主國」以圖自救，然而孤掌難鳴，簡陋的兵備，不堪日方的堅甲利砲，義軍雖奮勇作戰，仍不免於節節敗退。得政公盱衡時局，遂興「事難爲」之歎，憂思成疾，一夕，無疾而終。當時雅堂先生年僅十八歲。

得政公既歿，其店舖「芳蘭號」已歇業，而「臺灣民主國」的餘軍，由劉永福率領，借住於連氏的馬兵營，雅堂先生奉諱家居，手寫少陵全集，學詩以述家國淒涼之感，另一方面，他又於兵馬倥偬，四郊多警之際，蒐集「臺灣民主國」的文告及其他種種資料：大自獨立宣言及往返電文，小至於當時通行之郵票，都仔細收藏。其所以如此，並非出於一時好奇，更非爲了排遣無聊，乃是有更深遠的目的；這些苦心的蒐集，都成爲日後撰寫「臺灣通史」時寶貴的第一手資料。

未幾，「臺灣民主國」因主持人潰散無餘而不得不告終。從組成到終了，爲時僅數月，但這個夭折的組織，卻意味著偉大的民族精神。從此之後，天旋日轉，臺灣遂淪陷於日人掌中。

雖然，雅堂先生撰寫「臺灣通史」是十三年以後的事情，但誠如縲紲之憤，激發太史公著「史記」；淪陷之恨，實在是促使雅堂先生寫史的一個深大原因。雅堂先生在「臺灣通史序」中說：

夫史者，民族之精神，而人羣之龜鑑也；代之盛衰、俗之文野、政之得失、物之盈虛，均於是乎在。故凡文化之國，未有不重其史者也。古人有言曰：「國可滅，而史不可滅」。是以郢書、燕說猶存其名，晉乘、楚杌語多可採。然則臺灣無史，豈非臺人之痛歟？

從光緒三十四年（一九〇八）三十一歲時始撰，到民國七年（一九一八）四十歲時完成，這部史書在斷斷續續中著述，費時幾達十年。十年來的獨自修史，慘澹經營，箇中甘苦，非筆墨所能形容。雅堂先生自己在通史序中也說：

修史固難，修臺之史更難，以今日而修之尤難。何也？斷簡殘編，蒐羅匪易，郭公夏五，疑信相參，則徵文難；老成凋謝，莫可諮詢，巷議街譚，事多不實，則考獻難。重以改隸之際，兵馬倥傯，檔案損失，私家收拾，半付祝融，則欲取金匱石室之書，以成風雨名山之業，而有所不可。然及今為之，尚非甚難。若再經十年、二十年而後修之，則真有難為者。是臺灣三百年來之史，將無以昭示後人，又豈非今日我輩之罪乎？

當時臺灣淪陷於日本已十七年，雖民國初建，新景象可展望，然而鄉土光復之期仍未可預知。雅堂先生所憂慮者，毋寧為：倘若中國人自己不修臺灣之史，而後日此工作竟落入日本人手中，則是非曲直之尺度不可逆料！所以他修「臺灣通史」，實在是出於一種使命感，也可謂爲天職。

章太炎先生在民國十六年爲通史寫序，提到：「鄭氏繫於明；明繫於中國，則臺灣者實中國所建置。其後屬清、屬日本，視之若等夷。臺灣無德於清，而漢族不可忘也。余始至臺灣，求所謂遺民舊德者，千萬不可得一二。今觀雅堂之有作，庶幾其人歟？」這一段話正說明了連氏自興位公以來不服夷的傳統家規；同時也可爲雅堂先生所信仰的「國可滅而史不可滅」論，做一個註腳。

雅堂先生著作「臺灣通史」，肇始於三十一歲之時，其實，他的筆耕工作在十年之前就已經開始。光緒二十五年（一八九九），「臺南新報」的前身「臺澎日報」在臺南創刊。雅堂先生在該報創刊之初即入爲漢文部主筆，當時只有二十二歲的他，將滿腔熱血發爲縱橫的議論，日日伸紙吮毫，致力於漢文的寫作，以維護祖國文字，使不致於在異族統治之下墜落。

他也一度在廈門與志同道合的臺籍人士創辦「福建日日新聞」。當時正值國父領導國民革命的初期，雅堂先生雖爲棄地遺民，但由於他對清廷有格外深痛的憤恨，故而贊成革命，一隻犀利的筆桿，總是充滿激烈的排滿論調。這一份報紙雖由私人籌資而成，卻因透過熱心人士的介紹，不久便暢銷南洋一帶，普受華僑社會的歡迎和愛讀。腐敗的清政府使中國的國勢日下，革命的思潮正在海外澎湃，「福建日日新聞」肆不忌憚的言論，正是海外許多人士的心聲。南洋的中國同盟會人士閱報後大喜，特從新加坡派人來聯絡，希望把這個報紙改爲中國同盟會的機關報。

然而，此時「福建日日新聞」已因立論激烈而受官方注意；雅堂先生更是清廷所注意的核心人物，他的身邊危機四伏。有一回，正在理髮，清吏暗派人來準備逮捕，幸有人通風報信，他顧不得頭髮才理了一半，便匆匆走避，才免於危險。後來，清廷又派人想暗殺雅堂先生於赴報社途中，也由於先獲消息而得避過。不過，清廷終於向駐廈門日本領事館抗議，而用高壓手段强行封閉了報社。雅堂先生只得回到臺南，重入「臺南新報」，再度主持漢文部，臨去，他有四首「留別林景商」詩，其末首如下；

合羣作氣挽洪鈞，保種興王起劫塵。我輩頭顱原不惜，共磨熱力事維新。

憂國憂民之情，溢乎字裡行間，血脈賁張，熱血男兒之氣概，躍然紙上。返臺後，林朝崧先生有「贈連雅堂」七律二首：

伊川被髮久為我，望絕英雄草莽中。革命空談華盛頓，招魂難起鄭成功。
霸才無主誰青眼，詩卷哀時有變風。擊碎唾壺歌當哭，知君應不為途窮。

才華縱橫策治安，江湖淪落一儒冠。神交數載憑文字，晤語移時吐膽肝。
熱血少年消耗易，頹風故國挽回難。願君好繼龍門史，藏向名山後代看。

離革命成功尚有一段距離，而臺灣與大陸雖僅一水之隔，當時卻漢夷有別。林朝崧先生知道雅堂先生蒐集資料有年，將著「臺灣通史」，所以才作此二詩以爲勸勉；而提筆著史，實爲三年以後之事。

提筆撰史雖在光緒三十四年（一九〇八），不過，這一年秋天，雅堂先生忽有東瀛之遊，居住在神戶，爲時僅一月。這件事顯得頗神秘不可解。當時，中國之革命正在緊鑼密鼓的狀況下，海外華僑社會尤其籌備熱烈，而從雅堂先生後來在「大陸遊記」中的文字推敲，可能是一次相當重大的任務在身。賴紹堯先生有詩爲此次暫別餞行，題爲「送雅堂遊京濱」，亦可想像一斑：

元瑜才調自翩翩，書劍飄零十五年。歷劫嘆丁陽百六，壯懷初試水三千。
秋風匹馬神山路，落日孤舟瘴海煙。此去訪求燕趙士，莫因徐福便求仙。

賴紹堯先生是雅堂先生的文章知己，或者對此行任務有所了解。（詳見拙著「青山青史」）

越三年而武昌起義，革命成功。雅堂先生內心之欣慰，自不待言。翌年，乃有大陸之遊，途經神戶，並作短駐，主編華僑聯合會發行之「華僑雜誌」。

此次大陸之遊，費時三年。正逢民國初建，悲歌慷慨之士，雲合霧起，雅堂先生與豪傑名士相晋接，抵掌談天下事，又縱筆爲文，論時政得失，意氣軒昂。此行足跡遍及大江南北，並渡河入燕都，出大境門至陰山之麓，更上東北，索居吉林，徘徊塞上，既考史蹟，又觀時局。

在吉林停留期間，更入「新吉林報」，撰文評論時政，筆鋒犀利，有如利刃。當時，正值袁世凱攬政時期，其所做所爲已普遍引起國人反對，南方一片討袁聲起；不久，「新吉林報」的嚴厲社論，引起袁政府注意，乃遭查禁。但雅堂先生則又與「吉林時報」的日人社長兒玉多一合作，刊出主持公論的新聞「邊聲」。當時，在袁政府動輒得咎的高壓手段下，無論關內外各報都未敢言是非，獨「邊聲」由於採取與日人合作方式，反而能暢所欲言。而雅堂先生秉持正義，口誅筆伐袁世凱的罪狀，敢言人所不敢言，故這一份新創的刊物，竟於短短兩三個月內廣受讀者歡迎，銷售遠居雲南四川一帶。不過，也正因如此而難逃袁世凱耳目之注意，由於多方面的壓迫，竟又於苦撐三月後終告結束。這是雅堂先生辦報以來第三度遭受查禁封閉的噩運，想來他心中除了憤慨更有一份淒涼吧。在「大陸遊記」中，他這樣記載著：

朔風既起，雨雪紛飛，塞上風光，一時淒冷。而邊聲遂以十一月三十日停刊，讀者憾之。

大陸歸來，雅堂先生復入「臺南新報」，繼續主持漢文部的工作，繼續發揚祖國文化，以盡書生報國之熱忱。新聞事業爲當時的主要大衆媒介，最能普及而深入民間，雅堂先生雖身處異族統治下的臺灣，卻依然堅定地屹立於工作崗位上，在日人漸次推行所謂「國語運動」之際，努力維護祖國的文字與文化。

直到民國八年，華南銀行發起人林熊徵先生禮聘爲其處理南洋華僑股東文牘之秘書，他才辭去「臺南新報」，移居臺北，從此結束了工作二十年之久的報人生涯。雅堂先生曾說：「報紙爲輿論之母，一國之消長繫焉」（見大陸遊記之一），從這兩句話便可以明瞭他是如何敬業，並以自己的工作爲驕傲了。

連雅堂先生是一位永不懈怠的文人，即使在他服務報界之時，甚至於在他修撰「臺灣通史」之際，仍有大量私人的詩文創作，以及其餘多種書籍的編纂。

他的詩，抒情細膩者有之，詠懷慷慨者有之，更保留了許多激昂的家國之情懷。檢視其「劍花室詩集」，便可爲證。茲舉數例以明之：

龍虎相持地，風雲變態中。江山歸故主，冠劍會羣雄。民族精神在，興王事業空，荒臺今立馬，
來拜大王風。

（至南京之翌日登雨花臺弔太平天王詩以侑之）

萬山東走護居庸，一劍當關路不通。大漠盤雕秋氣黑，長城飲馬夕陽紅。
棄繻慷慨能籌策，投筆功名記鑿空。今日匈奴猶未滅，妖氣直逼塞垣雄。

（出居庸關）

傭書碌碌損奇才，編代詞華謾自哀。三百年來無此作，併將心血付三臺。
馬遷而後失宗風，游俠書成一卷中。落落先民來入夢，九原可作鬼猶雄。
一代頭銜署逸民，千秋事業未沉淪。山川尚足供吟詠，大隱何訪在海濱。

（臺灣通史刊成自題卷末八首之一、三、六）

其中尤以遊歷大陸所作的「大陸詩草」，無論登高詠懷，訪古抒感，最能窺見詩人雅堂先生的故國之思，壯懷激烈。

至於三年遊歷的見聞感想，於詠歌之不足，又發爲散文雜記，亦可見於已收入「雅堂先生餘集」中的「大陸遊記一、二」之中。詩文相輔，可明雅堂先生眞性情；而散文記述，以其可長可短，直抒胸臆，更是讀其文如見其人。下面亦引三段以明之：

余來杭數日矣，訪趙宋之故宮，弔錢王之霸迹，攬古幽情，追念興廢。聞吳山勝慨，策馬登之，至於絕頂；俯視錢唐江水，蕩蕩往來，千古英雄，浪淘殆盡。白衣素馬，猶見鐵弩射潮時也。中華門之東為東交民巷，各國駐節之地也。高樓矗立，周道如砥，華人不許居住。而兵士佩劍者，亦不許往來，豈非怪事？先是團匪之亂，暴攻使署；及平，各國遂闢其地，築危牆。建砲臺，駐兵防守。自正陽至崇文之上，亦為外兵所踞，荷槍巡視，隱若敵國。中國法權不能施行其內，此則國家之大恥也。夫京師為內外所觀瞻，政令之所出也；而築堡列戍，若曰保護，是失國家之尊嚴矣。聞孫中山入京時，又主遷都之令，其有鑑於此也歟？當事之急也（袁世凱嗾人刺宋教仁於上海車站時）余在會（華僑聯合會）中，日以電告海外，而華僑之以書相問者，旦夕批答，腕為之酸……。

在「臺灣通史」完成之後，雅堂先生本有意稍事休養，然世務紛紜，致無法肩息。他有鑒於日本人奴化統治之下，臺灣文學日趨式微，乃自籌資金，創刊「臺灣詩薈」。不僅自任編輯之職，且爲此刊物最熱心之撰稿者，「詩薈」每期有補白性之文字，亦由他執筆，稱做「詩薈餘墨」，其內容包羅範圍至廣，而主編此刊物之主旨，亦每於此欄中可以見知。例如第五號中有文：「不佞之刊詩薈，厥有二義：一以振興現代之文學，一以保存舊時之遺書。夫知古而不知今，不可也；知今而不知古，亦不可也。故學術尚新，文章尚舊，採其長而棄其短；芟其蕪而揚其芬，而後詩中之精神乃能發現。」於十二號中又曰：「不佞不能詩也，而敢爲詩薈。詩薈者，集衆人之詩而刊之，假以紹介於衆人，不佞僅任其勞。而臺灣之文學賴以振興，於臺灣之文化不無小補。」而在「詩薈」第三號又見登載一則啓事：

> 鄙人發刊詩薈，原非營業之計，良以臺灣今日之漢文廢墜已極，非藉高尚之文字，鼓舞活潑之精神，民族前途何堪設想。

寥寥數語，語重心長，雅堂先生之苦心於此可以想見！

這一份「臺灣詩薈」雖然從創刊到停刊，爲時僅一年八個月，共發行二十期，但其對臺灣文壇的鼓舞，及團結溝通祖國與臺胞的貢獻，則不可謂不大。（詳見「書評書目」五十六期拙著「讀臺灣詩薈的廣告啓事」）

雅堂先生於保存臺灣文化語文所費的苦心，亦可見於他利用報務著史之餘暇所編纂的諸書，依其編纂的先後次序，計有：「臺灣贅談」、「臺灣詩乘」、「臺灣漫錄」、「臺南古蹟誌」、「臺灣語典」、「雅言」等，又曾校訂泉南夏琳先生所著「閩海紀要」一本。這些書的編纂，或爲保存臺灣的語言文字，或爲記錄地理古蹟，有些是他撰寫通史之餘的副產品，有些則是他較晚時期的工作成績，而每一種工作都可與通史匯成爲臺灣文化、民族精神的寶貴記錄。

另外，在此要附帶一提的是，畢生爲文人書生的雅堂先生，除了始終勤於著述，在他的晚年，也曾經在臺北市大稻埕（今之延平北路）一帶，與友人黃潘萬先生合開一家專售中文書籍的「雅堂書局」；又時時應邀做公開演講。他的演講內容多與臺灣的歷史文化有關，尤重民族精神之啓發鼓舞，故終於遭受日本官方的干涉，而不得不中途輟止。

綜合上述種種事實，連雅堂先生的一生言行已昭然可見。他以十年專精修成「臺灣通史」；服務報界長達二十年；更以畢生時間從事文章寫作，而無論從任何一個角度或任何一段時間來觀察，他的所作所爲都是基於愛國保種的立場上。雅堂先生已逝世數十年了，他一生所努力追求的崇高理想果然已實現，他的偉大人格亦將與臺灣共存不朽。他生前曾有詩曰「青山青史共千年」，我們將以這句話來紀念連雅堂先生。

（本文作者現任台灣大學中文系教授，原載「遙遠」乙書，七十年三月，洪範書店）

〈附錄〉

連雅堂與中國革命

■李雲漢

一、前言

台灣碩儒連雅堂（一八七八～一九三六），爲中國近代一大民族史學家，亦爲畢生爲中國革命貢獻其眞誠與智慧的一位志士。其在史學方面的貢獻，已因「台灣通史」一書的普遍流傳，而爲邦人君子所一致體認；其與革命運動的關係及其貢獻，則因文獻史料之尚未能充份刊布，士林後進或有尚未能明其究竟者。本文主旨，即在依據目前所能蒐得且足資徵信之公私史料，敷敍連氏一生與中國革命運動之淵源及其活動與貢獻。彰先賢之忠藎，發潛德之幽光，所以示景仰之私悃，冀得風勵後昆於今日也。

二、自然生成的革命志士

連雅堂於民國元年回祖國大陸遊歷時，曾躬逢滬上人士歡慶十月十日首屆國慶日之盛，其於所著「大陸遊記」記是日之見聞與感想時，曾自附爲黨人，說：「吾黨之鼓吹革命也久矣！」（註①）史學家徐炳昶於民國三十四年六月爲「台灣通史」題序時，亦認連雅堂爲黨人，謂：「雅堂先生爲吾國老民黨，邃於史學。」（註②）中國國民黨中央委員會黨史委員會於在台出版的革命史籍，亦列連雅堂於「革命先進」之林（註③）。連氏後人及歷史學者乃進一步斷定：「先父在大陸時便參加同盟會」者（註④）據此等記述，連雅堂之爲革命黨人似已成定論。然則，國史館館長黃季陸卻持審愼的態度，他於談及連雅堂與祖國革命的關係時，說：

> 連雅堂先生究竟是否曾加入革命團體興中會為會員，中國同盟會為會員，或成為國民黨黨員，在現在已知的史料中尚未發現過具體的資料。這是我們應當加以重視與追求的一個問題。（註⑤）

黃館長的審愼是有理由的，因爲在中國國民黨庋藏的大宗黨史史料中，未曾發現連雅堂曾經參加革命團體的確實記錄。而且，就革命團體在台灣發展的幾件史事與連雅堂的行動思想相對照，可以推知他參加興中會的可能性極其微小，參加同盟會爲正式會員的說法亦屬推測而來。請先就有關史實陳論之。

其一，民元前十五、十四年即丁酉、戊戌之間（一八九七～一八九八），陳少白兩度來台，創立興中會台灣支會於台北，爲革命黨人在台灣建立革命組織之始。連雅堂在戊戌之年，已是二十一歲，如果曾經參加興中會，當以此時的可能性爲最大。然而，無論是陳少白的自述（註⑥），無論是學者許師愼、曾迺碩關於興中會台灣支會的研究（註⑦），均不能發現連雅堂與此革命團體有關係的任何線索。且據鄭喜夫「連雅堂先生年譜初稿」（註⑧），連氏於丁酉（一八九七）春已赴上海入聖約翰大學攻習俄文，臨別前賦詩與鄉友告別，葉應祥作詩和之，其中有「問君何事客他鄉，答爲功名去桑梓」之句（註⑨），足見此時連氏思想中還擺脫不掉「功名」二字（註⑩）。當時尚抱有爲功名去桑梓之念的連雅堂，是不大有可能與革命團體搭上關係的。他於同年（一八九七）返台，當時的主張是「閉戶讀書，不與外事」（註⑪），因此我人可以判定連雅堂參加興中會的可能極小。

其二，民元前十二年庚子（淸光緒二十六年，一九〇〇）， 國父孫中山先生曾來台北，策劃第二次革命起義——惠州三洲田之役。根據日本外務省檔案中的秘密報告，國父係於是年陽曆九月二十五日（陰曆閏八月初二日）自神戶乘「台南丸」經馬關前來台灣，二十八日（閏八月初五日）到達基隆。至十一月十日（陰曆九月十九日），自基隆乘「橫濱丸」返航日本，在台停留共四十四日（註⑫）。時連雅堂先生適任臺南新報漢文部主筆，常住台南，國父在台北雖曾與台籍興中會員見面，但現存文獻中卻找不到任何有關連雅堂是否曾與國父來往的證據。連雅堂以後的著作中也從未提及曾與國父相識的話，因之吾人亦可斷言連氏此時與革命黨人尚無來往。

其三，民元前七年乙巳（淸光緒三十一年，一九〇五），中國革命同盟會成立於日本東京。連雅堂亦於此年前往廈門創辦「福建日日新聞」，鼓吹排滿，論者或以爲連氏於此時加入同盟會。然據連氏「年譜」，知其赴廈乃在同盟會成立（陽曆八月二十日）之前，且於六月間即因外舅沈鴻傑之喪而返回台灣，「福建日日新聞」亦於次年春結束（註⑬）。連氏居廈時期，同盟會尚未在廈建立組織，連氏自不可能加入此一革命團體。此後六年（一九〇六——一九一一）間，連氏並未再去大陸，故不可能有「在大陸加入同盟會」之事實。同盟會於民元前二年（一九一〇）在台北建立組織，亦無任何記載足資證明連氏曾與此組織發生關係。總之，連氏加入同盟會爲會員一事，僅屬揣測之詞，並無任何文獻可徵。

雖然如此，吾人仍不能不認連雅堂爲革命志士。因爲連氏生而爲民族主義的倡導者與實踐者，在愛國保種的民族思想上，連氏自然成爲排滿光復的一員鬥士。他雖不一定具有革命黨人的黨籍，但他的一生卻是爲了革命黨的目標和理想而奮鬥。況且，中華民國開國以前的革命黨，自始即具有一種兼容並蓄的開闊胸襟，在「集會衆以興中，協賢豪而共濟」以及「聯絡四方賢才志士」的原則下，有不少中外志士不拘名分，誠心誠意的爲革命救國的目標而共同奮鬥（註⑭）。連雅堂就是這樣的一位志士，他是以一位精神加盟者的地位，實際爲革命工作作了重大的貢獻；他之自稱爲「吾黨」以及徐炳昶之稱他爲「老民黨」，都是以他實際爲革命奮鬥的史實作爲依據的！

三、民國開國前後的活動與貢獻

民國開國前後，連雅堂的革命活動依時間先後表現爲三個階段。第一階段爲宣傳革命時期，大致起自民前十年壬寅（清光緒二十八年，一九〇二）至民元前一年辛亥（清宣統三年，一九一一）的十年間；第二階段爲參與國政時期，即民國元、二年間歸遊大陸時期的政治活動，在這段時期他是以無比興奮的心情參與了新民國的初建；第三階段爲討袁時期，曾以「新吉林報」及「邊聲」兩種報刊爲喉舌，對袁世凱以及依扶袁民之進步黨份子，口伐筆誅，力持正論。

連雅堂之有意作革命宣傳，據他自己的詩文看來，係在壬寅（一九〇二），他二十五歲之年。這年八月，他曾去福州應經濟特科鄉試，不第（註⑮）。旋赴廈門，主鷺江報筆政，曾與友人林景商縱談人權新說，力主男女平權，並爲「榕東女士」蘇寶玉所著「惜別吟詩集」作序，大倡女權運動，並以蘇寶玉之不能與當時婦女志士同唱並起爲憾。連氏序文中有下面一段：

近者中原志士，大興婦風，設女學，開女會，演女報者接踵而起，寶玉丁此時勢，埋沒於荒陬僻壤，不獲與吳擷芬、張竹君、薛素琴輩把臂其間，寶玉誠不幸矣！猶幸其能以詩傳也。嗚呼！中原板蕩，國權廢失，欲求國國之平等，先求君民之平等；欲求君民之平等，先求男女之平等。灑

筆至此，以告景商，並以質天下之有心人也。（註⑯）

吳相湘認爲這是連雅堂「公開發表國是主張的首一紀錄」（註⑰），筆者則認爲這是連氏開始作革命宣傳的第一篇文證。他提到的幾位「志女」，都與革命黨人有密切關係，女學女會女報等促進女權的活動，也是革命黨人當時的基本主張和事業，而連氏筆下之「天下之有心人」，當然也是隱指當時的革命與維新志士。再看連氏在同一年內所作的詩句，既說「欲把文壇作戰壇」（註⑱），又說「心期吾黨振民權」（註⑲），這不儼然是要在宣傳戰線上整裝出戰的一位革命戰將嗎？

吳相湘氏爲連雅堂作傳，亦曾指出：「有一記載指陳：連橫曾於是時在上海參加繼蘇報案而起的國民日日報編輯工作。（註⑳）」案國民日日報係創刊於光緒二十九年癸卯（一九〇三）六月十五日（陽曆八月七日），於同年十月十三日（十二月一日）停刊（註㉑）。連雅堂此年在台服務於台南新報社，曾發起重修台南五妃廟（註㉒），並未去滬，參加國民日日報編輯工作一事，恐係誤記。連氏是否從台灣向上海國民日日報投稿？則因現存國民日日報發表之詩文多用筆名，甚難查考。（註㉓）

民元前七年乙巳（清光緒三十一年，一九〇五），連雅堂曾以二十八歲之英年，攜眷赴廈門，並創辦「福建日日新聞」，鼓吹排滿（註㉔）。連氏發表於「福建日日新聞」之文字，未能流傳，難窺其底蘊；今所得者，惟家屬及友好所寫傳記文字，指稱連氏此時已與南洋同盟會人有聲應氣求之誼（註㉕）。關於此一史事，鄭喜夫編連雅堂年譜曾作總合性之陳述：

福建日日新聞暢銷南洋華僑社會，以其排滿言論激烈，南洋方面中國同盟會同志閱之大喜，派李竹癡至廈，商改組為中國同盟會機關報。而清廷飭吏向駐廈日本領事館抗議，遂遭封閉。（註㉖）

福建日日新聞結束後，連雅堂返台復主台南新報漢文部。並開始撰述台灣通史中的若干篇帙。這時的台南新報與革命黨在香港的機關報「中國日報」，在言論上頗有桴鼓相應之勢，連氏所撰「吳彭年傳」等稿，也爲中國日報轉載於「鼓吹錄」專欄內（註㉗）。以是中國日報的主持人馮自由於民國開國後編撰「開國前國內外革命書報一覽」時，曾將台南新報列入，並註明其「編輯及發引人」爲連雅堂（註㉘）。亦因此一段文字因緣，馮自由認連雅堂爲老友，來台後尚曾寫信給連震東探尋，說：「弟於前清在台南有一老友連雅堂，係台南日報主人，是否與兄同一家？」（註㉙）

從一九〇六到一九一一的六年間，連雅堂除一度於一九〇八年秋訪問日本外，其餘時間都在台灣。先居台南，後遷台中，於撰述台灣通史外，即與「南社」、「櫟社」諸友以詩文相倡和。但他此一時期的心境似甚沉悶，曾說「連橫久居台灣，鬱鬱不樂。（註㉚）」此時期內，令連氏感到最爲開心的一件事，可能是辛亥二月（一九一一年三月）梁啓超的來訪。梁是應林獻堂之請來台訪問的，連雅堂亦是主要的東道主之一。梁啓超曾以其「海桑吟舟中雜興」一首書贈連氏，詩曰：

明知此是傷心地，亦到維舟首重回；十七年中有多少事，春帆樓下晚濤哀！

落款寫的是「辛亥春遊台過馬關之作，寫似劍花，當同茲懷抱。（註㉛）」梁氏以此詩此意書贈連氏，用意可謂深遠，而「同茲懷抱」一語，尤爲知心之論。

辛亥革命的成功，帶給連雅堂無比的興奮，也燃起他無限的希望。他頻年以來秉持民族大義所作的反滿宣傳，得到了結果，覺得對於漢民族的祖先有了交待。當清帝溥儀於民國元年（一九一二）二月十二日正式宣布退位，結束其愛新覺羅王朝二百六十八年的統治之時，連雅堂即以台灣遺民身分親自祭告延平郡王鄭成功。這篇祭文忠義憤發，直是一篇不朽的歷史文獻：

> 中華光復之年壬子春二月十二日，台灣遺民連橫誠惶誠恐，頓首載拜，敢昭告於延平郡王之神曰：於戲！萬人猾夏，禹城淪亡，落日荒濤，哭望天來，而王獨保正朔於東都，以與滿人拮抗，傳二十有二年而始滅。滅立後二百二十有八年，而我中華民族乃逐滿人而建民國。此雖革命諸士斷脰流血，前仆後繼，克以告成，而我王在天之靈，潛輔默相，故能振天聲於大漢也！夫春秋之義，九世猶仇；楚國之殘，三户可復。今者，虜酋去位，南北共和，天命維新，發皇踵厲，維王有靈，其左右之。（註㉜）

在一片新希望的鼓舞下，連雅堂決意前往祖國大陸，一則踵武司馬子長之訪察各地勝蹟史實以修撰其史著，一則以觀民國開國之新氣象，且圖有所獻替於國家。連氏於啓程前，曾在台中諸友於「瑞軒」舉行的餞別宴中，發抒此一心聲：

古人謂讀萬卷書，行萬里路，為人生一大快事。余素既好書，又好遊，雖所讀不諗，已達萬卷，而所行則已過萬里矣。昔司馬遷生於龍門，耕牧河山之鄙。年二十，而南遊江淮，上會稽，探禹域，北涉汶泗，講業齊魯之故。嗣為太史，發金匱石室之書而讀之，故其為文章，磅礡宇宙，別具奇氣。余雅愛遷書，而行踪未至齊魯，此則余之恥也。夫諸夏為亞洲舊國，文武之道未墜於地，當有裨余之收拾者。重以民國福建，革新氣象，煥然可觀，則此行必有所得，但不知何時歸爾，然歸時當有一篇遊記以酬吾故人也。（註㉝）

連雅堂此次大陸之行，乃是其生活史中的新里程，同時是他革命活動進入第二階段的開端。他是民國九年三月二十三日離開台灣的，同月二十七日到達神戶——就在這個商業中心的大城，連雅堂參加了福建省僑選議員的盛會，發表了有關中國改革大勢的講演，同時也以高票當選爲福建首屆僑選議員。連氏「大陸遊記」曾述其經過：

神戶多故人，聞余至，輒來造訪。或相約至福建會館，縱談時事，每至夜闌始罷。神戶為通商大埠，漳泉人之賈於此者，饒有聲勢。是時福建省議會將開，定選僑商議員十二名，以與國政。而東洋應選一名，眾以神戶為適中之地，乃集橫濱、大阪、長崎之人士，開會於福建會館。余蒞會演說，先述中國改革之大勢，及此後所以經營福建之策，眾多感動。越日開匭，投票者七十人，而余得五十八票，為中選。然余行程已定，辭不就。」（註㉞）

連氏雖未就任福建省議會議員，但其政治意義卻未因之稍減。他是第一位於辛亥革命成功後，獲得中華民國參政權的台灣同胞，在某種意義上說，他的榮譽當選亦是頻年奮力光復事業所獲得的代價。

連雅堂到達大陸後，首下塌於上海。除於革命黨人時相往還外，歷訪杭州南京，瞻拜岳飛、徐錫麟、秋瑾之墓，登雨花台弔謍太平天王洪秀全，並上鍾山謁明孝陵，更曾為文弔祭葬身莫愁湖畔之粵軍陣亡將士英靈。每過之處，必有題詠，於民族英雄革命先烈之忠藎烈德，務盡表彰，而於曾國荃、鐵良之輩之摧殘民氣，輒加筆伐。是連雅堂者，實為革命黨在文字上的一位守護神！

連雅堂在滬，並曾參與華僑聯合會之工作。華僑聯合會者，乃海外華僑聯合籌組之聯絡機關，經大總統　孫中山先生批准設立。會長為汪精衞，副會長為檳榔嶼華僑吳世榮，連氏「居會中，任報務，日以國事告海外。（註㉞）」並著手搜集中國殖民史料，曾手撰徵求史料啓分寄海外各埠中華商會或會館公會等，請分別承任調查搜集之責。（註㉟）

時連雅堂實以黨人自居，不僅曾為黨史史料之記述，且對革命之史蹟備致推崇之意。他於在滬參加第一個國慶日之後所作的感想，正足披瀝他這種心情：

十月十日，為武昌起義之日，所謂雙十節也。滬人士舖張揚厲，歡呼萬歲。報紙亦各致頌詞，以視光榮之紀念。夫吾黨之鼓吹革命也久矣！惠州之役、黃岡之役、萍鄉之役、安慶之役、鎮南關之役、廣州之役，一敗再敗，乃至於五六敗焉。而前蹶後起，百折不撓；斷頭絕脰，死而無悔，以與專制相戰，於以造成民國。人樂共和，則天之大右華冑也。故以此起義之日，與政府成立之日，與南北統一之日，定為國中三大節。而余乃獲逢其盛，以慰吾二十年來之冀望，則吾之所以追懷先烈者，尤得無窮之感也。（註㊱）

另有一事爲連氏足資自豪者，即曾與福建省議會議長宋淵源及南洋同盟會主要幹部陳楚楠共同畫策，驅逐福建警察總監彭壽松以惠閩人之事。此事經緯，連雅堂曾自行說明：

福建為天南屏翰，華僑之所自出也。曾是時彭壽松跋扈閩中，聯合會乃請政府逐之。壽松湖南人，光復之役，頗有功，為警察總監。肆其爪牙，禽獮閭里。都督孫道仁不能制，省議會為民意機關，壽松以威脅之；羣報之封，摧殘輿論，人民莫可籲訴，議長宋淵源入京，道滬，與余及陳楚楠共榷救閩之策；而海內外之以書相責者亦日至，乃定以武臨之。時莊嘯國、白頻洲均以會事在京，派為代表，與海軍總長劉冠雄參議院議員劉崇佑偕謁大總統，請簡岑西林（春煊）為鎮撫使，而費絀。余與楚楠在滬，豫請南洋各埠贊助，遂得泗水五萬，仰光十萬，以供入閩之需。壽松懼，載其重寶以去，而福建始安矣。（註㊲）

連雅堂於民國元、二年間，曾北遊京津，並曾參與華僑參議員之選舉。然其對北京印象殊不良好，認爲：「北京者，舊政令之所出，官僚之所盤據，遊民之所麕集；寡廉鮮恥，俗淆禮壞，誠不足以作新邦。（註㊳）」因此，對於臨時政府之遷設北京，不以爲然。至於新任臨時大總統袁世凱，連氏初無芥蒂，及袁應黎元洪之請慘殺首義黨人張振武、方維於北京，乃知其不可信，翌年三月，袁嗾人購兇刺殺黨人宋敎仁於上海，國民黨人議起討袁之師，連雅堂遂亦遠赴關外，藉新吉林報以爲黨人呼應。是連氏之革命行動進入第三階段，躋身於討袁戰線之中矣。

新吉林報社長楊怡山，乃吉林聞人，亦臨時省參議會之參議員，連雅堂說他「銳意進取，以扶植民黨，故官僚忌之。（註㊴）」連雅堂在新吉林報發表之言論今已不可獲得，然就南方討袁軍起義後，袁立即令將新吉林報封禁一事證之，則知該報反袁的立場極爲顯明。

新吉林報被禁後，連雅堂又得日人兒玉多一及領事林權助之援，創一「邊聲」，繼續爲討袁軍宣傳，其影響力且遠達滇、蜀。連氏曾作如下的自述：

> 方事之起也，新吉林報被禁，國民黨人皆惴惴莫敢動。余乃與吉林時報社主兒玉多一別刊「邊聲」，以持公論。又得林領事之援，當是時關內外之民報悉被摧殘，莫敢一言是非，而「邊聲」遂得大事飛躍，遠至滇蜀。（註㊵）

然而討袁軍事終於失敗了。連雅堂除了慨嘆之外，就只能以感情激越之詩文來發抒其不平之氣。他盛讚何海鳴能於黃興離去南京後，能再舉獨立之旗且與張勳奮戰數晝夜，譽之爲「奇男子」。吉林有一名爲紀東流者，謀起兵討袁，以事洩被戮，連氏亦爲文弔之，以爲可媲美於熊成基。（註㊶）他對各地討袁軍的起事所作的價值論斷是：「雖挫猶榮也。」（註㊷）

由於激烈反袁，連帶對於依扶於袁而甘心爲其幫兇的進步黨人，連氏亦大張撻伐，即梁啓超亦難逃其責難。他抨擊以梁啓超爲靈魂之進步黨已爲袁氏收買，說：

始國會開會之後，參眾兩院中，國民黨均負優勢，幾占三分之二。袁政府謀抵制之，糾合共和、統一、民主三黨而為進步黨，以黎元洪為黨首，張謇梁啟超湯化龍王賡等為理事，而亡國大夫多紛入，品類不齊，隨聲附和，袁政府復以利祿驅策之；凡進步黨之議員，月惠百金，以為車馬之費，奔走疏附，極力以抗國民黨。故自開會以來，未曾議決一案，雖以大借款之違法，亦甘心從之。（註㊸）

民國二年十月六日，爲國會在袁世凱威脅下選舉其爲正式大總統之日，連雅堂記曰「是日黃霾蔽天，日月無光，關外皆然，衆多異之。（註㊹）」十日，爲袁世凱就任大總統職位之日，連雅堂斥其抹殺革命紀念而據國家爲己有，隱指其帝制自爲之意（註㊺）。袁世凱追繳國民黨籍議員證書，迫使國會解體，連雅堂聞之不禁「怒髮上衝」，「則以（袁氏）大逆不道之罪，誅之於『邊聲』之上。（註㊻）」而對副署袁世凱取消國民黨籍議員命令之司法總長梁啓超，則直斥其沒有「人心」。連氏憤憤然曰：

取消國民黨議員之命令，其副署者所謂第一流之內閣，而梁啟超又為司法總長者也。啟超雅負時望，以法治國自期許，乃見此破壞約法之命令，欣然從之，則其所自期許者何在？夫憲政之國，立法司法，並行不悖。今乃為行政所破壞，則法之精神亡矣！精神既亡，則民何託？故為司法總長者，而稍有人心，推之可也；爭之可也；則不能而去之可也。而啟超乃任其蹂躪，其能免於春

秋之責乎?(註㊼)

「邊聲」於民國二年十一月三十日停刊,連雅堂則遲至次年春,始自吉林返北京。他眞不愧爲一位勇者,對袁世凱無絲毫畏懼。章炳麟爲袁世凱幽囚於北京東城錢糧胡同,連雅堂常去探視(註㊽)。雖因趙爾巽之聘爲淸史館名譽協修,然不改責諷袁世凱之本懷。民國三年十月十日,袁世凱在天安門大閱其兵,連雅堂惻然心傷,曾作七律四首以誌感,他諷刺袁家政府爲「鷹犬登台」,袁本人乃一「粗才」,而對孫、黃兩公及辛亥革命則殷殷爲念。這四首詩幾乎無一句不在諷袁,其原文如下:

天安門上閱兵來,萬馬無聲紫禁開,九派龍蛇將起陸,一時鷹犬亦登台。秋風救國驚華髮,落日昆池話劫灰;莫說當塗能代漢,本初健者是粗才。

回首金陵一戰平,孫黃功罪漫譏評;國魂飄蕩天難問,民氣摧殘世莫爭。不分英雄多失勢,遂令豎子竟成名;西林亦有南洲望,獨向蠻荒老淚橫。

亂世人才本最難,沐猴終讓楚人冠;三章約法翻新樣,九品威儀復舊官。白馬西來山已塹,黑龍北徙海生瀾;試看周召共和史,生恐鴟鴞毀室歎。

九有傳家繼夏商,漫言遜位紹虞唐;祭天已定新儀注,盡地空移舊土疆。三海片雲天帝怒,五湖煙雨酒徒狂;東華夾道多楊柳,應有詞臣賦未央。(註㊾)

連雅堂於民國三年十月離開北京，前往上海，繼而買棹返台。計自民國元年三月離台，爲時二年又九月。他從祖國大陸帶回的，是二卷遊記和一百二十八首詩稿，前者輯爲「大陸遊記」，中華民國初年重要政治史料；後者稱爲「大陸詩草」，有血有淚，亦詩亦史。章炳麟讀後感嘆：「此英雄有懷抱之士也。」（註㊿）

四、對中山先生的景仰

連雅堂既奮其心力爲革命光復而行動，則其於中山先生之思想人格，必有所體會。然就現存文獻徵考，連雅堂與中山先生終緣慳一面。吾人今日欲追繹連雅堂對中山先生之態度，勢不能不於連氏之詩文著述中求得也。

連雅堂在文字中屢次提及中山先生，係在他的「大陸遊記」。同一書內，他有九次提及中山先生。第一次是在民國元年三月展謁明孝陵之時，記曰：

> 鍾山在朝陽門外，明太祖之孝陵在焉。石馬嘶風，松楸剪伐，王氣銷沉久矣。春初，大總統中山先生大閱六師，恭行致祭，軍中皆呼萬歲。（註51）

第二次是記述成立華僑聯合會時，記曰：

> 光復以來，會黨林立，海外華僑亦設聯合會於二洋涇橋畔。閩廈友周壽卿寓此，訪之，會中多故

人，請余任焉。始南京政府時，華僑資助甚巨，檳榔嶼吳世榮與泗水莊嘯國吧城白蘋洲等議設斯會，以為聯絡內外之樞紐，大總統孫中山先生，固與華僑有素者，許之。公推汪精衛為會長，世榮副之，其經費則各埠擔任，故以滬上各會觀之，聯合會之基礎較為鞏固。（註㊾）

第三次爲記述國民黨之成立，頗多讚譽，且明列中山先生之三大主義：

國民黨為同盟會所改造，合併數黨，孫中山主之。其黨人有激進、漸進二派，然多有守，有為之士，冒危難，捐生死，以流血而購自由者也。故其人多負氣、尚義俠、輕利祿，以排斥官僚。……初中山之倡革命也，以三大主義幟內外，曰民族，曰民主，曰民生。（註㊿）

第四次爲敍述唐羣英、沈佩貞、吳木蘭等要求女子贊政事，記稱中山先生亦贊其擧。

女子參政為文明國之所爭，雖以英美人之自由，尚未競酬厥志，則以男尊女卑之說囿之也。光復之際，女子慷慨從軍，頗有小戎駟鐵之風，雖不能執戈前敵，亦可謂抉數千年之藩籬矣。南京政府既立，唐羣英、沈佩貞、吳木蘭諸女士，糾合同志，要求參政，中山亦贊其舉，以同盟會章有此義也。（註54）

第五次記中山先生嘉獎潘月樵事：

滬南之後，陳英士被質，商團力攻製造局，不下，月樵率諸伶趣援，牆高幾二丈，躍而上，據之。而英士乃為都督。（毛）韵珂與諸伶約，日演劇助軍，光復之戰，新舞台與有功焉。大總統孫中山手書嘉獎，其所建樹，固有士大夫所不能者，伶人云乎哉。（註㊺）

第六次提及中山先生，乃係對商務印書館所售鐫有中山先生像之紀功章，表示異議。事緣連雅堂初至上海，見路上行人胸前有佩有商務印書館所售鐫之中山先生之像者，質地不夠精良，佩帶者亦乏莊重，頗以爲有失尊敬開國偉人之義。連氏於其遊中記其感觸：

余初至滬時，見道上行人，胸前一物，望之燦然，余以為紀功章，及睇視之，則孫中山之像，商務印書館所售者。余又以華人能崇拜英雄矣。夫中山手創民國，建功偉烈，東方之華盛頓也；錦繡平原，金寫范蠡，尚之宜也。然而華人之懸於胸前者，蓋以此為玩物，非有崇拜之心也。即有崇拜之心，亦不過震其為大總統，而為趨靈附勢之劣也。（註㊻）

第七次提及中山先生，係論及中山先生主張遷都事。連雅堂本人是反對民國臨時政府設於北京的，理由是北京城已全在外人勢力籠罩之下，已經成爲國家大恥，以之爲京師，不獨有礙於中外觀瞻，且有失國家之尊嚴。他欣聞中山先生亦有遷都之主張，乃欣然記曰：

聞孫中山入京時，又主遷都之論，其亦有鑑於此也歟？（註57）

第八次提及中山先生，是頌揚中山先生民元八月訪問北京時親臨彭家珍、黃之萌、楊禹昌等烈士墓穴以弔之。記曰：

民國元年秋八月，（烈士）卜葬此地，前大總統孫中山親臨其穴，烈士可謂不死矣。（註58）

第九次係記述宋教仁被刺案發生後，中山先生與黃興的態度以及共和黨人之污衊，語多不平。記曰：

中山克強疊電袁世凱，請嚴懲罪人，而皖贛湘粵四督措詞尤烈。國民黨人之在國會者，幾占三分之二，亦聯名彈劾，以肉薄政府。（趙）秉鈞自辯其誣，而共和黨報又曲為之解，甚而造謠生事，以淆亂視聽，不曰孫文革命，則曰黃興造反；共和黨之污衊，可謂毒矣！然公道在人，豈容黑白，亦適成其為政府之輿隸而已。（註59）

就以上所引連氏文字觀察，則見一種誠心景仰之情充沛於字裡行間，且思想行事亦無不與中山先生當時言論行動相呼應。是連雅堂者，誠爲中山先生之忠實盟友矣。

連雅堂於民國三年冬返台後，即悉力於「台灣通史」之纂修，且以身在台灣，未嘗多發表有關祖國國家之言論。民國七年六月，中山先生曾再來台灣，但僅在台北停留一日夜（註60），連氏不可能與其相見。民國十四年三月十二日，中山先生逝世於北京，台籍志士曾於三月二十四日在台北開會追悼（註61），連氏有沒有參加，亦乏記錄可查。惟連氏於民國十六年在台北開設一所「雅堂書局」，公開發售中山先生之「三民主義」及國民黨人所辦之「民智書局」出版品，則已爲連震東、張維賢等，指證屬實。（註62）

民國十七、十八兩年間，連雅堂先生曾和昭和新報的一般日人御用紳士們，展開一場有關思想問題的論戰。連氏先後於台灣民報發表「思想解放論」、「思想自由論」、「思想創造論」、「思想統一論」等文章，以駁斥昭和新報諸人之「統治根本」、「思想善導」等言論。連氏主張台灣知識份子應當革除以前渾渾噩噩的思想。而應當接受第一次世界大戰之後蓬蓬勃勃的新思潮。連氏並認爲威爾遜的民族自決、俄羅斯的勞農專政、英吉利的同盟罷工、德意志的民治、愛爾蘭的獨立、甘地的消極抵抗、孫中山的三民主義等，都屬於新思潮的脈流，而於中山先生的三民主義，尤拳拳致其景仰之意，於述及思想統一問題時，他確認「三民主義爲新中國建設之大經」，其將來之發展，「當有蓬蓬勃勃之氣象。」請看他下面一段：

> 遜清之季，政亂民窮，外患內憂，危亡日至，有識之士羣呼救國，或唱保皇，或謀立憲，而孫中山、黃克強、章太炎之流獨主革命，以為根本。中山又創造三民主義，號召黨徒，乘時而起，疊遭失敗，志不少衰。及武昌起義，政改共和，而舊染未除，民智尚稚，重以軍閥官僚之破壞，土豪劣紳之把持，而國幾不國矣。中山知革命之事，非僅可恃革命黨也，當為全民運動，於是設學

會，刊書報，事演講，極力宣傳三民主義，而農而工而商而兵，莫不深明其理，前呼後應，億兆一心。順乎北伐告成，障礙已棄，而三民主義遂為新中國建設之大經。此則思想統一之效也。中山雖死，精神尚存，三民主義之運用進行，當有蓬蓬勃勃之氣象矣。（註㊸）

連雅堂是極其重視三民主義的思想功效，並希望能在台灣發生影響力的，所以當台灣民衆黨領袖蔣渭水於民國二十年八月五日逝世時，連雅堂作詩哭之，於序文中特別書明蔣渭水「平素服膺中山主義」，詩中亦有「中山主義誰能繼？北望神州一愴神！」之哀句（註㊹）。語重心長，連雅堂心目中始終奉中山先生主義爲中華民族的正路。

五、最後的願望

民國二十年（一九三一）春，連雅堂結束其在台北的寄居回至台南故里，他寫了一首「別台北」的七律詩：

> 我居台北十二載，年華猶老氣猶豪；屠龍空負千金技，躍馬還思五夜勞，風雨瀟修求絕業，乾坤倒挽看兒曹；赤嵌流水頻來往，寥落人才來盡淘。（註㊺）

這年連氏五十四歲，志氣豪邁，不臧當年，愛國情殷，不讓放翁。「乾坤倒挽看兒曹」一語，尤其道出他對哲嗣連震東的期望：回歸祖國，效力宗邦。據連震東語，他父親當時曾告訴他；

欲求台灣之解放，須先建設祖國。余為保存台灣文獻，故不得不忍居於此地也。汝今已畢業，且諳國文，應回祖國效命。余與汝母將繼汝而往。（註㊅）

就在這年四月十日，連雅堂寫了一封情同託孤，意存大義的親筆信，叫連震東帶返大陸去投謁張繼。這封信的原件已由國史館珍存，被認爲是最寶貴的歷史文獻，其全文爲：

溥泉先生執事：申江一晤，悵惘而歸，隔海迢遙，久缺牋候。今者南北統一，偃武修文，黨國前途，發揚蹈勵。屬在下風，能不欣慰！兒子震東畢業東京慶應大學經濟科，現在台灣從事報務。弟以宗邦建設，新政施行，命赴首都，奔投門下。如蒙大義，矜此孑遺，俾得憑依，以供使令，幬載之德，感且不朽！且弟僅此子，雅不欲其永居異域，長為化外之人，是以託諸左右，昔子胥在吳，寄于齊國；魯連蹈海，義不帝秦；況以軒黃之華胄，而為他族之賤奴，泣血椎心，其何能恝？所幸國光遠被，惠及海隅，棄地遺民，亦沾雨露，則此有生之年，猶有復旦之日也。鍾山在望，淮水長流，敢布寸衷，伏維亮鑒！順頌任祺不備。愚弟連橫頓首。四月十日。（註㊆）

兩年之後——即民國二十二年春，連雅堂本人亦攜眷返國。他這次於中日關係日趨緊張的時期返國定居，不僅是消極的想「遂其終老祖國之志」，而是懷著報仇雪恥捲土重來的豪心壯志，期望能在未來祖國的勝利聲中，凱旋歸來。他藉內渡舟中所作的兩首詩，披瀝出他這份最後的願望！

飲馬長城在此行，男兒端不為功名；十年夙志償非易，九世深仇報豈輕！非望旌旗誅蕭慎，南歸俎豆祭延平；中原尚有風雲集，一上舵樓大海橫。
卅載蹉跎歷險艱，片颿今日去台灣；春潮浩蕩南溟大，夜色滄茫北斗寒。志士不忘在溝壑，男兒何必戀家山；他時擊檝歸來後，痛飲高歌七島間。（註⑱）

連雅堂返滬定居後的第二年即民國二十三年一月，中國國民黨中央執行委員邵元沖、居正、方覺慧等向第四屆中央執行委員會第四次全體會議提出請重設國史館之議案，當經會全通過。連氏聞知此訊，極爲興奮，立即致書中央監察委員張繼及國民政府主席林森，表示祝賀之外，並願參與史館工作，以遂其效忠宗國之夙志。其致林森一函，言之尤爲懇切：

台灣固中國版圖，一旦捐棄，遂成隔絕。橫為桑梓之故，忍垢偷生，收拾墜緒，成書數種，次第刊行。亦欲為此棄地遺民，稍留未滅之文獻耳。比聞四中全會通過重設國史館案，此誠國家之大業，而民族精神之所憑依也。橫才識庸愚，毫無表見，而研求史學，頗有所長。如得追隨大雅，供職蘭台，博宋周詢，甄別善惡，秉片片之直筆，揚大漢之天聲，是則效命宗邦之素志也。（註⑲）

然國史館尚未及成立，而連氏天不假年，已於民國二十五年六月二十八日逝世。彌留之際，尚

殷殷以光復台灣爲念，嘗諭其子震東曰：「今寇焰迫人，中日終必一戰，光復台灣即其時也。汝其勉之！」（註70）

六、結論

連雅堂爲近代台灣文化界之一位大師，亦爲中國近代史學界之一大名家，尤爲中國晚近士人之一個典型，更是中國革命陣營中之一位未著黨籍卻始終爲革命效力的一位鬥士。他秉持民族大義，矢志效忠宗邦；懷抱民權思想，奮臂反對袁氏帝制；保存民族文化，砥礪民族氣節；志切光復，敵愾同仇；而寄生平夙願於祖國革命之成功，誠可謂「爲革命始爲革命終」也已。連氏嘗以自詡爲「吾黨」爲榮，吾黨更以獲黨友如連氏者自豪！

註釋：

①連橫：「大陸遊記」卷一；又見「雅堂先生餘集」，頁三一。

②徐炳昶：「台灣通史序」，見「台灣通史」（幼獅版），頁五～七。

③中央黨史會編印：「革命先烈先進傳」，頁八六九～八七七；「革命人物誌」第五集，頁二九五～三〇八。

④連震東：「先父生平事蹟略述」，見「傳記文學」第三十卷第四期（民國六十六年四月號），頁一七～二二；吳相湘：「連橫關心民國史」，見「民國百人傳」第一冊，頁三七一～三八〇。

⑤黃季陸：「連雅堂先生與祖國革命之關係」，見「傳記文學」第三十卷第四期，頁三二。

⑥陳少白著有「興中會革命史要」一書，自述其來台經過及在台活動甚詳，但未提及連雅堂其人。

⑦許師愼「陳少白成立興中會支會於台北」，曾迺碩「興中會台灣分會史實」；兩文均見「中國現代史專題研究報告」第五輯（中華民國史料研究中心編印，民國六十五年一月出版），頁二二三～二四六。
⑧鄭氏自刊本，民國六十四年一月初版，列爲台灣人物年譜叢刊第一種。
⑨鄭喜夫：「連雅堂先生年譜初稿」（以下簡稱「年譜」），頁二〇。
⑩連雅堂亦確曾於壬寅（淸光緒二十八年，一九〇二）八月，至福州應是年補行之庚子，辛丑恩正倂科經濟特科鄉試。見「年譜」，頁二六。
⑪「年譜」，頁二三。
⑫羅家倫主編，黃季陸增訂：「國父年譜」（中央黨史會出版，民國五十八年十一月，台北）上册，頁一二七～一三六；吳相湘：「孫逸仙先生——中華民國國父」（文星書店版，民國五十四年十一月），頁二七五～二八三。
⑬「年譜」，頁三二～三三。
⑭李雲漢：「中國國民黨的歷史精神」（台北正中書局，民國六十五年十一月），頁一〇四～一〇七。
⑮「年譜」，頁二六。
⑯連氏此文初刊載於一九〇四年三月出版之「鷺江報」第六十一期，今已收入「雅堂文集」卷一，「年譜」亦全文採錄。文中「吳擷芬」一人，筆者疑其爲「陳擷芬」之誤。
⑰吳相湘：「民國百人傳」第一册（傳記文學社出版，民國六十年九月），頁三七二。
⑱連雅堂「汕上感懷詩」，其全文：「韓潮蘇海氣飛蟠，欲把文壇作戰壇；倚馬可能成露布，射鵰無力貫霜翰。乾坤生我甘磨折，世界何人策治安？破碎山河輕一戰，枯棋今日又輸殘。」
⑲連雅堂：「重過怡園晤林景商詩」，其全文：「拔劍狂歌試鹿泉，延平霸業委荒煙；揮戈再拓田橫島，擊檝齊追

祖逖船。眼看羣雄張國力，心期吾黨振民權。西鄉月照風猶昨，天下興亡任你肩。」

⑳吳相湘：「民國百人傳」第一册，頁三七三。

㉑馮自由「革命逸史」第二集記國民日日報發刊於「是年十月」，亦係錯誤（逸史第二集，頁八三）。蓋十月爲停刊之期，而非創刊之期。

㉒「年譜」，頁三〇。

㉓中央黨史會藏有國民日日報彙編本一～四集，並已影印出版，題爲「國民日日報彙編」，精裝二册。經初步檢查，並未發現連雅堂之文字。

㉔「年譜」，頁三二。

㉕參閱連震東：「連雅堂先生家傳」，林文月：「記外祖父連雅堂先生」，梁容若：「連雅堂先生的生平」

㉖「年譜」，頁三三。

㉗「年譜」，頁三六，連氏「吳彭年傳」見於一九〇八年一月十八、二十、二十一日（戊申，十二月十五、十七、十八三日）之中國日報「鼓吹錄」欄。

㉘馮自由：「革命逸史」第三集，頁一四〇，馮氏誤將「台南新報」寫作「台南日報」。

㉙馮自由致連震東函原件製版，見「傳記文學」第三十卷第四期，頁一七。

㉚連雅堂，「雅堂先生餘集」，頁三。

㉛「年譜」，頁四三。

㉜連橫：「雅堂文集」，卷二。

㉝連橫：「大陸遊記」卷一。

㉞同註㉝。
㉟吳相湘：「民國百人傳」第一冊，頁三七四。
㊱「連雅堂先生餘集」（民國六十三年元月刊本），頁三〇～三一。
㊲前書，頁二七～二八。
㊳前書，頁一四。
㊴前書，頁九五。
㊵前書，頁九六。
㊶連雅堂亦有詩憑弔熊成基，收入「大陸詩章」，其「大陸遊記」卷二亦曾記親弔熊成基事：「安慶之役，徐錫麟既死，戊申秋，熊成基又謀起事，不成，走日本，既聞載濤歸自俄，要之滿州里，將刺之，事敗被捕，戮於巴爾虎門外。余至其地，以詩弔之，嗟呼！國魂不死，刺客猶生，塞草長紅，墓花萎碧。千古正氣之存，唯此成仁就義之士而已！」
㊷「雅堂先生餘集」，頁九六。
㊸前書，頁九八。
㊹前書，頁九七。
㊺連氏於「大陸遊記」卷二評曰：「是日（十月十日）爲武昌起義之節，各地慶祝，吉林亦遵例舉行；以此爲最可寶之日也。其後袁政府乃通飭各省，謂此爲大總統就職之日，永爲紀念，而抹殺起義之勳。先烈有靈，其目瞑乎？夫共和之國家，以國民爲主體，大總統者國民之公僕爾；以公僕之就職而抹殺國民之紀念，其意何居？彼盡將以國民所艱難締造之國家，而據爲己有也。」

㊻「大陸遊記」卷二。

㊼同右。

㊽「年譜」，頁六三。

㊾四詩均見「大陸詩草」；又見「年譜」，頁六四。

㊿連震東：「連雅堂先生家傳」。

51「雅堂先生餘集」，頁一二。

52前書，頁一五。

53前書，頁一六。

54前書，頁一七。

55前書，頁一八。

56前書，頁二四～二五。

57前書，頁四五。

58前書，頁五四。

59前書，頁八三。

60「國父年譜」（增訂本）、下册，頁七三一。

61李雲漢：「國民革命與台灣光復的歷史淵源」（幼獅書店出版，民國六十年六月），頁五七。

62連震東：「先父生平事蹟略述」；張維賢：「懷雅堂書局」；均見「傳記文學」三十卷四期。

63「台灣民報」第二百四十一號，民國十八年一月一日出刊。

⑭「年譜」，頁一四七。
⑮「年譜」，頁一四五。
⑯連震東：「連雅堂先生家傳」。
⑰連雅堂致張繼函原件，民國二十年四月十日。
⑱「年譜」，頁一五二。
⑲「年譜」，頁一五四。
⑳連震東：「連雅堂先生家傳」。

（本文作者現任「黨史會」副主任，原載三民主義學報，一期，師大，66、3）

嚴復：西學中譯的一代宗師

嚴復認爲，世界的腳步不但是往前邁進的，
而且變化的幅度更是空前劇烈的。
變動是世界的基調，即使是聖人，
也無法阻擋此一潮流，
而聖人所以爲聖人，
則是由於他能掌握到此一潮流的趨向，而因時制宜。

有關嚴復思想的兩個問題：激進與保守、批判傳統與反本復古

■林載爵

一、從激進到保守
二、從批判傳統與反本復古
三、保守主義的定位

甲午戰後，從一八九五年二月至五月間，嚴復在德國人創辦的中文日報——天津《直報》上連續發表了「論世變之亟」、「原强」、「辟韓」、「原强續篇」、「救亡決論」等五篇文章，對傳統文化進行了前所未有的深刻批判，主張標本兼治的改革。戊戌政變後，他潛心於翻譯，反對革命黨的作爲，維護孔孟之道。辛亥革命後，更堅決地反對共和。一九一三年發起成立「孔教會」，發表「讀經當積極提倡」的演說。一九一四年又寫了「導揚中華民國立國精神議」，提倡忠孝節義，尊孔讀經。一九一五年八月成爲「籌安會」發起人之一，認爲天下仍須定於專制。一九一九年明確表示反對五四運動。這一系列的發展，使得歷來有關嚴復思想的評價，均認爲由激進轉爲保守是嚴復一生思想的最大特點。

最早的是，一九三六年周振甫在《嚴復思想述評》中，把嚴復一生劃分爲全盤西化、中西折衷、反本復古三個階段（註①）。以後的各種論述，大體不脫這種劃分。王栻的《嚴復傳》認爲嚴復在戊戌政變後的革命形勢發展中，逐漸成爲一個保守人物，辛亥革命後成了開歷史倒車與反動的統治階級連在一起的頑固分子，走上了可悲的歧路（註②）。徐高阮在「嚴復型的權威主義及同時代人對此型思想之批評」一文中，認爲嚴復對中國問題的意見，早期和晚期有一種從激進主義、自由主義到保守主義和權威主義的轉變。（註③）

晚近以來，類似的論調仍舊出現。李澤厚在「論嚴復」一文中，認爲嚴復在「原强」等論文寫後一、二年，在戊戌變法走向高潮時，便表現出倒退，後來更背棄了他早年曾經熱情相信過、宣傳介紹過的「新學」、「西學」，而完全回到封建主義懷抱中去了（註④）。陳越光與陳小雅編著的《搖籃與墓地·嚴復的思想和道路》，認爲辛亥革命以後，嚴復一反戊戌變法時期的反孔態度，熱情消失了，便不得不向孔孟之道繳械，走向了自己的反面，正如一個果實，成熟了，等待著它的便是腐爛（註⑤）。張志建的《嚴復思想研究》，則以一九〇五年爲嚴復趨於保守時期的開始，重新撿起了封建傳統思想。（註⑥）

以上這些觀點大都以戊戌政變前後作爲嚴復思想轉變的關鍵時期。轉變的現象主要表現在從激進到保守，從批判傳統到反本復古這兩點上。首先，我們要討論的是嚴復的思想是否表現了從激進到保守的轉變。

一、從激進到保守？

要了解嚴復是否從激進變爲保守的最根本方法是把戊戌前後嚴復改革思想的基本內涵作一對照。戊戌之前，嚴復改革思想的主要內涵有二：一、社會是一個有機體，羣體與個人之間的關係，息息相關，而個人素質的高低又決定了羣體的興衰。二、社會既然是有機體，它的演化必然是漸進，而非突變。

嚴復在一八九五年三月的「原强」一文中把個人與羣體的關係作了比較完整的說明。他認爲社會整體和各分子間的關係就像晶體與礦物，生物個體與細胞一樣，互相連屬，「蓋羣者人之積也，而人者官品之魁也。……且一羣之成，其體用功能，無異生物之一體，小大雖異，官治相準。知吾身之所生，則知羣之所以立矣，知壽命之所以彌永，則知國脈之所以靈長矣。一身之內，形神相資，一羣之中，力德相備。」（註⑦）所以，「以種之所以强，一羣之所以立」端賴種羣中各個分子的品質而定，以磚牆爲例，如果磚塊堅而平正，火候足，大小若一，則無待泥水之用，不旋踵而成數仞之牆，足可衞風雨，捍室家，維持數百年。反之，如果大小不均，凹凸不平，雖遇至巧之工，也只能成一糞土之牆而已，必定不能持久不倒。（註⑧）因此，保羣保種的唯一方法就是提高構成國家社會的每一位國民的程度。國民程度的高低則表現在血氣體力、聰明智慮、德行仁義三方面，「未三者備而民生不優，亦未有三者備而國威不奮。」所以中國至要之政統於三端：鼓民力、開民智、新民德，「凡可以進是三者，皆所力行，凡可以退是三者，皆所宜廢。」這才是改革的根本之道，若「三種不進，則其標雖治，終亦無功。」（註⑨）

在社會演化的觀點上，嚴復同樣也在「原强」一文中表達了他的基本主張。他從斯賓塞的思想中認識到「民之可化，至於無窮，惟不可期之以驟。」（註⑩）人類社會的演進是經過長久累積，逐步變化而發展的，而且每一階段的演進都不能脫離客觀條件的限制，以國家而言，國家的演進，取決於國民品質的高低：「欲知其合，先察其分。天下之物，未有不本單之形法性情以爲聚之形法性情者也。是故貧民無富國，弱民無强國，亂民無治國。」（註⑪）嚴復說，王安石的變法，法非不良，意非不美，但管仲、商鞅變法能夠成功，王安石變法卻失敗，其原因「在其時之風俗人心與其法之宜不宜而已矣。」（註⑫）所以任何改革措施必須民力、民智、民德三者既立而後政法從之，「于是一政之擧，一令之施，合於其智、德、力者存，違於其智、德、力者廢。」（註⑬）嚴復認爲一國之事，同於人身，人身安逸則弱，勤勞則强，如果使一個病夫「日從事於超距贏越之間，以是求强，則有速其死而已矣。」擧例而言，自海禁既開以來，中國仿行西法的措施不在少數，但是「西洋至美之制，以富以强之機，而遷地弗良，若亡若存，輒有淮橘爲枳之嘆。」以公司來說，在中國只要二人聯財則必互相欺詐，原因何在？「民智既不足以與之，而民力民德又弗足以擧其事故也。顏高之弓，由基用之，辟易千人，有童子懦夫，取而玩弄之，則絕臏而已矣，折臂而已矣。」也就是說，「强而行之，其究也，必至於自廢。」（註⑭）

他相信斯賓塞的一句話：「富强不可為也，政不足與治也。相其宜，動其機，培其本根，衞其成長，則其效乃不期而自立。」（註⑮）然而這種改造過程卻相當緩慢而長久，他說：「今雖有聖神用事，非數十百年薄海知亡，君臣同德，痛鋤治而鼓舞之，將不足以自立。」（註⑯）

從上面這些言論，我們可以很清楚的知道嚴復堅信社會演化是一種漸進發展的過程，而任何改革措施更必須配合國民程度的高低，也就是民力、民智、民德三者所構成的條件。因此，嚴復雖然在一八九五年三月的「闢韓」一文中批判了韓愈在「原道」中「知有一人而不知有億兆」的專制思想，但當問及「今而棄吾君臣可乎」時，嚴復的答案卻是：「大不可。」因為「其時未至，其俗未成，其民不足以自治也。彼西洋之善國且不能，而況中國乎！」簡言之，國民程度不足之故：

> 是故使今日而中國有聖人興，彼將曰：「吾之以藐藐之身托於億兆人之上者，不得已也，民弗能自治故也。民之弗能自治者，才未逮，力未長，德未和也。乃今將早夜以孳孳求所以進吾民之才、德、力者，去其所以困吾民之才、德、力者，使其無相欺、相奪而相患害也，吾將悉聽其自由。民之自由，天之所界也，吾又烏得而靳之！如是，幸而民至於能自治也，吾將悉復而與之矣。唯一國之日進富強，余一人與吾子孫尚亦有利焉，吾曷貴私天下哉！」誠如是，三十年而民不大和，治不大進，六十年而中國有不克與歐洲各國方富而比強者，正吾蓊言亂政之罪可也。（註⑰）

對於嚴復這種漸進改革的主張，我們怎麼能說是激進的呢？可見一八九八年以前的嚴復從來沒有激進過，而且在一八九八年之後，仍然繼續保持著他先前漸進改革的觀點，絲毫未變。

在一九〇一年的「《日本憲法義解》序」中，他說：「法之行也，亦必視民而爲之高下。方其未至也，即有至美之意，大善之政，茍非其民，法不虛行。」（註⑱）一九〇二年六月撰寫「主客平議」，意圖對新舊二派的主張作一合理的折衷，文中他相信「數千載受成之民質，必不如是之速化。」反對「以一二人倡說舉事之不詳，遂牽連流血以灌自由之樹。」因爲這是「長殺機而拂天演之自然」（註⑲）。以法國的革命爲例，革命之後，帶來了創夷與呻吟，以西方文明程度如此之高尚且如此，「公等試思，是四萬萬者爲何如民乎？而期其朝倡而夕喻也。」日本明治維新的成功在嚴復看來主要是因爲有歷史條件的配合，第一，「有天皇與幕府對立之現勢，使得陰行革命之實於反正之中。」第二，「其開通也，先於上位，故能用專制之柄，以偃維新之風。」（註⑳）

在一九〇三年出版的《羣學肄言》自序中，他指責「淺譾剽疾之士，不悟其從來如是之大且久也，輒攘臂疾走，謂以旦暮之更張，將可以起衰而以與勝我抗也，不能得，又搪撞號呼，欲率一世之人，與盲進以爲破壞之事。」（註㉑）爲了說明盲進破壞違背人類進化的原則，嚴復續譯《社會通詮》，欲藉此書，告知國人，人類社會「進化之階級，莫不始於圖騰，繼以宗法，而成於國家。」其間相嬗轉變，有一定時序，「若天之四時，若人身之童少壯者，期有遲速，而不可或少紊者也。」（註㉒）

一九〇五年嚴復因開平礦務局訟事，再赴倫敦，孫中山先生特來訪談，嚴復當即告以：「中國民品之劣，民智之卑，即有改革，害之除於甲者，將見於乙，泯於丙者，將發之於丁，爲今之計，惟急從教育上著手，庶幾逐漸更新乎。」（註㉓）透過教育，達到逐漸更新的效果，便是嚴復所謂的根本之圖。

一九○六年嚴復在上海青年會演講政治學八次，開宗明義即言：「宇宙有至大公例，曰：『萬化皆漸而無頓』。」國家也在天演的範圍之內，所以程度高低，都有自然原理，甚至在天事人功雜成之交中，有純出自然，而非人力所能及者，能者當事，僅能迎其機而導之，人力不可强求，「其進彌驟，其塗彌險。新者未得，舊者已亡，悵悵無歸，或以滅絕，是故明者愼之其立事也，如不得已，乃先之以導其機，必忍焉以須其熟。」這也就是「輕迅剽疾者之所以無當於變法，而吾國之所待命者，歸於知進退存亡之聖人」的原因。（註㉔）

同年年底十二月十七日爲安徽高等學堂演說「憲法大義」時，他再度說明英、法、德、義之政體，其所以成於今日之形式精神，非一朝一夕之事。而且「制無美惡，期於適時；變無遲速，要在當可。即如專制，其爲政家詬厲久矣，然亦問專此制者爲何等人？其所以專之者，心乎國與民乎？抑心乎己與子孫乎？」（註㉕）

在翻譯《法意》時受到孟德斯鳩文化相對論的影響，嚴復更感覺到：「方今吾國以舊法之疲弛，處交通之時期，道在變革，誰曰不宜。顧東西二化，絕然懸殊，而人心習俗，不可卒變。竊願當國者，知利害之無常，拘墟之說，固不可行，而紛更之爲，亦不可以輕掉也。」（註㉖）意思很明顯，中國在採行西方式的新政時，更非以漸進的方式不可。

基於國民品質的低落，嚴復在許多地方屢屢辯解專制之不得已。進入民國時期後，眼看遽變之後，造成武人世界，亂象叢生，對於驟然而來的共和制度，更是反感之至，他再度表示：「天下仍須定於專制，不然，則秩序恢復之不能，尚何富強之可跂乎。」（註㉗）他仍然相信一切舉措都當循途漸進，任天演之自然，不宜以人力強爲遷變。」（註㉘）他也再提出相同的理由，認爲所有亂象「以民德爲之因，今之民德則猶是也。其因未變，則得果又烏從殊乎？」（註㉙）

很顯然，嚴復的一貫信念是事物的演化有一定步驟，不可以旦暮更張，盲進破壞，必須緩進圖新，知道進退存亡，等待時機成熟，而其中關鍵則是民力、民智、民德所代表的國民品質的高低。這種社會演化觀我們看不出有任何激進的地方。而且從一八九五年說「不可棄君臣之制」到民國後說「天下仍須定於專制」，我們也看不出嚴復的思想有任何轉變。從這幾方面來看，嚴復一生之中，從來沒有激進過，自然也就無所謂從激進轉變爲保守了。

二、從批判傳統到反本復古？

嚴復在一八九五年的五篇文章中，除了提出改革的要求之外，讓人印象更深的是對傳統文化所做的批判與中西文化的深刻比較。但是在他的批判與比較中是否帶有反孔與全盤西化的主張，這才是問題的根本所在。

嚴復在第一篇文章「論世變之亟」中已經對中西文化做了鮮明的對照。中國文化的特點是好古而忽今，治亂循環，重三綱、親親、以孝治天下、尊主、貴一道而同風、多忌諱、重節流、追淳樸、美謙屈、尚節文、誇多識、委天數。西方文化的特點是力今以勝古、日進無疆、明平等、尚賢、以公治天下、隆民、喜黨居而州處、衆譏評、重開源、求歡虞、務發舒、樂簡易、尊新知、恃人力。這份對照表所表現的深度獨邁時人之上，但基本上，嚴復更能夠以寬廣的格局來觀照這種差異，從社會經濟的角度來解釋差異的形成。他認爲中國物產有限，但人民慾望無窮，終必成不足之勢，「物不足則必爭，而爭者人道之大患也。故寧以止足爲教」，以大一統平息爭執，秦之銷兵焚書蓋如是，科舉考試「防爭尤爲深且遠，取人人尊信之書，使其反復沉潛」，以致民智日窳，民力日衰，士大夫更是墮落。（註㉚）

形勢雖然如此，但不可「以士大夫之不肖而訾周孔，以爲其教何入人心淺也。」因爲「子曰：『人能宏道，非道宏人』。儒術之不行，固自秦以來，愚民之治負之也。」（註㉛）在這裡，嚴復很顯然從一開始就把中國文化的衰敗和儒家思想的責任作了清楚的劃分。在一八九八年六月的「有如三保」一文中，嚴復還說：「今日更有可怪者，是一種自鳴孔教之人，其持孔教也，大抵與耶穌、謨罕爭衡，以逞一時之意氣門戶而已。不知保教之道，言後行先則教存，言是行非則教廢。……然則累孔教，廢孔教，正是我輩。只須我輩砥節礪行，孔教固不必保而自保矣。」（註㉜）不但如此，嚴復更肯定「孔教之高處，在於不設鬼神，不談格致，專明人事，平實易行。而大《易》則有費拉索非之學，《春秋》則有大同之學。苟得其緒，並非附會，此孔教之所以不可破壞也。」中國的問題是：「孔子雖正，而支那民智未開，與此教不合。雖國家奉此以爲國教，而庶民實未歸此教也。」所以，中國的衰敗與孔子無關。（註㉝）

嚴復之所以堅持孔教不可破壞，是因爲他相信每一個國家都必定有其獨特的立國之道：

合一羣之人，建國於地球之面。人身，有形之物也，凡百器用與其規制，均有形之事也。然莫不共奉一空理，以為之宗主。此空理者，視之而不見，聽之而不聞，思之而不測。而一羣之人，政刑之大，起居之細，乃無一事不依此空理而行。其漸且至舉念之間，夢寐之際，亦無心不據此空理而起也。此空理則教宗是矣。自非禽獸，即土番苗民，其形象既完全為人，則莫不奉教，其文化之淺深不同，則其教之精粗亦不同。大率必其教之宗指適合乎此羣人之智識，則此教即可行於此羣中，而此羣人亦可因奉此教之故，而自成一特性。故風俗與教宗可以互相固結者也。（註㉞）

同樣的，我們再次看到戊戌政變以前的嚴復儘管嚴厲批判傳統，鼓勵學習西學，但他不但沒有反孔，反而肯定孔教，更無所謂的全盤西化。對於他所最服膺的斯賓塞思想，他甚至認為「約其所論，其節目支條，與吾《大學》所謂誠正修齊治平之事有不期而合者。」（註㉟）在中西文化這個問題上，他的態度採取折衷之道。

戊戌政變之後，新舊持中的態度繼續保持，毫無改善。一九〇二年嚴復藉著各主「非循故無以存我」，「非從今無以及人」之新舊派兩位客人的對話，以「大公主人」自居，加以公平論斷，認為新舊各有其弊，舊者之弊是「無異持丸泥以塞孟津，勢將處於必不勝。」新者之弊是不知「獨數千載受成之民質，必不如是之速化，不速化故寡和，寡和則勍者剋之，必相率為犠牲而後已。」（註㊱）

同年，他在致梁啓超的信函中也批判了「以牛為體，以馬為用」的中體西用論的謬誤。嚴復認為「中西學之為異也，如其種人之面目然，不可強謂似也。故中學有中學之體用，西學有西學之體用，分之則並立，合之則兩亡。」例如「往者中國有武備而無火器，嘗取火器以輔所不足者矣：有城市而無警察，亦將取警察以輔所不足者矣。顧使由今之道，無變今之俗，是輔所不足者，果得之而遂足乎？有火器遂能戰乎？有警察者遂能理乎？」（註㊲）所以根本要圖不在中體西用，而在「變今之俗」，也就是國民品質的改造，這點仍然和一八九五年撰寫「原强」時的觀點一致，認爲西法再多，「然使由今之道，無變今之俗，十年以往，吾恐其效將不止貧與弱而止也。」（註㊳）

嚴復反對中體西用論的另一個理由是一國之政教學術，就如有機物一樣，「有其元首脊腹，而後有其六府四肢，有其質幹根荄，而後有其枝葉華實。使所取以輔者與所主者絕不同物，將無異取驥之四蹏，以附牛之項領，從而責千里馬，固不可得，而田隴之功，又以廢也。」那麼，在這種狀況下，今之教育是否可以「盡去吾國之舊，以謀西人之新」？嚴復的答案是：「又不然。」他引述英人摩利的話，重申變法之難在於「去其舊染矣，而能別擇其故所善者而存之。」「方其洶洶，往往俱去，不知是乃經百世聖哲所創垂，累朝變動所淘汰，設其去之，則民之特性亡，而所謂新者從以不固。」嚴復的態度是「闊視遠想，統新故而視其通，苞中外而計其全。」（註㊴）

一九〇四年嚴復爲了幫助國人學習英文，編了《英文漢詁》，他在卮言中特別强調「然使果有人才而得爲國民之秀傑者，必不出於不通西語不治西學之庸衆，而出於明習西語深通西學之流。」外國語言對於一國之興必然有相資之益。對於新舊兩派的對立，他認爲「他日因果之成，將皆出兩家之慮外，而破壞保守，皆懮其所不能懮者也。果爲國粹，固將長存。西學不興，其爲存也隱；西學大興，其爲存也章。蓋中學之眞之發現，與西學之新之輸入，有比例爲消長者焉。」他感嘆道：「不佞斯言，所以俟百世而不惑者也。百年以往，將有以我爲知言者矣。」（註㊵）

一九〇六年一月在環球中國學生會演說「論教育與國家之關係」，再次說明中國具有經數千年之閱歷而形成之天理人倫，「為國家者，與之同道，則治而昌，與之背馳，則亂而滅。故此等法物，非狂易失心之夫，必不敢倡言破壞。乃自西學乍興，今之少年，覺古人之智，尚有所未知，又以號為守先者，往往有末流之弊，乃羣然懷鄙薄先祖之思，變本加厲，遂并其必不可畔者，亦取而廢之。然而廢其舊矣，新者又未立也。急不暇擇，則取勦襲皮毛快意一時之議論，而奉之為無以易。」（註㊶）

然而，即使是到了一九一一年，以更多的言論來支持孔教的時候，嚴復仍然高倡「今日教育應以物理科學為當務之急」（註㊷），並沒有放棄一八九五年時鼓吹西學的主張。到一九一三年時，他還是相信「開國世殊，質文遞變，天演之事，進化日新，然其中亦自有其不變者。」儘管認為「經書不可不讀」，但「若夫形、數、質、力諸科學，與夫今日世界之常識，以其待用之殷，不可不治，吾輩豈不知之？」（註㊸）

所以，在批判傳統這個問題上，嚴復從一開始就不曾反孔、非孔，更不曾主張全盤西化，當然也就無所謂從批判傳統轉變為反本復古了。嚴復的一貫態度是超越新舊兩派的限制，堅信保存故舊精華，努力吸收西學，緩進圖新。

三、保守主義的定位

為什麼一個從來不激進的嚴復會被認為從激進轉變為保守？一個在批判傳統時，從來不反孔的嚴復，會被認為從非孔、全盤西化轉變為反本復古？表面的原因是惑於一八九五年五篇文章的改革呼聲以致誤解了嚴復思想的基本意旨。但更深層的理由是，在中國近代左右兩派的激烈政治鬥爭當中，以嚴復爲代表的保守主義思想從來不曾被正確的定位，反而受到忽視和扭曲。

一個保守主義者鑒於社會制度過於複雜，因此在改革的方式上，主張水到渠成，自然推進，在停滯不前和急劇改革之間採取中庸適度，反對急進主義，重視社會紀律的維持，嚴復的觀點不正是如此嗎？

一個保守主義者主張尊重歷史和傳統，一切制度的形成，都是在歷史發展的過程中逐漸演變而來，任何改革也就必須根植於傳統，嚴復不正是如此嗎？

一個保守主義者相信個人能力的發揮才是社會進步的原動力，嚴復不正是如此嗎？

一個保守主義者主張精英統治，認爲一個社會必然有精英集團，由具有優越品質的人來引導社會是一種自然現象，嚴復不是也主張聖人當國，能者治世嗎？

一個保守主義者必然也是愛國主義者。不是所謂階級鬥爭，而是國家，才是保守主義政治思想的基礎。嚴復一生的主要關懷，不正體現了這點？

嚴復是中國近代思想史上第一個最嚴謹、最有系統、最有深度的保守主義者，他對社會演進的性質自始就有一套保守主義式的看法，而且終其生未變。我們今天所需要做的是，還保守主義者一個應有的歷史地位，不以左右不同的派別立場來解釋他、評價他。

註釋：

①周振甫，《嚴復思想述評》（台北：中華書局，一九六四年，台一版）。

②王栻，《嚴復傳》（上海：人民出版社，一九五七年）。
③徐高阮，「嚴復型的權威主義及同時代人對此型思想之批評」，《故宮文獻》第一卷第三期，一九七〇年六月，頁十一——二十七。
④李澤厚，《中國近代思想史論》（北京：人民出版社，一九七九年），頁二四九——二八五。
⑤陳越光、陳小雅，《採藍與墓地：嚴復的思想和道路》（成都：四川人民出版社，一九八五年）。
⑥張志建，《嚴復思想研究》（桂林：廣西師範大學出版社，一九八九年）。
⑦王栻主編，《嚴復集》（北京：中華書局，一九八六年），第一册，頁十七。
⑧同上，頁十八。
⑨同上，頁十八、二十五、二十七。
⑩同上，頁二十五。
⑪同上。
⑫同上，頁二十六。
⑬同上，頁二十五。
⑭同上，頁十五。
⑮同上，頁二十六。
⑯同上，頁二十。
⑰「闢韓」，同上，頁三十五。
⑱「《日本憲法義解》序」，同上，頁九十六。

⑲「主客平議」，同上，頁一二。
⑳同上
㉑「譯《羣學肄言》自序」，同上，頁一二三。
㉒「譯《社會通詮》自序」，同上，頁一三五。
㉓王遽常，《嚴幾道年譜》（台北：商務印書館，一九七七），頁七四——七五。
㉔「政治講義」第一會，《嚴復集》第五冊，頁一二四五、一二四二。
㉕「憲法大義」同前書第二冊，頁二四〇——二四一。
㉖《法意》第二十九卷第六章「案語」，同前書第四冊，頁一〇二五。
㉗「嚴幾道與態純如書札」，《學衡》第二十期（一九二三年八月），頁十三。
㉘同上，《學衡》第六期（一九二二年六月），頁三。
㉙《嚴復集》第三冊，頁六一一。
㉚「論世變之亟」，同前書，第一冊，頁一——二。
㉛「原强」，同上，頁十四。
㉜「有如三保」，同上，頁八十二。
㉝「保教餘義」，同上，頁八十五。
㉞同上，頁八十三。
㉟「原强」，同上，頁六。
㊱「主客平議」，同上，頁一一九——一二〇。

㊲「與《外交報》主人書」，同前書，第三册，頁五五九。

㊳「原强」，同前書，第一册，頁二十六。

㊴「與《外交報》主人書」，同前書，第三册，頁五五六。

㊵《英文漢話》卮言」，同前書，第一册，頁一五五——一五六。

㊶「論教育與國家之關係」，同上，頁一六八。

㊷「論今日教育應以物理科學爲當務之急」，同前書，第二册，第二册，頁二七八。

㊸「讀經當積極提倡」，同上，頁三三二。

（作者現任東海大學歷史系副教授）

嚴復與西學

■林保淳

一、嚴復與西方文化
二、西化救國論
三、從西學到中學

中國自鴉片戰爭受挫於英國，簽訂了首開惡例的不平等條約——《南京條約》之後，西方列强挾著强大的軍事、經濟、文化優勢，大舉入侵，清廷時而割地賠款，時而利權拱手讓人，朝野有識之士，面臨宗國瓜分豆剖、亡國滅種的危機，無不亟思有以振作，以謀求救亡圖存之道。中國近代史上的變法自强思潮，即由此蓬勃開展，而成爲晚清思想的一股主流。

大抵上，從鴉片戰爭到辛亥革命之間（一八四二—一九一一），中國變法家的思想，無論是激進、保守或緩和者，所關注的皆是「中國應該如何才能富强」的問題。「如何」一語，基本上是方法論（Methodology）的問題。方法，一方面服膺於目的（End），一方面又與個人的世界觀點有關。「當人們運用一定的世界觀分析問題、解決問題、認識世界和改造世界時，這些根本觀點也就轉化爲根本方法（註①），換句話說，當一個思想家的世界觀有所轉變，或者當他發現原有的解決問題的方法，無法奏效時，都有可能引起整個方法論的改弦易轍。這兩點認識，將有助於我們瞭解嚴復這位頗受爭議的思想家的思想性質。

晚清變法思想的發展過程，基本上，已由戊戌政變之前的湖南守舊知識分子曾廉，作了相當扼要的概括：

變夷之議，始於言技，繼之以言政，益之以言教，而君臣父子夫婦之綱蕩然盡矣。君臣父子夫婦之綱廢，於是天下之人視其親長，亦不啻水中之萍，泛泛然相值而已，悍然忘君臣父子之義，於是乎憂先起於蕭牆。

（《瓥庵集》卷十三〈上在先生書〉）

言技、言政、言教三個階段，我們當然很難將之淸晰地釐劃開來，尤其是言政、言教二者，在中國傳統政教合一的體制下，凡是論及政治改革，幾乎不可能不牽涉到道德教化的問題。不過，就先後程序上說，這三個焦點的出現，的確是魚貫而來的。從鴉片戰爭時期林則徐、魏源的「師夷長技」，到曾國藩、李鴻章的「洋務自强」，以迄康有為、梁啓超「百日維新」的變法圖强，正具體地反映了這個程序。

我們儘管可能覺得曾廉的批評，未免過甚其詞，將變法詆為「變夷」，完全站在本位文化的立場抒論。但是，假如我們取之以與日後張之洞《勸學編．明綱》屠仁守〈辨闢韓書〉，以及收錄在《翼教叢編》中的各家論說相比較，當可以發覺曾廉之論，其實正代表著當時知識分子的共同心聲。值得注意的是，在這些人當中，誠然有若干拒絕變通的頑固守舊者，但也有不少倡導變法的改革家，因此，曾廉引以為深憂的傳統三綱五常，究竟應在變法思想中居於何種地位的爭論，也就成為變法思想中，一個最重要的問題了。

三綱五常向來被視為自堯、舜、禹、湯、文、武、周、孔一脈相承而下的「道」，所謂「道之大原出於天，天不變，道亦不變」（註②），「聖人之所以為聖人，中國之所以為中國，實在於此」（註③），是「不得與民變革」（註④）的。這代表了中國王道德治的最高理想，也是傳統知識分子安身立命的基本信念。因此，在變法的命題下，尙凸顯一個「不變」的理念，而如何安排，實際上即為中西文化的如何取捨。關於這點，筆者認為非但是研究晚淸思想中的重要課題，而且更具有現代意義。畢竟，中國自鴉片戰爭迄今，還一直徬徨於中西文化的雙向道之上，究竟應何去何從？似乎仍沒有一個確定目標。也許透過對嚴復這一位中西文化衝突中的典型人物的思想分析，可以使我們更清楚地掌握到未來中國文化的趨向吧！

在中國近代思想史上，嚴復是一個相當令人矚目的思想家，這不僅僅指他對當時亟欲向西方尋求眞理，以鞏固國家於富强的中國新知識分子的有力影響，更因其自身思想的蛻轉過程，實際上提供了當代的中國人，對本土文化作近一步省思的絕佳範例。關於嚴復在中國近代思想上所扮演的啓蒙角色，前人早有定論，即此已足以奠定他在中國思想史上不朽的地位；但是儘管學者皆以肯定的態度，爲嚴復作了中肯的評價，實際上，嚴復本身的思想性質，卻始終沒有一個定評。尤其是嚴復的晚年思想，有人認爲漸趨保守，根本與甲午時期的表現南轅北轍，從而譏評他退縮落後，甚至詆其爲頑固（註⑤）；也有人認爲嚴復雖然有歸反傳統的趨勢，基本上卻並未背離西方（註⑥）；議論紛紜，莫衷一是。究竟他的思想應從什麼角度來觀察，才比較接近實情？本文從嚴復的西學出發，試圖提出一點看法，雖然明知學非專長，所論可能毫無新義，但也請方家不吝指正。

一、嚴復與西方文化

嚴復首先接觸到西式文明，是在一八六七年進入馬江船政學堂就讀的時候，此時嚴復十五歲。以當時馬江學堂的課程安排看來，嚴復所學，除了英文之外，大抵即是當時所說的「格致」之學。我們可以想像的是，嚴復在此後五年的期間內，雖然以「最優等卒業」（註⑦），充其量不過使他具備了成爲一個優秀的海軍軍官的能力，對於他日後的發展，尤其是在思想上，關鍵性顯然是不大的。畢竟，此時的中國，尚未脫離船堅砲利的格局。左宗棠創辦船政學堂，原意便是在培養海軍人才，「所重在學造西洋機器，以成輪船，俾中國得轉相授受，爲永遠之利也」（註⑧），「學成而後，督造有人，管駕有人，輪船之事，始爲一了百了」（註⑨）；甚至在一八七六年，船政學堂派出首批留學生分赴英、法二國，其終極目的，亦不過在求得所學能「精益求精，不致廢棄」（註⑩）而已。因此，我們很難說嚴復在船政學堂的經歷，會直接影響到他未來的發展。

不過，自一八七六年始，嚴復奉派入英國格林尼次海軍大學深造期間，卻是嚴復西學的起點，這點就直接關涉到他未來二十多年，甚至一生的思想了。

嚴復在英國留學期間的事蹟，相關記載殊爲簡略，值得注意的是，此時他結識當時任英國公使的郭嵩燾（一八一八～一八九一）。郭嵩燾在當時的洋務人士中，是一個相當具有宏觀偉識的倡導者，嚴復與郭嵩燾結爲忘年之交，經常在一起「論析中西學術政制之異同」（註⑪），想必亦聞知其緒論，這對他日後能別具心眼，透視西方强盛的底蘊，直探奧區，標舉另一層次的「西學門徑與功用」，無疑有相當重要的影響。假如說，郭嵩燾是嚴復思想的啓迪者的話，相信是一個中肯的論斷，但是嚴復一生始終信守不渝的核心思想，則非受之於郭嵩燾，而是來自英國當時流行思潮的濡染。

嚴復留學英國期間，究竟閱讀到那些西方思想名著，現今已無法確知，不過，我們從嚴復日後屢屢提及的西方思想家，如亞當斯密、孟德斯鳩、盧梭、邊沁、穆勒、達爾文、赫胥黎、斯賓塞等，正是此時英國最引人矚目的思想大家看來，嚴復居於此種環境之中，兼以其「靡不究極原委」（註⑫）的爲學態度，可以想見嚴復應該對這些學者的理論，曾下過一番工夫。其中尤以達爾文的進化論，以及斯賓塞、赫胥黎等，據進化論發展出來的社會達爾文主義的正反議論，最爲嚴復所關切，此後並成爲他思想的主要基幹。

嚴復於一八七九年回國，由此年迄一八九四年甲午戰爭爆發的十五年期間，嚴復大部分時間都在天津水師學堂任職，由於鮮少文章發表，我們很難確知他對西學的公開看法，不過學堂公務並不繁重，相信嚴復沉潛之餘，定然於西方思想多所究心，更臻深醇，這點，我們可以從《天演論》的譯成，距赫胥黎原作出版不過一年左右，可知嚴復是非常注意西方思想發展現況的。一八九四年十月十一日，嚴復寫了一封家書給長子嚴璩，大概是現今所知嚴復最早表明自己西學觀點的資料了，而這也足以顯示嚴復沉潛十五年的爲學心得，其文云：

> 我近來因不與外事，得有時日多看西書，覺世間惟有此種是真實事業，必通之而後有以知天地之所以位、萬物之所以化育，而治國明民之道，皆舍之莫由。但西人篤實，不尚誇張，而中國人非深通其文字者，又欲知無由，所以莫復尚之也。且其學極馴實，不可以頓悟，必層累階級，而後有以通其微。及其既通，則八面受敵，無施不可。以中國之糟粕方之，雖其間偶有所明，而散總之異、純雜之分、真僞之判，真不可同日而語也。
>
> （《嚴復集．第三冊》，頁七八〇。以下僅標册、篇、頁）

這封書信很能代表嚴復在一八九五年到一九〇〇年之間的思想理念，在論析中西學術異同之際，嚴復很明顯地是傾向於西方文化的。而這一種理念，則在其後他發表在天津《直報》上的〈論世變之亟〉、〈原強〉、〈闢韓〉、〈救亡決論〉等四篇重要的文章，以及陸續刊載於《國聞報》上的二十多篇社論中，獲得持續而有系統的發揮。

二、西化救國論

毫無疑問地，中日甲午戰爭的喪師，以及《馬關條約》的辱國，是嚴復西學的一個强烈刺激因素。甲午之戰的失敗，象徵著自曾國藩、李鴻章推行洋務以來，以模仿西方科技爲主的自强運動的終結，同時也開啓了維新的契機。所謂的「維新」，從字面意義來說，自然有與其對待的「守舊」的一面。當然，所謂的「舊」，亦未必即指頑强固陋、墨守成規，而很可能是一種不夠透徹的見解。嚴復曾云：

夫中國之開議學堂久矣，雖所論人殊，而總其大經，則不外中學為體，西學為用也；西政為本，而西藝為末也；主於中學，以西學輔其不足也；最後而有大報學在普通，不在言語之說。

（〈與外交報主人書〉，冊三，頁五五八）

所謂的體用、本末、主輔，很顯然是基於本土文化的堅持，而在中西之間作了先後程序的區別。而這三個觀念，其實都在張之洞的《勸學編》中，明白揭示過。實際上，「中體西用」一語，即可涵納三者。「中體西用」的內涵，是否一如梁啓超所說：「蓋當時之人，絕不承認歐美人除能製造、能測量、能駕駛、能操練之外，更有其他學問。」（註⑬）如此狹隘，是大成問題的。不過，從其基本宗旨——「〈內篇〉務本，以正人心；〈外篇〉務通，以開風氣」（註⑭）、「中學治身心，西學應世事」（註⑮）——看來，他雖然主張「舊學爲體，新學爲用，不使偏廢」（註⑯），但是在西學當中，卻作了相當愛憎分明的裁別，如云：

不可講泰西哲學，……西國哲學流派頗多，大略與戰國之名家相近，又出入於佛家經論之間，大率皆推論天人消息之原，人情物理愛惡攻取之故。蓋西學密實已甚，……近來士氣浮囂，於其情意不加研求，專取其便于己私者，昌言無忌。……假使僅尚空談，不過無用，若偏宕不返，則大患不可勝言矣。中國聖經賢傳無理不包，學堂之中豈可舍四千年之實理，而騖數萬里外之空談哉！

（《張文襄公全集》卷五七，〈籌定學堂規模次第興辦摺〉）

在張之洞的觀念中，西學其實僅指西方的科學技藝、國際公法、商務實業的各種知識，而不包括政治、哲學思想等與傳統儒家思想相違背的「異端邪說」。基本上，這是承襲儒家大一統的觀念而來的，依舊不脫傳統儒生護衛儒家、排斥異端的故調。這點，與嚴復强調「苟求自强，則六經且有不可用者，況夫秦以來之法制」（註⑰）的目的論觀點，是大相逕庭的。在嚴復的觀念中，富强是中國當時最迫切的要求，只要有助於富强，任何思想都可以接納，這正是嚴復變法圖存的基本理念。

粗略視之，嚴復似乎只是個爲達目的，不擇手段的激進主義者，因爲這樣的觀念是具有相當大的危險性的，勢必會犧牲掉若干可能具有恆久價值的道德理性。就在嚴復頗爲傾倒的先秦法家變法的過程中，即顯示了此項危機。漢代的儒生據此批駁公孫弘等富國論者，同樣地，張之洞也援理批駁了嚴復的闢韓論。這種論爭是不可能有定於一尊的是非標準的，因爲他們完全站在不同的角度觀察問題，而這正是不同的世界觀所導致的。

事實上，這也是變與不變之間的永恆論爭。持不變觀點的人，往往具有歷史退化論的傾向，他們嚮往古代，尤其是某一個特定的黃金時代，以及開創此一時代的聖人和聖人所制定的各種制度。黃金時代是個典範，後世決然無法超越，更無法易動，因此自黃金時代流傳下來的各種制度、觀念，也必具有永恆的價值；即使退一步說，承認世界是隨時變動的，後世有可能遠邁前代，但此一不變的原則——以儒家來說，即是韓愈所推原的「道」——，於變中還是不可變的。持變法觀點的人，大抵皆有幾分歷史進化論的觀念，時代永遠是不停地往前邁進、變化的，時代不同，所藉以維繫此一時代的各種法制、觀念也必然不同，因此世間絕沒有一種置之四海皆準、俟諸百世而不惑的一成不變的法則。嚴復與張之洞等緩進改革家的分歧點，正在於此。同時，在嚴復看來，這也是西方文化本質上的差異，如其云：

嘗謂中西事理，其最不同而斷乎不可合者，莫大於中之人好古而忽今，西之人力今以勝古，中之人以一治一亂、一盛一衰為天行人事之自然，西之人以日進無疆，既盛不可復衰，既治不可復亂，為學術政化之極則。

（〈論世變之亟〉，册一，頁一）

嚴復很中肯地爲這兩種不同的世界觀，作了「以並存於兩間，而吾實未敢遽分其優絀也」（註⑱）的評價，即此，在相當程度上，抵消了盲目激進的危險性。因此，嚴復雖然在諸多議論中，表現於對西方文化的欽羨，卻不能就此斷定他是一個「全盤西化」的倡導者。因爲，就在嚴復模稜於中西文化的兩可之間，實際上也透露了他隨時轉向的可能。

然而張之洞和嚴復畢竟是不同類型的變法者，因爲在張之洞的變法觀念中，往往缺乏對西方文化的敏銳觀察力，而嚴復則正基於他的世界觀，對西方文化的優點，有更透闢的了解。在〈論世變之亟〉一文中，嚴復很鮮明地表達出他的世界觀：

嗚呼！觀今日之世變，蓋自秦以來，未有若是之亟也。夫世之變也，莫知其所由，然強而名之曰運會，運會既成，雖聖人無所為力。蓋聖人亦運會中之一物，既為其中之一物，謂能取運會而轉移之，無是理也。彼聖人者，特知運會之所由趨，而逆睹其流極，唯知其所由趨，故後天而奉天時，唯逆睹其流極，故先天而天弗違。於是裁成輔相而天下於至安。（仝上）

嚴復認爲，世界的腳步不但是往前邁進的，而且變化的幅度，更是空前劇烈的。變動是世界的基調，即使是聖人，也無法阻擋此一潮流；而聖人之所以爲聖人，則是由於他能掌握到此一潮流的趨向，而因時制宜。換句話說，中國如欲富強圖存，唯有將自己置身於此一莫可遏止的運會之中，才有可能。據此，嚴復批駁了道、咸以來的「驅夷論」，揭示「惟其遏之愈深，故其禍發之也愈烈」（註⑲）的危害。很顯然地，嚴復所呼籲的，是一個嶄新的世界觀，而這種觀點正是緩進的改革家所欠缺的。因此，嚴復對西方之所以强盛的原因，就遠較他們看得透徹了。嚴復說：

今之夷狄，非猶古之夷狄也。今之稱西人者，曰彼善會計而已，又曰彼擅機巧而已。不知吾今茲之所見所聞，如汽機兵械之倫，皆其形下之粗迹，即所謂天算格致之最精，亦其能事之見端，而非命脈之所在。其命脈云何？苟扼要而談，不外於學術則黜偽而崇真，於刑政則屈私以為公而已。斯二者，與中國理道初無異也，顧彼行之而常通，吾行之而常病者，則自由與不自由異耳。

（仝上，頁二）

這種認識，毫無疑問是很精闢的，相信在這裡，郭嵩燾「泰西富強具有本末，所置一切機器，恃以利用致遠，則末中之末也」（註⑳）、「凡爲富強必有其本，人心風俗政教之積，其本也」（註㉑）的觀點，對嚴復應有相當程度的啓示作用。西方的富強，是一個既存的事實，這點，早已於歷史中得到證明了。中國人懾於西方列強的侵略，自鴉片戰爭以來，便一直企圖追源西方之所以富強的原因，冀望能於其中掌握住富強的契機，這是「變法」的基調。可惜的是，從一開始他們的路子就走岔了。因爲他們所看到的都是一種表象、一個結果，而非根本的因子。嚴復將此因子稱爲「命脈」，而這命脈並不在於船堅砲利、實業經濟等所顯示的科技層次，而在於其深層結構的思想文化上。嚴復很明顯地將此一「命脈」，視作富強的基礎。因此，中國不欲富強則已，欲求富強，唯有自此命脈著手。這樣的見解，正顯示了變法思想從「言技」到「言政」、「言教」的轉變。在〈救亡決論〉中，嚴復大聲疾呼，「西學格致，非迂途也，一言救亡，則將舍是而不可」（註㉒），此一「西學」的內涵，顯然與張之洞所說的迥然不同。張之洞的「西學」，屬於可變的層次，既爲可變，自不妨取而更張之；但嚴復的「西學」，卻是不可變的常道，無論是在西方還中國，皆是不可變。他曾說：

天變地變，所不變者，獨道而已。雖然，道固有其不變者，又非俗儒之所謂道也。請言不變之道：有實而無夫處者宇，有長而無本剽者宙；三角所區，必齊兩矩；五點部位，定一割錐，此自無始以來不變者也。兩間內質，無有成虧；六合中力，不經增減，此自造物來不變者也。能自存者資長養於外物，能遺種者必愛護其所生；必為我自由，而後有以厚生進化；必兼愛克己，而後有所和羣利安，此自有生物生人來不變者也。此所以為不變之道也。（〈救亡決論〉，冊一，頁五〇）

我們大致上可以將嚴復所說的不可變的「道」，化約在「名、數、質、力」四種學問，以及「自由」精神中。前者不僅是他心目中「西學之最爲切實，而執其例可以御蕃變者」（註㉓），而且：

不為數學、名學，則吾心不足以察不遁之理，必然之數也；不為力學、質學，則不足以審因果之相生，功效之互待也。……蓋於名、數知萬物之成法，於力、質知化機之殊能，尤必藉天地二學，各合而觀之，而後有以見物化之成迹。（〈原强〉，冊一，頁六至七）

「名、數、質、力」四學，是西方近代科學思想的基礎；至於後者，嚴復則屢屢强調其與富强的關係：

夫所謂富強云者，質而言之，不外利民云耳。然政欲利民，必自民各能自利始，民各能自利，又必自皆得自由始；欲聽其皆得自由，尤必自其各能自治始；反是且亂。

（〈原强·修訂稿〉，册一，頁一七）

「自由」則又是西方民主的重要支柱。是則嚴復追尋富强的途徑，大抵上即可以「民主」與「科學」二語涵蓋，而此即是「西學」。嚴復將「西學」定位於此，無疑較張之洞更能掌握住變法的關鍵，由此開展，即完全走上「西學」一路，塑成他早期「西學救國論」的思想。

從「民主」和「科學」兩個主題出發，我們頗能清晰地掌握住嚴復此時思想的脈絡。以〈原强〉中所强調的三個「富强之本」來說，「鼓民力」在於掃除中國舊有的妨害民力伸張的風俗習慣，如婦女纏足、吸食鴉片等；「開民智」在强調「西學」，力詆舊學術之「無實」、「無用」；「新民德」則企圖藉民主、民權，養成愛國意識。大抵上皆與是二者有直接或間接的關係。事實上，「科學」一事，自鴉片戰爭以來已普遍成爲一種共識了，在嚴復思想中的重要性，遠不如「民主」，以他所說的「新民德之事，尤爲三者之最難」一語看來，嚴復的重心顯然置於「民主」之上，〈闢韓〉一文，極力批判韓愈架構在「君尊臣卑」觀念上的「道統」說，標舉出類似《民約論》的國家形成說，以「不得已」之論，重新詮釋君、臣、民的關係，可謂是最足以說明此一事實的了。相對於張之洞的「中學爲體，西學爲用」，嚴復的西學觀點則是「以自由爲體，以民主爲用」（註㉔）。他批評「中體西用」時說：

> 善夫金匱裘可桴孝廉之言曰：體用者，即一物而言之也。有牛之體，則有負重之用；有馬之體，則有致遠之用。未聞以牛為體，以馬為用者也。中西學之為異也，如其種人之面目然，不可強謂

似也。故中學有中學之體用，西學有西學之體用，分之則並立，合之則兩亡。議者必欲合之以為一物，且一體而一用之，斯其文義之違舛，固已名之不可言矣，烏望言之而可行乎？

（〈與外交報主人書〉，册三，頁五五八至五五九）

嚴復的批評是相當銳利的，此文雖作於一九〇二年，已在嚴復思想起了變化之後，我們不容易遽然判斷他對中西學術的明確歸趨，但是，這種「體用一元論」，很明顯地，是壁壘森嚴地將中西學術區劃爲二的。在〈救亡決論〉中，嚴復標舉「西學」，刋落一切「舊學」，認爲中國不變則已，如欲變，則不得不乞靈於西方學術，這不但是他之所以被，目爲「全盤西化」的倡導者的原因，更是他和其他改革家的衝突焦點。

假如說〈救亡決論〉是嚴復倡導西學的正式宣告的話，則〈闢韓〉一文，毫無疑問地，就充當了他批斥舊說謬誤的先頭部隊了。

〈闢韓〉一文，是中國千數年來，第一篇敢於大膽向傳統君臣觀和道統說挑戰的文字，其所激起的衝突力量，可想而知。就晚淸而言，這種非聖無法的觀念，自然不可能徵得認同，屠守仁之批判嚴復「乖戾矛盾」（註㉕），自是意料中事。

嚴復從「民主」、「科學」開展，終於使他走上了西化的路子，可是，無論是「民主」，抑或是「科學」都是嚴復救國的手段，是服膺於「富强」這個終極目的之下的。嚴復的「富强」觀念，由於有思想文化爲基礎，故而亦可以避免中國法家純粹自嚴苛的法制著手，所引發出來的弊端。但是，問題在於，是否只有「民主」、「科學」，才足以使中國臻於富强？「富强」是嚴復一生戮力追求的目標，一旦他發覺自己所醉心的西洋文明，並未能達到這個目的時，嚴復又將如何？

值得注意的是，就在嚴復極力倡導西學的同時，我們可以發現到，在他堅決果斷地宣稱「四千年文物，九萬里中原，所以至于斯極者，其教化學術非也，不徒嬴政、李斯千秋禍首，若充類至義言之，則六經五子亦皆責有難辭」（註㉖）時，也始終含有一種「不確定性」。而這「不確定性」則顯然來自對傳統中學的綣繾。這使他一方面極力推闡西學，對襯傳統的弊病；一方面又不能忘情中學，處處留了轉圜的餘地。而且這「不確定性」往往使他的思想，顯得模稜兩可，後人之爭議，大抵皆由此產生。如他在〈原強篇〉中，即表示：

中國名為用儒術者，三千年于茲矣，乃徒成就此相攻、相感、不相得之民，一旦外患忽至，則糜爛廢痿，不相保持，其究也，且無以自存，無以遺種，則其道奚貴焉？然此特鄙人發憤之過言，而非事理之真實。子曰：「人能弘道，非道弘人。」儒術之不行，固自秦以來，愚民之治負之也。

（〈原强〉，冊一，頁八五）

與〈救亡決論〉的斬決相比，頗異其趣。顯然是針對張之洞《勸學編》而來的，〈有如三保〉、〈保教餘義〉、〈保種餘義〉中，嚴復亦力言「孔教固不必保而自保」（註㉗），將中國的衰弱，與孔教截然劃分開來，都同樣是這種「不確定性」的表現。如云：

孔教之高處，在於不涉鬼神、不談格致，專明人事，平實易行。而《大易》則有費拉索非之學，

《春秋》則有大同之學，苟得其緒，並非附會，此孔教之所以不可破壞也。（〈保教餘義〉，冊一，頁八五）

也許，我們可以此證明嚴復始終未曾忘情於儒家思想。不過，此時期的嚴復思想，畢竟是以「西體西用」爲重心，所表現出來的，是一種激進的態度，恐怕連他自己都不會承認自己尚未忘懷儒家。在《原强．修訂稿》中，嚴復力申民力、民智、民德，將之視爲「富强」之本。類似的模稜觀點，已不再出現，即此可見一斑。同時，〈保教餘義〉中，他也說道：「孔子雖正，而支那民智未開，與此教不合（註㉘）。」換句話說，「開民智」這個重要的命題，是無法直接自孔教得來的。孔教雖然不可破壞，無如在此時此刻，對國家的富强沒有裨益（嚴復也不可能贊成儒家的不談格致），此則不得不乞靈於西學。故此，嚴復在「富强」的目標下，是不會將儒家思想考慮進去的，而這也是他和張之洞諸人發生齟齬的原因之一。

不過，此一「不確定性」雖不足以證明嚴復前期思想具有調和性質，卻可能伏下了他日後思想的轉機。

三、從西學到中學

嚴復的中學素養，無疑是具有相當深厚的造詣的，這點，我們從他尖銳地批判傳統舊學時，所具的眼光中，即可得知。

嚴復之傾心於西學，固然緣由甚早，但是，在甲午戰爭前夕，嚴復還對中學具有相當深厚的信心，在《支那教案》的按語中，嚴復曾批評西方人對中國的見解，是「西人徒見其末流，而不識中國眞教之所在」（註㉙），而所謂的「眞教」何在？嚴復云：

> 然則中國無教乎？曰有。孝則中國之真教也。百行皆沿於此，遠之以事君則為忠，邇之以事長則為悌，充類至義，至於享帝配天，原始要終，至於沒寧存順。蓋讀〈西銘〉一篇，而知中國真教，捨孝之一言，固無所屬矣。（〈支那教案論・按語〉，冊四，頁八五〇）

這段議論，並非純粹的理性分析，而是具有相當深厚的認同情感的。我們可以拿他與〈論世變之亟〉中，嚴復基於「自由」理念，論析中、西異同之語，相互比較：

> 中國最重三綱，而西人首明平等；中國尊主，而西人隆民；中國貴一道而同風，而西人喜黨居而州處；中國多忌諱，而西人眾譏評。（冊一，頁三）

在這裡，嚴復很顯然不太滿意中國傳統的三綱倫理，因爲三綱純粹是在「不自由」的情況下所導生的觀念。但是，嚴復畢竟還是有所保留的，「吾實未敢遽分其優絀也」（註㉚），而即此保留，也伏下了他歸返傳統的轉機。

嚴復的轉變，在西元一九〇三年，將穆勒 On Liberty 一書，譯成《羣己權界論》時，即可看出。嚴復在〈序〉中强調：

學者必明乎己與羣之權界，而後自繇之說乃可用耳。

（冊二，頁一三二）

個人與羣體的關係，嚴復在〈原強・修訂稿〉中，表達得非常清楚：

蓋羣者人之積也，而人者官品之魁也。欲明生生之機，則必治生學；欲知感應之妙，則必治心學，夫而後乃可以及羣學也。且一羣之成，其體用功能，無異生物之一體，小大雖異，官治相准。知吾身之所生，則知羣之所立矣；知壽命之所以彌永，則知國脈之所以靈長矣。一身之內，形神相資；一羣之中，力德相備。身貴自由，國貴自主。生之與羣，相似如此。

（冊一，頁一七）

此外，〈羣學肄言譯餘贅語〉中，也稱：

大抵萬物莫不有總有分，總曰拓都，譯言全體，分曰么匿，譯言單位。筆，拓都也，毫，么匿也。飯，拓都也，粒，么匿也。國，拓都也，民，么匿也。社會之變相無窮，而一基於小己之品質。

（冊一，頁一六二）

所謂「貧民無富國，弱民無強國，亂民無治國」（註㉛），這是嚴復之所以強調「民力、民智、民德」的理論基礎。而其前提則是「自由」，唯有人民能有「自由」，此三種民力才能發揮，由個人迄於羣體，使國家臻於富强。

因而嚴復强調：

故今日之治，莫貴乎崇尚自由。自由，故物各得其所自致，而天擇之用存其最宜，大平之盛可不期而自致。

（〈評點老子〉册四，頁一〇八二）

在此，嚴復似乎誇大了「自由」的效應，如其謂：

西之教平等，故以公治眾而貴自由。故貴信果。東之教立綱，故以孝治天下而首尊親。尊親，故薄信果。然其流弊之極，至于懷詐相欺、上下相遁，則忠孝之所存，轉不若貴信果者之多也。

（〈原强·修訂稿〉，册一，頁三一）

儒家以孝治天下，結果適得其反，而西方倡言「自由」，反而多存忠孝。嚴復以「自由」取代「孝」的用意，極爲明顯，而這正是他醉心西學的具體呈顯。

但是，大約自庚子事變之後，嚴復的世界觀逐漸改變。一九〇一年，他感慨地道：

庚子一變，萬事皆非，仰觀天時、俯察時變，覺維新自強為必無之事。凡一局一地，洋辦則自有起色，華辦則百弊自叢，竟若天生黃種以俟白人驅策，且若非白人為主，則一切皆無可望也。

（〈與張元濟書〉十一，冊三，頁五四四）

甲午戰後，嚴復倡言維新自強的激烈程度，較之康、梁諸人，是更急進的。此時竟對「維新自強」大失所望，自與義和團拳民的愚昧衝動，以致釀成大禍，有密切的關係。變法推行了數十年，所成就的人材何在？「爲西培其羽翼，一也；否則，所學非所用，知者屠龍之技，而當務之急則反茫然」（註㉜），人民之愚昧固陋，依然如故，他發現問題的癥結在於「今吾國之所最患者，非愚乎？非貧乎？非弱乎」（註㉝），而「愚」是最大的病根。因此，他倡言：

民智不開，不變亡，即變亦亡。

（〈與張元濟書〉九，冊三，頁五三九）

在這裡，嚴復似將「鼓民力、開民智、新民德」的「富強之本」，做了先後程序的調整，早在〈闢韓〉一文發表時，嚴復就已經注意到「其時未至，其俗未成，其民不足以自治」的問題，而以「及今而棄吾君臣」爲「大不可」（註㉞）。但是其重心畢竟還是在「新民德」一事，因此，這一個調整是非常值得注意的。「新民德」之要在於「自由」與「民主」，藉此培養愛國意識，義和團誠然是愛國的羣衆了，而其結果如何？即此，嚴復不得不因「時變」而考慮到中國的實情，從而引生另一種世界觀。

嚴復的世界觀，是從《進化論》導生而來的，早期的嚴復，將中國置於整個世界進化的潮流中，認爲「物競天擇，適者生存」是世界的公例，基本上，嚴復後來也沒有違背這個立場。但是，嚴復於「天演」之中，又注意到「進化程度」的問題。所謂「天演程度各有高低」，故「中間涂術，種各不同」（註㉟），這就使得他的視距，逐漸由寬廣的世界格局中，歸復於正視中國本身，故其云：

> 大凡一國存立，必以其國性為之基。國性國各不同，而皆成于特別之教化，往往經數千年之漸摩浸漬，而後大著。但使國性長存，則雖被他種之制服，其國其天下尚非真亡。
>
> （〈讀經當積極提倡〉，冊二，頁三二九至三三〇）

强調「國性」，也使得他考慮到西學是否適用於中國的問題。以「自由」來說，嚴復於《天演論》譯成之後，即譯《羣學肄言》，即是考慮到「個人濫用自由」而損及「羣體」，「意欲鋒氣者稍爲持重」的（註㊱），因此，他藉《羣己權界論》，申明了他對自由的新觀點：

> 自繇者凡所欲為，理不可無，此如有人獨居世外，其自繇界域，豈有限制？為善為惡，一切皆自本身起義，誰復禁之？但自入羣而後，我自繇者人亦自繇，使無限制約束，便入強權世界，而相衝突，故曰人得自繇，而必以他人之自繇為界，此即《大學》絜矩之道，君子所恃以平天下者矣！
>
> （〈羣己權界論譯凡例〉，冊二，頁一三二）

此處他以「絜矩」來詮釋「自繇」，與當初在〈論世變之亟〉時，强調「謂之相似則可，謂之眞同則大不可」（註㊲）的觀點，顯然大異其趣。很顯然地，嚴復已逐漸開始趨於認同中學了。也因此，當他論及如何「瘉愚」的時候，就表明其「不論中西」的態度了：

> 徑而言之，凡事之可以瘉此愚、療此貧、起此弱者皆可為。……惟求之能得，不暇問其若中若西也，不必計其新若故也。（〈與外交報主人書〉，冊三，頁五六〇）

雖然此時他仍强調「中國所本無者，西學也，則西學爲當務之急明矣」（註㊳），但是已不主張將「盡去吾國之舊，以謀西人之新」（註㊴）了，因爲：

> 是（舊者）乃經百世聖哲所創垂，累朝變動所淘汰，設其去之，則民之特性亡，而所謂新者，從以不固。（仝上）

換句話說，嚴復此時是將中西二學，置於同等地位來看的，中學重新在嚴復的思想中茁長，並逐漸取代了西學的地位。

促使嚴復完全歸返中學、摒斥西學的原因，一是辛亥革命後，在「民主共和體制」下的中國，較之原先的清廷政府，更令他失望。在寫給友人的信中，他屢次發出類似「侈言自由，假途護法」（註㊵）的感慨，對「自由」的效應，持極度悲觀的看法，甚至企圖從法家中尋覓富强的途徑（註㊶）；一則是歐戰的爆發，使他對西方文明的最終結果，感到極度的沮喪，所謂「西國文明，自今番歐戰，掃地遂盡」（註㊷）。而最後他則宣稱：

> 世變正當法輪大轉之秋，凡古人百年數百年之經過，至今可以十年盡之，蓋時間無異空間，古之程途，待數年而後達者，今人可以數日至也。故一切學說法理，今日視為玉律金科，轉眼已為蘧盧芻狗，成不可重陳之物。譬如平等、自由、民權諸主義，百年已往，真如第二福音；乃至于今，其弊日見，不變計者，且有亂亡之禍。（〈與熊純如書〉五二，冊三，頁六六七）

至此，嚴復完全否定了他設法維新的重心——民主。相反地，他標擧出孔子，以為儒家思想是「新陳遞嬗之間，轉足為原則公例之鐵證」（註㊸），並總結他個人思想的心路歷程說：

> 不佞垂老，親見脂那七年之民國與歐羅巴四年亙古未有之血戰，覺彼族三百年之進化，只做到「殺人利己，寡廉鮮恥」八個字。回觀孔、孟之道，真量同天地，澤被寰區。（〈與熊純如書〉七五，冊三，頁六九二）

所謂的「鄙人行年將近古稀，竊嘗究觀哲理，以為耐久無弊，尚是孔子之書」（註㊹）、「須知中國不滅，舊法可損益，必不可叛」（註㊺），應該可以算是他的晚年思想定論了。

中學，在嚴復幾番思想掙扎下，畢竟還是他的最終歸宿。

不過，嚴復的歸返中學，是迥然有異於張之洞的「中體西用」說的，在「四子五經，故是最富礦藏，惟須改用新式機器，發洗淘鍊而已」（註㊻）一語中，我們可以很明顯地察覺到，嚴復所說的「新式機器」，在範圍上，實較張之洞寬廣得多。張之洞堅持「中學」是不可變之「道」，無疑採取了一種文化閉鎖的態度，否定中西文化相互會通的可能，雖然倡導不餘力，卻只在西方科學技術的層面上，企圖取得其「用」，而未曾考慮到，如何將中西文化融合爲一，即此融合之「體」，而產生其「用」，因此基本上是保守的；而嚴復自思想文化的角度，解釋「新式機器」，實則說明了文化融合的可行性。而這正是中國傳統「體用論」中「明道存心以爲體，經世宰物以爲用」（註㊼）的精神，是頗值得後人深思的。

註釋：

①見劉蔚華編《方法論辭典》，頁二～三，廣西人民出版社。

②③④皆見張之洞《勸學編・明綱》，《翼教叢編》卷三，國風出版社，頁一一七。

⑤大陸學者大抵皆持此觀點，王拭的《嚴復傳》（上海人民出版社）是典型的例子。

⑥如史華哲（Benjamin Schwartz）的《追尋富强——嚴復》（In Search of Wealth and Power——Yen Fu and the West）即是。

⑦見王蘧常《嚴幾道年譜》，頁五，台灣商務印書館。

⑧⑨⑩參見林崇墉《沈葆楨與福州船政・後編・第六章》，〈船政學堂之創辦及教育之成果〉，頁四六八～九，聯經出版公司。

⑪見仝⑦，頁七。

⑫見陳寶琛爲嚴復所作的墓志銘，王拭《嚴復集・第五冊・附錄》，頁一五四二，北京中華書局。
⑬見《淸代學術概論》，頁一〇八，台灣商務印書館。
⑭⑮⑯見《勸學編・序》。
⑰見〈闢韓〉，冊一，頁三五。
⑱⑲見〈論世變之亟〉，冊一，頁三。
⑳見《郭嵩燾詩文集》卷十三〈致李傅相〉，頁二四二，岳麓書社。
㉑見仝上，卷十一〈復姚嘉彥〉，頁二〇〇。
㉒冊一，頁四六。
㉓〈天演論自序〉，冊五，頁一三二〇。
㉔〈原强〉，冊一一。
㉕見《翼教叢編》卷三，〈屠梅君侍御與時務報館辨闢韓書〉，頁一五五。
㉖〈救亡決論〉，冊一，頁五三。
㉗〈有如三保〉，冊一，頁八二。
㉘冊一，頁八五。
㉙冊四，頁八五一。
㉚〈論世變之亟〉，冊一，頁三。
㉛〈原强・修訂稿〉，冊一，頁三一。
㉜〈與張元濟書〉九，冊三，頁五三九。

㉝〈與外交報主人書〉，册三，頁五六〇。

㉞仝上。

㉟〈與胡禮垣書〉，册三，頁五九四。

㊱〈與態純如書〉六三，册三，頁六七八。

㊲册一，頁三。

㊳〈與外交報主人書〉，册三，頁五六二。

㊴仝上。

㊵〈與熊純如書〉七〇，册三，頁六八六。

㊶嚴復之所以對袁世凱充滿同情，且加入其「籌安會」，與他對曹操、劉裕、桓宣武、趙匡胤等，能在「邦基隉杌」之時，「開濟艱難，撥亂世反之正」的梟雄，「亦所歡迎」，有密切的關係。參見〈與熊純如書〉四二，册三，六五二。

㊷〈與熊純如書〉七三，册三，頁六九〇。

㊸〈與熊純如書〉五二，册三，頁六六七。

㊹仝上。

㊺〈遺囑〉，册二，頁三六〇。

㊻仝㊸。

㊼見李顒《二曲集》卷一六，〈答顧寧人先生〉。

（本文作者現任台灣大學中文系副教授）

論嚴復晚年之中西文化觀

■高大威

一、前言

嚴復，生於清咸豐四年，民國十年逝世（一八五四～一九二一）；為中國近代啓蒙開先之代表人物。其身逢空前之世變，而赴英倫留學（一八七五），研習海軍之業，然學成歸國（一八七九），所攜返者不僅於此，更有一套意義深遠之文化觀與社會科學。

嚴氏寫文章、事翻譯，寄意與其他有志之士無貳，皆期以收救亡圖存之功，進使中國既富且强。唯於同一座標下，有人以行動衝決一切網羅，有人力守祖先成法，嚴氏身居其間，新思想有之，舊觀念亦復有之，卻始終不歸隸於任何黨派。當其時，朝野皆明西潮之勢不可抑遏，於是調和折衷之論應運而起，且一時之間，甚囂塵上，顧嚴氏非徒不表認同，抑且染瀚直書，力斥其非。至於其媒介於中土之進化理論，一經發揚，海內倏然風行，歙然宗之，人心既受鼓舞，蠢蠢焉益思有所振作；然則反觀嚴氏，態度謹持如故，甚爾藉斯賓塞《羣學肄言》之譯，思有以節之。

殊為特別者，若將其著作一一順時披讀，即可發現：早期，舉國昧於西學深致，嚴氏則一展獨照之匠，居先領航；晚年，世風扇然趨新，其卻重視古書，講求執古御今之道（註①）。仰之在前，忽焉在後，其一生思想學問，與大衆膺受者相視，似乎恰成逆勢，消長變化之間，共識絕少。其特殊有如此者。時下學界於嚴氏思想，各有不同評斷，亦正緣此。諸見解中，對嚴氏一生評價關係至鉅者，繫乎其晚年思想之歸趣。所謂「晚年」，本無明確界標，故學者研索時，多沿其言行軌跡之顯著者，分期處理。但本文不擬如此，以嚴氏之言說或有若干變化，亦漸而非頓。至於「晚年」一詞，依舊採通常用法，不嚴格劃定，第指其最後所持觀念而已。

早期研究嚴復之學者，周振甫當爲代表，影響許多後起學者之觀點——尤其中國大陸之學者，然則不可諱言，其於嚴氏之領會往往流於浮面，致牴牾之處，所在多有（註②）；唯影響面大，向聲者衆，目嚴氏晚期爲「反動」、「復古」、「頑固」者，遂不乏其人。之後，則有史華慈氏（Banjamin Schwartz）提出異議；依史華慈之見，嚴氏一生思想乃由激進轉爲保守，相同之處，則是晚年猶緊守西方觀念，未嘗歸向中國傳統，然而此說復爲郭正昭所駁（註③）。此一是非，彼一是非，似治絲而益棼，遂令一般人躊躇朱紫，難於取捨。究竟嚴氏言論之前後變化，爲進步？爲退步？其觀念之眞象若何？自有必要試謀一客觀、相應之瞭解。又，附帶說明，嚴氏著作甚夥，爲免覽者查檢之煩，本文將儘量直引其文，所依據者，爲王栻主編之《嚴復集》（註④）

二、嚴氏對「中體西用」說之批判

此從清際文化之體用說起論。體、用之觀念，源發於佛敎敎義之討論，其後，宋明理學家亦藉以分析儒學。若拋開精微、個別之探討，就通常觀念言，一般人多具有「體用不二」、「即體即用」之傾向，此與中國傳統之觀念型態，或有內在關聯，如：《周易．繫辭傳》陳述「道」——「仁者見之謂之仁，知者見之謂之知，百姓日用而不自知」、「顯諸仁，藏諸用」，以及「形而上者謂之道，形而下者謂之器」一類之說法，極易導向體用合一之見解。

近代，初以體、用架構施諸文化學術之融合問題時，蘊義實淺，與「道」、「器」，與「本」、「末」，以至「主」、「輔」等，並無明顯差異。咸豐十一年（一八六一），馮桂芬云「以中國倫常名教爲原本，輔以諸國富强之術」（註⑤）；光緒十八年（一八九二），鄭觀應云「中學其本也，西學其末也，主以中學，輔以西學」（註⑥）；光緒二十二年（一八九六），孫家鼐正式提出「中學爲體，西學爲用」，而其並有異名同實之語，謂：「今中國京師創立大學堂，自應以中學爲主，西學爲輔。」（註⑦）；孫氏之論，當即日後張之洞《勸學篇》發論之直接張本。朝野間所持體用本末之說，內容雖漸形擴大，揆以內在機發，實與魏源《海國圖志》「師夷之長技以制夷」云云無別（註⑧），唯措辭較委婉。此類論調之意義，約可自二端窺索，其一，部分持論者似欲藉此表示本身並不故步自封；其二，則反映其對西方文化接受之底限。綜括言之，即於不失顏面之情形下，以西學振衰起弊，故此說於當時極易獲得認同。

針對此，嚴復大不贊成，理由刊布於光緒二十八年（一九〇二）之《外交報》第九、第十期，嚴氏云：

> 夫中國之開議學堂久矣，雖所論人殊，而總其大經，則不外中學為體、西學為用也；西政為本，而西藝為末也；主於中學，以西學輔其不足也……。善夫金匱裘可桴孝廉之言曰：體用者，即一物而言之也。有牛之體，則有負重之用；有馬之體，則有致遠之用。未聞以牛為體，以馬為用者也。中西學之為異也，如其種人之面目然，不可強謂似也。故中學有中學之體用，西學有西學之體用，分之則並立，合之則兩亡。議者必欲合之而以為一物，且一體而用之，斯其文義違舛，固已名之不可言矣，烏望言之而可行乎？
>
> （《與外交報主人書》，頁五五八～五五九）

此一明白揭示，足以見嚴氏較早之中西文化觀。二文化之眞正融合，非可任一己之好惡，割裂嫁接，乃因其爲一完整之有機體——即嚴氏所謂「具官之物體」（仝上，頁五五九），苟强行爲之，所得亦不過異質文化末技中之末技耳。嚴氏論證，今平心觀之，其理據洵較「中體西用」爲勝。殆其西學涵養湛深，又諳名學故也，況復具有「平衡判斷」（Balanced Judgment）之意識（註⑨）。

中體西用之說，除論據薄弱外，說者於西方文化學術認識短淺，當爲嚴氏反對之癥結，其曰：「晚近世言變法者，大抵不揣其本，而欲支節爲之，及其無功，輒自詫怪。不知方其造謀，其無成之理，固已具矣，尚何待及之而後知乎，是教育中西主輔之說，特其一端已耳。」（《與外交報主人書》，頁五六〇）當時，倡「中體西用」輩，多以「西政爲本，西藝爲末」，嚴氏謂之「顛倒錯亂」，其云：「以科學爲藝，則西藝實西政之本。設謂藝非科學，則政、藝二者，乃并出於科學，若左右乎然，未聞左右之相爲本末也。（仝上，頁五五九）考其具體主張，則恰與當時時見反對，如：建言教育應著意科學，而謂「今世學者，爲西人之政論易，爲西人之科學難……，且其人既不通科學，則其政論多不根，而於天演消息之微，不能喻也。」（仝上，頁五六五）討論平等時，則云及：「觀於今日出洋學生，人人所自占，多法律、政治、理財諸科，而醫業、製造、動植諸學，終寥寥焉！而國家所以廣勵學官，動曰培才爲朝廷所任使，是上下交相失也。」（《法意》按語，頁一〇〇〇～一〇〇一）復次，於申述中西刑訊時，亦曰：「不揣其本，而齊其末，此無異見彼之富以商，而立商部；見彼之强以兵，而言練兵。吾見富强之效日遠也，可哀也已」（仝上，頁九五四）類似論旨，不一二見也。深通西學如嚴復者，其於皮相似是之論，無法妄加附和，不能不痛予針砭，理固然已。自以上所引，可知嚴氏所云「顛倒錯亂」，何所確指。

中體西用之悖理，已如前述；至於嚴氏全無同情，則另出有因，而較爲今日學者忽視。就某些人而言，倡議「中體西用」而力拒「西體」，原爲中學難以阻擋之際，士大夫因應之變術，尤令嚴氏不滿者，乃暗寓護私爭權之念，其云：

經甲、庚中間之世變，惴惴然慮其學之無所可用，而其身之瀕於貧賤也，則倡爲體用本末之說，以爭天下教育之權。不能得，則言宜以漢文課西學矣。又不能，則謂東文功倍而事半也。何則？即用東文，彼猶可攘臂鼓唇於其間；獨至西文，用則此曹反舌耳。

（《與外交報主人書》，頁五六一）

按，嚴氏所指，固不必限一人，然以張之洞爲主的，實頗可能。張撰《勸學篇》，和者甚衆，一般士子眼中，其主西學最力（註⑩），特其「西藝非要，西政爲要」之論，乃屢屢見斥於嚴氏，此已詳前，若嚴氏所云「謂東文功倍而事半」者，似亦針對張之洞，《勸學篇》有曰：「若學東洋文、譯東洋書，則速而又速者也。是故從洋師不如通洋文，譯西書不如譯東書。」（註⑪）以此比讀，嚴氏暗指張之洞，不無可能。

張之洞《勸學篇》約撰於光緒二十四年（一八九八），斯文問世後，不僅成爲「欽定維新教科書」，且京師大學堂之章程亦明定「各省學堂皆統歸大學堂統轄」，而大學堂之教育原則即定以「中學爲體，西學爲用」（註⑫），張之洞等主「中體西用」輩，掌有教育主導之力，略可得知，至於光緒二十九年（一九〇三）所公布之《奏定學堂章程》，張直接參與其事，更不必論也。

嚴、張二人文化體用觀相左情況，有如是者，其中，張氏之識窄量狹，乃爲主因。其實亦早已出現端倪，嚴復留學英國，與郭嵩燾成忘年之莫逆，中西體用之見，郭氏雖不及嚴復日後所持者，但郭氏確有一超邁竝世諸儒而近於嚴說者，即强調「西洋立國，有本有末」，而視彼政教爲本，視彼商賈爲末（註⑬）。此番識量自非張之洞所得匹比，兩人手眼相去遠甚，由張之洞所撰諷郭之名聯——「出乎其類，拔乎其萃，不容於堯舜之世；未能事人，焉能事鬼，何必去父母之邦」，亦可推悉。此外，嚴復寫《闢韓》一文，中謂：「秦以來之爲君，正所謂大盜竊國者耳。國誰竊？轉相竊之於民而已。」（《闢韓》，頁三十五）是尤張之洞所不容，張之洞之見，乃「尊朝廷」，乃「知君臣之綱，則民權之說不可行」也（註⑭）。

歸納而論，「中體西用」所以不爲嚴氏所取，其有數端：一、文化爲一有機體，該說悖之，遂失根本理據；二、持說者不明西洋文化學術所以發達之底蘊，見短識淺，本末倒置；三、持說者不無維護本位之私想，愈使其說遠於「學」而近乎「術」。加以倡之者篤故，過分囿於既成體制，嚴氏終難是之。

三、嚴氏一貫之中西文化觀

嚴復早期斥否中體西用，主張中、西文化各具體用，不得妄加嫁接，此吾人業已理解，雖然，其晚年有無改變？曾否自我推翻，反轍回途？此進而述之。

民國元年（一九一二），嚴氏任京師大學堂總監督，嘗有一函與熊純如，其曰：

比欲將大學經、文兩科合併為一，以為完全講治舊學之區，用以保持吾國四五千載聖聖相傳之綱紀、彝倫、道德、文章於不墜。且又悟向所謂合一爐而治之者，徒虛言耳。為之不已，其終且至於兩亡。故今立斯科，竊欲盡從吾舊，而勿雜以新；且必為其真，而勿循其僞，則向者書院、國子之陳規，又不可以不變。

（《與熊純如書》之三，頁六〇五）

此段文字，於「勿雜以新」前，曾爲余英時先生所悉引，余先生並稱：「到了晚年，他（按：指嚴復）的思想愈來愈保守，因此不願再談什麼中西融貫的問題了。」又云：「這位中國唯一能直接瞭解西學的人在思想上竟已退回到『中學爲體，西學爲用』以前的階段去了。」（註⑮）若單據前引文之表面，此判斷似無可議，唯有不然者在。

其中，「完全講治舊學」云云，並非新調，光緒二十八年（一九〇二），嚴氏駁中體西用說時，即已表示：

然則今之教育，將盡去吾國之舊，以謀西人之新歟？曰：是又不然。英人摩利之言曰：「變法之難，在去其舊染矣，而能擇其所善者而存之。」方其洶洶，往往俱去。不知是乃經百世聖哲所創垂，累朝變動所淘汰，設其去之，則其民之特性亡，而所謂新者從以不固，獨別擇之功，非暖姝囿習者之所能任耳。必將闊視遠想，統新故而視其通，苞中外而計其全，而後得之，其為事之難如此。

（《與外交報主人書》，頁五六〇）

足證嚴氏此段期間亦無全般否定傳統文化，強調者在於善擇，後署理京師大學堂之言，原屬一貫之見。前文並謂：

> 中學有中學之體用，西學有西學之體用，分之則並立，合之則兩亡。（仝上，頁五五九）

是知避免將文化强爲搭合，固嚴氏一向之見，前、後二文，其意致並無根本差異。

倘再逆索，可發現光緒二十二年（一八九六），嚴氏即已明陳：

> 讀古書難。雖然，彼所以托焉而傳之理，固自若也。使其理誠精，其事誠信，則年代、國俗，無以隔之。是故不傳于茲，或見於彼，事不相謀而各有合。考道之士，以其所得於彼者，反以證諸吾古人之所傳，乃澄湛精瑩，如寐初覺。其親切有味，較之覘畢為學者，萬萬有加焉。（《天演論．自序》，頁一三一九）

是於此時，嚴氏即以爲：本乎「理誠精」、「事誠信」之前提，則「年代、國俗，無以隔之」——此與其十五年後所謂「然必其眞，而勿循其僞」，趣致相同。《天演論》譯序又及：歐洲所得名理公例，「吾古人之所得，往往先之」，並聲稱「此非傅會揚己之言」。既如此，嚴氏又奚力播西學？其解之云：

> 夫古人發其端，而後人莫能竟其緒，古人擬其大，而後人未能議其精，則猶之不學無術、未化之

民而已。祖父雖聖，何救子孫之童婚也哉！大抵古書難讀，中國為尤。二千年來，士徇利祿，守闕殘，無獨闢之慮。是以生今日者，乃轉於西學，得識古之用焉。（仝上，頁一三三〇）

此論尤值得措意，因嚴氏民國六年（一九一七）之一番話，屢爲學者取證爲開倒車，此若比觀參究，乃得詳其實，其云：

鄙人行年將近古稀，竊嘗究觀哲理，以為耐久無弊，尚是孔子之書。四子五經，故〔固〕是最富礦藏，惟須改用新式機器發掘淘煉而已。（《與熊純如書》之五十二，頁六六八）

此數語，與「轉於西學，得識古之用」旨意相當，言古，言孔子之書，言四子五經，自是取本中國傳統，透過「西學」、假借「新式機器」，無疑是歸擇於西洋文化。中學耐久無弊，何復西學爲？既稱「新式機器」，是否意味藉「西用」以彰「中體」？實皆非是，撫嚴氏原旨，中、西之學，取徑各異，論其大較，中學之不足，乃緣自多循「外籀」（按：即演繹法）一途，是故每乏實在、可驗之據，易流於「師心自用」之「心成之說」，最終結果，「原之既非，雖不畔外籀，終術無益也」（註⑯）；光緒二十一年（一八九五），嚴氏《救亡決論》中，仿朱熹《大學章句序》口吻，批評中國傳統學術「其高過於西學而無實」、「其事繁於西學而無用」（《救亡決論》，頁四十四），即秉此觀點發之，語氣雖較激揚，思致亦無殊。意謂中國傳統學術須經西學之轉折，始能別開生面（註⑰）；此亦所以嚴氏云：「即吾聖人精意微言，亦必既通西學之後，以歸求反觀，而後有以窺其精

微，而服其爲不可易也。」（《救亡決論》，頁四十九）

至於「新式機器」者，主要指相對之「內籀」（按：即歸納法）而言，故云：「公例無往而不由內籀。」（註⑱）又云：「科學發明者公例，公例必無時而不誠。」（註⑲）甚至，光緒三十年（一九〇四），其評《老子》「爲學日益，爲道日損」，亦曰：「日益者，內籀之學也；日損者，外籀之事也。」（《老子評點》第四十八章，頁一〇九五）而同一說法亦見諸他處（註⑳）。嚴氏又曾云：

> 三百年來科學公例，所由在在見極，不可復搖者，非必理想之妙過古人也，亦以嚴於印證之故，是以明誠三候，闕一不可。（《穆勒名學》按語，頁一〇五三）

按：「明誠三候」，即求眞之三步驟：其一，「始於內籀之實測」；其二，「繼用聯珠之推勘」——「聯珠」指邏輯推理之三段論；其三，「終以實行之印證」（仝上）。括言之，嚴氏所崇，一言以蔽，即西學中實徵之科學精神；其譯赫胥黎《天演論》中，「意驗相符」之論亦指此（《天演論》下卷「眞幻」按語，頁一三一八），五四時，「賽先生」之旗幟，嚴氏早已高舉矣。

此外，有一細微處亦不宜忽略，嚴氏使用「誠」字甚繁，前如「公例必無時而不誠」、「其理誠精，其事誠信」等可見一二，於嚴書中不勝枚舉。誠者，「眞」也，其相對者爲妄，妄者，今習謂「假」（註㉑）。嚴氏於西學求眞之致深篤，自此觀之，其所以重西學者，原期以於中學有補偏之效。

再者，其云「新式機器」，今知非謂堅船利砲之屬，然是否猶拘於「用」之層次是？果是，則不啻中體西用論。實則亦非，嚴氏引介內籀、外籀兩途之說，主要橋梁爲《穆勒名學》譯本，中有一條按語援引貝根之論邏輯——「爲一切法之法，一切學之學；明其爲體之尊，爲用之廣，則變邏各斯爲邏輯以名之」（《穆勒名學》按語，頁一〇二八）。因之，嚴云「以新式機器發掘淘煉」，自不得以「用」視之。

四、嚴氏思想中之會通與裁制

嚴復於光緒二十六、二十八年間（一九〇〇～一九〇二）譯介《穆勒名學》半部，光緒三十四年（一九〇八）又爲弟子講解耶芳斯之《名學淺說》，並譯成，晚年復思完譯《穆勒名學》，雖終爲未竟之業，然於名學之崇重，可謂至老不減，除本文前節已申明之意義外，抑別有可論者，曰：嚴氏之中西文化觀，於此中正可參透若干消息。

《穆勒名學》中，「會通」、「公例」之誼，嚴氏殊爲強調，如：

> 窮理致知之事，其公例皆會通之詞，無專指者。惟其所會通愈廣，則其例亦愈尊。
>
> （《穆勒名學》按語，頁一〇四二）

並云：

會通之詞即為公例。

（仝上）

歷覽嚴著，無論文章、譯按、評點，「公例」一詞，在在可見。詳其底蘊，即講求眞實、普遍、客觀，以增益事理之認識。嚴氏平生議論之頻資史驗，理亦在此，故嘗論：

積數千年歷史之閱歷，通其常然，立之公例。故例雖至玄，而事變能違者寡。嗚呼！人之所以為萬物之靈，而世之所以有進化之實者，以能不忘前事，而自得後事之師也。

（《法意》按語，頁九六三）

民國六年（一九一七），復云：

吾輩生於今日，所得用心，以期得理者，不過古書。而古人陳義，又往往不堪再用如此。雖然，其中有不變者焉，有因時利用者焉，使讀者自具法眼，披沙見金，則新陳遞嬗之間，轉足為原則公例之鐵證，此《易》所謂「見其會通，行其典禮」者也。

（《與熊純如書》之五十二，頁六六七～六六八）

其重視公例，講求會通，自陳甚明，不徒此，其摯友夏曾佑亦復知之，故爲嚴氏《老子評點》作序時，於斯三致其意（參《老子評點》夏序，頁一一〇一）

嚴氏之於學術文化，揆其實，即本如是觀點。是以就其本質，嚴氏各種思想主張既非一味守舊，亦非唯新是務，乃出以通貫之調和折衷立場，然所以不流於膚淺附會，固以其根砥於科學精神、理性態度。由此一根本觀點出發，遂有許多持平之意見，如曾云：

竊謂國之進也，新、舊二黨，皆其所不可無，而其論亦不可以偏廢。非新無以為進，非舊無以為守，且守且進，此其國之所以駿發，而又治安也。故士之無益於羣，而且為之蟊賊者，惟不誠耳。（《主客平議》，頁一一九）

又曾云：

繼自今可以瘉愚者，將竭力盡氣、皸手繭足以求之，惟求之能得，不暇問其中若西也，不必計其新若故也。（《與外交報主人書》，頁五六〇）

嚴氏迻譯西學諸作，每繫中國經典之說比觀，而評點固有子、集諸書時，則又常資取西學之理，或參歷史，或輔邏輯，或規學理，是皆求公例大法之體現也。

嚴氏曰：

樹仁義，廣教化，即窮而必變，亦將有因革損益之道焉。至於大經大法，不可畔也。此不獨中國為然，乃至五洲殊俗，其能久安而長治者，必於吾法有陰合也。

（《太保陳公七十壽序》，頁三五〇）

「窮而必變」、「因革損益」之見，其於嚴氏思想，實與赫胥黎重人治力量之天演論暗自聯繫，窮而必變、因革損益，若所擇皆合公例，物競天擇之際，乃得不爲沙汰。至謂大經大法爲不可畔、五洲殊俗而必陰合吾法之說，則與天演理論中之「體合」原則通（詳《天演論》下卷「演惡」，頁一三九三）。

於茲，不難明瞭：嚴氏腦海中之各種思想，彼此緊密相扣，儼然一構，縝密而通貫，自壯年以迄晚歲，未嘗根本動搖，其騭評中、西文化之準據，亦應自此系統之中，深事推敲。學界之評嚴氏晚年復古、倒退，洵無見於此，若不究此，則嚴氏諸多零星意見，將無由解釋。

光緒三十四年（一九〇八），嚴氏讀王安石《驪山》詩，總批曰：「意謂秦蔑古而亡，漢復古而亦亡也。」（《王荊公詩評點》，頁一一七〇）蔑古、復古兩亡之理，亦出自讀者手眼，嚴氏之不可能由早期之蔑古轉向晚期之復古，此亦一輔證。

雖如上述，設通讀嚴著，亦當發現其由壯至耄，發辭之重心確有轉移，壯年多肯定西學之長，晚歲則多認同中學之優，互形消長。然逕謂其思想倒退，則大謬。此須就其發論背景求之。

光緒二十八年（一九〇二），其論教育云：

總而論之，今日國家詔設之學堂，乃以求其所本無，非以急其所舊有。中國所本無者，西學也，則西學為當務之急，明矣。

（《與外交報主人書》，頁五六二）

是可說明嚴氏早先倡引西學，乃迫於存亡之秋，而中國之所以抱亡國滅種之憂，懷見汰天演公例之虞，實本土舊文化有所不足，以嚴氏觀察，起救之道必當會通西學，西學之爲迫切急務可見。唯是時也，朝野言變法以圖存者非鮮，其所以無補，嚴氏認爲緣於「大抵皆務增其新，而未嘗一言變舊」，故「除舊布新」、「補瀉兼施」（《擬上皇帝書》，頁六九）亟應時需。

推嚴氏自視，舊學既有所短，新學既有所長，截長補短，瘉愚變俗，以爲因應，自無不當；而其心情，頗近古昔中土之吸收佛教，宣統三年（一九一一），其云：

佛非吾物也，其人吾土也，起漢、魏以迄於今，所為力嘗大矣。然而卒不足以奪吾古者，非僅辭而闢之者之功也，亦在用吾土以翕收之，以成吾大。此古之道所為變動而彌光明。

（《普通百科新大詞典序》，頁二七七）

該文並以今之科學擬於古之佛教，凡此，當爲嚴氏欲藉文化整合以再臻進境之史驗。又，民國初年（約值一九一一～一九一七之間），嚴氏讀歐陽修《本論》一文，歐陽文中云及「及三代衰，王政闕，禮義廢，後二百餘年而佛至乎中國，由是言之，佛所以爲吾患者，乘其闕廢之時而來，此其受患之本也」，嚴氏頗不然之，曰：

此自今日觀之，真皮厚語也！而前人以為至論。佛入中國，亦自不惡。盛衰治亂，別有因由，與彼無涉。唐、宋儒者必以為集矢之的，於學問、治術均無補也。

（《古文辭類纂評點》，頁一一八一）

民力、民智、民德三者，嚴復畢生言之，蓋以其爲變俗之準的，光緒二十二年（一八九六）前後，嚴氏所刪益之《原强》修訂稿即言西洋政教「凡可以進是三者，皆所力行；凡所以退是三者，皆所宜廢」，不僅此，「而又盈虛酌劑，使三者毋致偏焉」（《原强》修訂稿，頁一九）。是於急謀除舊布新之際，已見乎平衡毋偏之爲要。然而，此可名嚴氏個人之卓識，至於社會人心實況，則幾呈反向發展。

光緒二十四年（一八九八），嚴氏上書皇帝時，已言士大夫爲私利而把政，變法尚不必問西法中法，自必有礙，在此前後諸文，如：《救亡決論》（一八九五）、《有如三保》（一八九八）等，亦經常批評士大夫於固有仁義道德，徒逞口舌，實踐則往往不堪聞問，且其勢乃每下愈況。

迄光緒三十一年（一九〇六），於「環球中國學生會」演說中，嚴氏謂：

西國今日，凡所以為器者，其進於古昔，凡於絕景而馳，雖古之聖人，殆未夢見。獨至於道，至於德育，凡所以教化風俗者，其進於古者幾何，雖彼中夸誕之夫，不敢以是自許也。惟器之精，不獨利為善者也，而為惡者尤利用之。

（《論教育與國家之關係》，頁一六七）

又云：

須知東西歷史，凡國之亡，必其人心先壞……。故世界天演，雖極離奇，而不孝、不慈、負君、賣友一切無義男子之所為，終為覆載所不容，神人所共疾，此則百世不惑者也。

（仝上，頁一六九）（註㉒）

該文因此有「智育重於體育，而德育尤重於智育」之言（仝上，頁一六七），並謂若全偏智育發展，往往畫虎不成反類狗，「則不如一切守其舊者，以爲行己與人之大法，五倫之中，孔孟所言，無一可背」（仝上，頁一六八）。以上，於歐戰爆發前，即已言之；而在民國三年（一九一四）——歐戰開始之年，亦嚴氏列名「孔教會」發起人之次年，其曾謂：「吾國處今，以建立民彝爲最亟，誠宜視忠孝節義四者爲中華民族之特性。而即以此爲立國精神，導揚漸漬，務使深入人心，常成習慣。」（《導揚中華民國立國精神議》，頁三四四）（註㉓）。嚴氏晚年常出類似意見，乃因其視此期當務至急者，在於民德。評點《莊子》時（一九一六？）。且屢歎目下文明發展，德、智不同步，如：

嗚呼！今之西人，其利器亦眾矣，道德不進，而利器日多，此中國之所以大亂也。

（《莊子評點》，頁一一二三）

民國六年（一九一七），嚴氏曰：

時事羌無佳耗，而政界及國會之惟利是視，摧斲民生，殆吾國有歷史以來所未有。（《與熊純如書》之四十九，頁六六二）

又及：

中國目前危難，全由人心之非，而異日一線命根，仍是數千年來先王教化之澤。（仝上，之六十二，頁六七八）

此諸言詞，乍看則頗疑爲復古、退回之跡，旁稽其他，則知不然，民國七年（一九一八），嚴氏云：

世間一切法，舉皆有弊，而福利多寡，仍以民德、民智高下為歸。使其德、智果高，將不徒新法可行，即舊者亦何嘗遂病。（仝上，之六十五，頁六八〇）

是年又曰：

> 洛生……今日出洋，學得一宗科學，回來正及壯年，正好為國興業。然甚願其勿沾太重之洋氣，而將中國舊有教化文明概行抹殺也。不佞垂老，親見脂那七年之民國與歐羅巴四年亙古未有之血戰，覺彼族三百年之進化，只做到「利己殺人，寡廉鮮恥」八個字。回觀孔孟之道，真量同天地，澤被寰區。此不獨吾言為然，即泰西有思想人亦漸覺其為如此矣。
>
> （仝上，之七十五，頁六九二）

統而論之，嚴氏認爲文明發展之最後關鍵在人本身，決定人之程度者，猶在德、智，因此，其以晚輩出洋習科學，仍嘉許其事，唯不願其偏智棄德，不然，所得不過屬於「工具理性」中物，潛伏之害或更有甚於利也。後段引文批判西洋三百年進化，措語極嚴，並且，易令人誤會其已棄絕西學進化之說，此必須加以分疏。嚴氏此論，唯就「進化事實」發之，無與「進化理論」也。不但其晚年評詩論文，筆端猶常出「天演」、「進化」之語，尤可爲證者，民國四年(一九一五)，嚴氏嘗云：

> 辜鴻銘……，渠生平極恨西學，以為專言功利，致人類塗炭。鄙意深以為然。至其訾天演學說，則坐不能平情以聽達爾文諸家學說，又不悟如今日，德人所言天演，以攻戰為利器之說，其義剛與原書相反。西人如沙立佩等，已詳辨之，以此訾達爾文、赫胥黎諸公，諸公所不受也。
>
> （仝上，之二十三，頁六一三）

西學發展之功利傾向，嚴氏以爲憂，然並未因歐戰之起，遂否定原本信持之天演學說，此段披露甚明。其根本之文化態度——「修古而更新」（此嚴氏《法意》按語中語，參頁九八一）未嘗有變。民國八年（一九一九），嚴氏與子信函中，自述心願，除購一宅屋外，並冀擁「數千卷中西書籍」（見《與長子嚴璩書》之九，頁七八七），是於西學尚有探研之心，其逝世前一年，雖自道：「從前所喜哲學、歷史諸書，今皆不能看，亦不喜談時事。槁木死灰，惟不死而已，長此視息人間，亦何用乎！」（《與熊純如書》之一〇六，頁七一四）然時局既無治象，於身又遭病纏，心灰之語，亦極自然，若欲以其最後文字爲斷，不如按其遺囑。

民國十年（一九二一）十月，嚴復病逝前所留遺囑中，可以掌握若干中西文化客觀並蓄之痕跡。其告囑子女之首條云：「須知中國不滅，舊法可損益，必不可叛。」（《遺囑》，頁三六〇，後仝此）此中之「不可叛」自是底限，「可損益」則意味可以與時更新。最末一條，其中有云：「事遇羣己對待之時，須念己輕羣重。」個別觀之，無甚特殊，旁搜他文，則知仍歸本於嚴氏早年西學之譯，嚴氏所譯赫胥黎《天演論》中，於卷上按語云：「晚近歐洲富強之效，識者皆歸功於計學，計學者首於利丹斯密氏者也。其中亦有最大公例焉，曰：『大利所存，必其兩益。損人利己非也，損己利人亦非……。』」（《天演論》卷上「恕敗」，頁一三四九）卷下按語則說及斯賓塞「用生學之理以談羣學」，得「保種三大例」，其中之一即「羣己並重，則捨己爲羣」，嚴氏並認爲此乃進化間，「惡無從演，善自日臻」之先決條件（仝上，卷下「演惡」，頁一三九三）。至於囑咐子女之第四條「須勤思，而加條理」，若謂與名學無涉，亦違其實。

是故，影響嚴復早年思想之天演、羣學、名學等，至其晚年，依然深植。其早年、晚歲之言說，所以一多言西長中短，一頻語西弊中佳，乃置身現實環境，因時裁制所致（註㉔）；於其根本之中西文化觀，固無關涉，則將之晚年思想歸諸復古、頑固，或側之「中體西用」論者，皆不倫也。

五、餘論

偈於篇幅，本文於嚴復列名發起「籌安會」、「孔教會」，以及反對五四運動、提倡讀經，與夫其晚年對自由、平等、民權所持觀念，無法論及，尚待來日續成，唯先此爬梳嚴氏客觀會通之文化觀，或於上述諸問題之考求有幾許參考作用。所做探討，已如前述；唯有感於斯人，姑附繫本文之末。

終嚴復一生，潛心致力者，曰：著書、立說、翻譯，期藉之以求學術、文化之提昇、求國家整體之富强。嚴氏不僅爲翻譯家、思想家，亦一教育家，復爲中國現代化之先驅，其所論述，至今尚有取鑑之價值，其所追求，迄今猶未全般實現。而近代人物中，集火熱之心與冰冷之腦如嚴氏者，實不多見。其畢生奉學，既不競名逐利，亦不曲學阿世，然其寫照竟爲「愁難了，更泚筆，覓譜塡淒調，由來撥斷朱弦，總爲知音少」（《尉遲杯》）陽春白雪，高不勝寒，卻依舊「抱孤懷要把風輪轉」（《金縷曲》），此中須有何等宏願！

嚴氏觀中西之書，索研間，每廢書而歎；今觀其書，亦每令人爲之浩歎。有心濟世，無力回天，實不獨嚴氏一人之憾也已。

民國五年（一九一六），嚴氏謂熊純如云：

此番英使朱爾典返國，僕往送之，與為半日晤談，撫今感昔，不覺老淚如綆。朱見，慰曰：「嚴君，中國四千餘年蒂固根深之教化，不致歸於無效，天之待國猶人，眼前顛沛流離，即復甚苦，然放眼孔看去，未必非所以玉成之也，君其勿悲！」復聞其言，稍為破涕也。

（《與熊純如書》之四十七，頁六五九）

處江湖之遠，則憂其國，於辨章學術之外，嚴氏之愛國心、眞性情，亦深足後世典型，哲人日已遠，唯此，蓋所謂學人之風範也哉！

註釋：

①此本《老子》語，其第十四章有「執古之道，以御今之有」語，嚴復評點時謂：「科、哲諸學皆事此者也。」見其《老子評點》，頁一〇八一。出版項詳註④。

②參周振甫，《嚴復思想述評》（臺灣中華書局，民國七十六年）。

③分參 Schwartz, Benjamin: "In Search of Wealth and Power-Yen Fu and theWest",（Harvard Univ. Press, 1964），以及郭正昭，《嚴復》，收入於《中國歷代思想家》（臺灣商務印書館，民國六十八年）。

④本文引述時，凡標之頁碼皆準於此：王栻，《嚴復集》，凡五冊（北京中華書局，一九八六年）。

⑤馮桂芬，《校邠廬抗議》（台北，文海出版社，翻印，光緒丁酉年〔一八九三〕），頁一五一～一五二。

⑥鄭觀應，《西學》，收錄於《中華民國開國五十年文獻》第七冊（中華民國開國五十年文獻編纂委員會，民國五十四年），頁一二三。

⑦孫家鼐，《議覆開辦京師大學堂摺》，收入《皇朝經世文新編》，第五卷上，頁五。

⑧魏源，《海國圖志・序》（台北，成文出版社，民國五十六年），頁五。

⑨民國十年（一九二一），嚴復曾語其子云：「世間無論何種問題，皆有兩面，公說婆說，各具理由。常智之夫，往往不肯相下，此爭端所以日多。必待年齡到位，又學問閱歷成熟，方解作平衡判斷 Balanced Judgment，此孔子說『中庸』不可能也。」見《與諸兒書》之三，頁八二五。

⑩「中學爲體，西學爲用」之說，梁啓超云：「張之洞最樂道之，而舉國以爲至言。」見梁氏，《清代學術概論》（臺灣商務印書館，民國五十五年），頁一〇〇。

⑪張之洞，《勸學篇・廣譯》見《張文襄公全集》（臺北，文海出版社，民國五十二年影印），卷二〇三。

⑫見丁寶軒，《皇朝蓄艾文編》（臺北，學生書局，民國五十四年影印），卷十五，頁三十一。

⑬見王先謙編訂，《養知書屋遺集》（臺北，藝文印書館，民國五十三年），頁一四一～一四二。

⑭同註⑪。

⑮余英時，《中國近代思想史上的胡適》（臺北，聯經出版事業公司，民國七十三年），頁一五。

⑯嚴復，《穆勒名學》甲部、乙部按語，此引文，於王栻所編之《嚴復集》中未選錄，此用單行本（臺北，商務印書館）。

⑰嚴復亦曾云：「中文必求進步，與欲讀中國古書，知其微言大義者，往往待西文通達之後能之。」見《論今日教育應以物理科學爲當務之急》，頁二八六。

⑱同註⑯。

⑲嚴復，《原富・譯事例言》，此亦單行本（臺北，商務印書館）。

⑳可見於《穆勒名學》按語，頁一〇五一。

㉑此例甚多，《穆勒名學》按語中，「誠」，「妄」常對舉。

㉒此中固言「負君」，然於嚴氏之論，尤不得執於名義，以其常以現代眼光加以轉化，是故名而具新義，其評蘇東坡《大臣論》，即云：「世局已變，恐此後亦有小人為國所欲去者。讀者只須將篇中『君』字易為『國民之大多數』，而所謂『小人』易為『黨魁』，則其法當可用也。」見《評點古文辭類纂》，頁一一九〇。

㉓於茲，吾人亦可稍加措意，是文中，嚴氏曾建議：「舊有傳記、說部，或今人新編，西籍撰著，其有關於忠孝節義者，宜加編譯刊布，以廣流傳。」（見頁三四五）知其於此，亦無先入為主之偏，西洋者並未遭置。

㉔「裁制」一語，原亦嚴氏所用，且指裁制文化而言，見《與熊純如書》之六十四，頁六八〇。

（作者現任淡江大學中文系講師）

■編輯部

綜合討論

時　　間：七十九年八月十五日上午
地　　點：台北市復興南路一段「文苑」
主　　席：蔡源煌（台灣大學教授）
論文撰述：林載爵（東海大學歷史系副教授）
　　　　　林保淳（台灣大學中文系副教授）
　　　　　高大威（淡江大學中文系講師）
特約討論：黃啓方（台灣大學文學院院長）
　　　　　蔡禎昌（文化大學副教授）
　　　　　陳長房（淡江大學西語研究所所長）
　　　　　林安梧（清華大學講師）
　　　　　余玉照（文建會第三處處長）
列　　席：鄭貞銘（文工會副主任）
　　　　　嚴停雲（華嚴，作家，嚴復先生孫女）
　　　　　嚴仲熊（嚴復先生之孫）

主席致詞

鄭貞銘（代）：

中國的知識分子，我們稱之爲「國士」。所謂「國士」，是指其不僅以學問濟世，而且以其人格風範影響當時的世道人心。在近代中國，要從事現代化的建設，首先最重要的是知識的引進，而嚴復先生可說是近代國際文化交流的先知者。他不僅使我們獲得世界性的知識，也具有世界性的眼光，而他做爲一位讀書人的風範，更是近代知識界、社會各方面應該效法的一個榜樣，因此，我們今天特別以嚴復先生爲我們研討的主題。

論文主講（略）

特約討論

黃啓方：

剛才三位主講人都對嚴復思想上的成就做了精到的分析，個人深感敬佩。在此，我願意將閱讀三篇論文時的一些感想提出來，供大家參考。首先，三篇論文中都提到嚴先生在過去被認爲是激進者或保守者的事實，爲何有此分別？我個人認爲，是他在面對不同時間、現勢時所提出或表現出的一種態度，或許跟他本身的思想中心並不是有那麼密切的關聯。我們可以看中國歷史上，有許多了不起的人物，在針對當時實際需要時提出他們的主張，甚至把這些主張透過施政表現出來，起初往往是操之過急，求功心切，可是經過一段時間後，或因心境澄靜下來，或因歷經重大變革，個人心智漸趨成熟，他的態度就會發生改變。所謂「激進」，是希望在很短時間內，發揮他個人的理想與抱負，來改變他認爲並不理想的現狀，或是希望能挽救當時危亡的情勢；所謂「保守」，是一種較穩健、持重的作法或態度。我認爲，不論將嚴復歸爲激進派或保守派，都是失之主觀的看法。

其次，我覺得嚴先生有兩點風範值得我們學習。第一點，是他始終不變的愛國救國精神。不管他是介紹西學，或强調中國傳統文化，都是爲了救國，爲了表現他愛國的情操，這是可以肯定的。他早年提倡西學，翻譯西方名著，主要目的是希望借西方學術來補中國傳統學術之不足，結合中西學術來救亡圖存。至於後來他强調中國傳統文化，誠如高先生所言，是他對歐戰時，西方人民所表現出的現象令人失望，所以他才對西方文明强烈批判。不論是批判中國或西方文化，都是源於他「愛之深，責之切」的表現，基本上，他確實是一位愛國表現者。

第二，嚴先生將西方羣己關係的觀念介紹到中國來。他把穆勒的《自由論》翻譯成《羣己權界論》，我深有同感，因爲中國有自己一套傳統的道德標準，不管是三綱五常或四維八德，大都是偏重在個人修養上或一對一的關係，例如君臣之間、兄弟之間、朋友之間，但對個人與羣體之間的觀念，就顯得較模糊，所以中國人常說：各人自掃門前雪，莫管他人瓦上霜。這種態度幾乎把羣己關係的精神抹殺掉。前幾年，總統府資政李國鼎先生曾特別倡導「第六倫」，强調羣己關係，事實上，嚴復先生在當年就已非常强調這種倫理關係。每個人除了守住自己本份，也應該要尊重他人，我想這也是李國鼎先生提倡「第六倫」的重心所在。以上兩點，我覺得是值得國人共同來省思的。

蔡禎昌：

我個人並不是專研嚴復的，我是在十九年前的碩士論文《中國近世翻譯文學研究》中，曾提到嚴復在我國翻譯史上，特別是西學中譯上所做的一些貢獻。由於嚴先生所翻譯的大多是西洋哲學類的著作，而我的論文偏向文學，故對嚴先生並未花太多篇幅研究，反而是對林紓有較多的介紹，因爲他曾翻譯一百三十七種西洋小說。在此，我想談嚴先生在翻譯文學上的一項貢獻，就是他提出了「信、達、雅」。若以產量論，林紓翻譯的數量最多，但他不懂外文，他是透過口譯，再以其桐城派筆法寫出來。嚴先生則不同，他到過英國，具外文能力，可以直接翻譯，在中國翻譯史上居重要地位，尤其是他提出的「信、達、雅」，更成爲翻譯上的準繩。

另外，嚴復把西洋求眞求實的精神，透過其作品表現出來，也是值得我們敬佩的。我個人曾在日本數年，常有一種感觸，就是伊藤博文和嚴復是同一時期在英國留學的，但伊藤博文回日本後，能獲得明治天皇的重用，發揮所長，使日本的現代化起步較我們早，如果嚴復回國後，也能獲當時政府的重用，也許中國的情況就不是如此。這是我的一些想法。

林安梧：

林載爵先生「嚴復思想的兩個問題：激進與保守、批判傳統與反本復古」一文，清楚釐清了嚴復思想的特質，指出嚴復是一個頗具深度的保守主義者，而不是一般所以爲的由激進轉爲保守，而是徹頭徹尾就是一保守主義者。明顯的，林先生他這篇文章頗能夠注意到嚴復思想的內在的連續性；但是我個人覺得這並不意味說不能談嚴復思想有其激進的一面，而且也有其保守的一面，尤其從激進到保守這樣的談法亦不一定錯，問題是在於「激進」與「保守」這些詞到底只是作爲狀詞而已，還是有其實體的意義。我個人以爲若只做爲狀詞來說，嚴復的確有所謂的「由激進到保守」，但若不只將這兩個詞視爲狀辭，而是注意它之作爲一個實體辭的話，這就可以將嚴復定位爲一個保守主義者。這是我對林先生這篇論文的一個補充。

又我想做的另一個補充是：嚴復在整個近代思想史的過程中，不只是影響到保守主義者，尤其影響到自由主義者，以及其他的進步運動者。換言之，嚴復雖可以將之定位爲一保守主義者，但更恰當的則是將之視爲一啓蒙思想家。他對於中國傳統一方面有極爲深刻的理解，另方面又對之批判並且予以解構，值得注意的是：他的解構資源是由傳統取得的，是以傳統來解構傳統。在解構傳統的同時，他又將西學引了進來，並且嘗試著以中國傳統來融會西學的傳統。這像他所寫的「闢韓」一文中就可以看得很清楚。「闢韓」一文一方面對於指出了「帝皇專制的道德教化」與孔孟所强調的「道德教化的體制」不同，另方面，他又希望將孔孟之道與西學融合而轉化的創造出一「民主政治的教化傳統」。就此而言，與後來的全盤西化論的確有很大的不同，但與中體西用論者亦大異其趣。

嚴復一方面批判傳統，但另方面則又反本復古，早先的嚴復是以傳統的資源來對於僵固帝制下的傳統作出解構，我將此名之曰：「傳統的自我解構」，這不同如五四運動所强調的是一「傳統的他力解構」。這亦可以看出前者並未有自我認同的危機（the crisis of self-identity），而後者則有自我認同的危機。我個人以爲晚期的嚴復之所以成爲一般所謂的守舊者，甚至連籌安會這樣的復辟行動都參加了，除了現實的機緣以外（如受到袁世凱的禮遇），更重要的是他眞體會到了整個國族的自我認同危機問題頗爲嚴重；因其如此他更比以前來得反本復古，這是可以理解的。我想像梁冀及王國維的自殺都可以放在這個脈絡來理解。

另外值得我們去注意的是嚴復的思想不管是後來的保守主義者、或者後來的自由主義者都沒有好好的去注意與檢討，這是相當可惜的。大體說來，後來的自由主義者很直接的將嚴復視爲帝皇專制的護法，不足與議；即如新儒家這個保守主義的大流也未注意嚴復，甚至越過了嚴復而接泊上的是張之洞「中學爲體、西學爲用」的傳統。其實，像嚴復所找到的是：由傳統到啓蒙的連續性，由批判到反本復古的連續性，這樣的連續性是不同於當代新儒家所尋得的連續性，關於這方面的問題是值得更進一步來釐淸的。大體說來，新儒家所尋得的連續性偏向於樹立一超越之體以接泊現實之用，而嚴復則富經驗論的性格，他所著重的是由傳統的自我解構，再進而融會西學，重建一新的傳統。

林保淳先生《嚴復與西學》一文，所採取的視角與前面林載爵先生的文章不太一樣。林保淳先生的較偏重於就作爲一個先進的改革者，嚴復是如何的希望紹述西學、揚棄舊學；而且林保淳先生提出張之洞與嚴復作爲對比，更顯示他與保守主義者有所不同。他是一個體用一元論者，是不同於張之洞之爲一中體西用論者，他是一西化救國論者，不同於張之洞仍是以中國傳統爲主體，他具有世界的胸襟，此不同於張氏之局限於中國也。但是後來由於歷史的機緣使得他由西化論轉爲中學救國論者，明顯的，林保淳先生的理解詮釋方式並不同於林載爵先生的方式。一個著重變遷，而另個則著重連續。我個人以爲林保淳先生不妨可以就嚴復與張之洞的異同，來處理一極爲有趣並富意義的問題，釐清當代保守主義者的兩個不同類型。當然，他也作了許多處理，但我想要提一個問題，到底嚴復的體用一元論的「體」是一個怎樣意義的「體」，明顯的，它與張之洞所謂的「中體西用」

的「體」是不同的，與中國傳統的「體用論」所說的「體」也是不同的。

林文最後所說「而這正是中國傳統『體用論』中『明道存心以爲體，經世宰物以爲用』的精神，是值得後人深思的」，從文脈來看，這似乎指的是嚴復，而不是張之洞，這就值得檢討，因爲這雖然亦是體用一元論，但恐怕與嚴復的體用一元論是大有不同。因爲如前所說的嚴復所著重的是名數質力及自由等，並不是强調具有先驗意味的明道存心。他在所譯的《穆勒名學》中極力的貶責先驗的思維方式，而一再的表明他是一經驗論及實證論的思維方式，這些再加上他是一個進化論者，我們將可以歸出他所說的「體」不會是一超越的先驗之體，而是著重了體之爲體的經驗性格與歷史演化的過程。即如他晚年强調國性的重要性，主張尊孔與讀經，他的想法仍然是就整個歷史社會總體來說的體，這與後來的傳統主義者之强調的是一超越之體是不同的。林文或許可以在這裡，多著力些，區分清楚。

高大威先生《論嚴復晚年之中西文化觀》一文，强調嚴復思想有其一致性，他說「早期，舉國昧於西學深致，嚴氏則一展獨照之匠，居先領航；晚年，世風翕然趨新，其卻重視古書，講求執古御今之道」、又說「其根本之文化態度——修古而更新，未嘗有變。」、又說「其早年、晚歲之言說，所以一多言西長中短，一頻語西弊中佳，乃置身現實環境，因時裁制所致；於其根本之中西文化觀，固無關涉，則將之晚年歸之於復古、頑固，或側之『中體西用』論者皆不倫也」，尤其對於余英時先生之說提出嚴厲的批評，他說「設通讀原著，亦當發現其由壯至耄，發辭之重心確有轉移，壯年多肯定西學之長，晚歲則多認定中學之優，互形消長。然逕謂其思想倒退則大謬」。其實除了上面所引這些文字以外，我們可以看出高文對於嚴復幾乎完全採取正面的評價，多所溢美讚歎之辭，我以爲他所使用的語言，太多是情感性的意義，描述性意義的語詞若能多些，將可以更具說服力。不過高先生以『修古而更新』這一語來定位嚴復，我個人深覺允當。

這修古而更新的看法與中體西用說當然有非常大的不同，嚴復所採取的是一「體用一元論」的角度，高先生雖然沒有像林保淳先生使用這個語詞，但道理上，這點我想他是同意的。這體用一元論與文化的機體論及演化觀是結合爲一的，他終其一生所念念不忘的要在民力、民德、民智上用功夫，都是關連著此來立說的，他强調的羣學、名學、天演也是一致的。這些高先生似都提到了，但我個人認爲高先生太强調嚴復的『因時裁制』而比較少去深入到嚴復的思想內核之中去點出他的思想與其演變是有什麼樣的必然性，這不免有些可惜。又文中提到的中體西用說之不同於嚴復的論點，這是可以同意的切確之論，但是高先生將張之洞等的『中體西用說』與魏源的『師夷長技以制夷』一並而談，這或許是不恰當的，因爲魏源之說似乎偏重於『言技』的層次（即所謂的器物層次），而張之洞之說則似偏重於『言政』的層次（即所謂的政制的層次），這應該作出區分才比較恰當。

我個人將嚴復的思想定位爲『修古而更新』、『因時裁制』，這亦不錯，但這並不能給與嚴復一較爲確定的定位，只是指出個大範圍而已。問題在於他所想修的古是一什麼樣的古，而以後所强調的復古又是一怎麼樣的古，他與中體西用說的古又有什麼不同；前期所謂的更新又與後期的更新有何不同，在嚴復筆下的更新在整個近代思想史上有何意義，他所謂的更新與復古的關係如何，高先生雖亦都提及了，但我個人以爲焦距可以更集中些，那樣會更好。

又我想再提幾個問題供大家一起來思考。嚴復在《穆勒名學》中極强調所謂的『內籀法』（歸納法），並極反對先驗之論，彼以爲這才是科學方法，這樣的理解較屬於一個經驗論者及實證論者的立場，這與以後中國人之吸收西方的科學有一決定性的影響，而這影響到底是正面還是負面的，這是值得我們思考的。換言之，嚴復的科學方法論可能有問題。尤其，他所提倡的果眞是穆勒的名學嗎？這都值得作更進一步的處理。又雖然，嚴復翻譯了穆勒的 On Liberty《自由論》，但嚴復卻將之譯爲《羣己權界論》，尤其將「個性」（Individuality）譯成「特操」（如他在關於穆勒的《羣己權界論》中的第三章的標題（Of Individuality, as One of the Well-being）譯爲「釋行己自繇（由），明特操爲明德之本」，這不只相去甚遠，甚至有了語義的扭曲與轉化的情形，此問題筆者曾於「個性自由與社會權限：以穆勒《自由論》爲中心的考察兼及於嚴復譯《羣己權界論》之對比省思」一文中有較詳細的疏解，此略不論）把個人主義下所强調的自由轉成了集體國族所强調的自由，這對於中國當代之接榫西方的民主政治、自由思想，是否有所誤導呢！這亦是值得我們去處理的。

陳長房：

縱觀林載爵、林保淳與高大威的三篇論文，立論各異，各有所發明。有些觀點更是相互齟齬矛盾，扞格不一，頗令人錯愕探討的歷史人物是否有異。可以想見我們在詮釋一位歷史人物的複雜性。以下是讀完三篇論文後值得我們思索的幾點觀察。

第一，一切知識均產生於歷史情況中，而其中傳統的影響力是無所不在的。因此，人類在詮釋歷史的事件或人物，一味尋求穩固、客觀、中立的觀點，實乃緣木求魚。職是之故，我們欲瞭解一位若嚴復般龐雜的思想體系，勢必透過其各個作品間的相互觀照，不斷的修正對方的立場中達成。易言之，不論嚴復一生是否如林載爵所言，「一貫」保持超越新舊兩派的限制，堅信保存故舊精華，努力吸收西學，緩進圖新；或如林保淳所說，如嚴復終其一生，雖然醉心於西學之餘，仍不時流露出「不確定」的心態，游移於兩可之間，而歸返中學才是嚴復的基本思想；或如高大威所揭櫫的觀點，影響嚴復早年思想之天演、羣學、名學等，至其晚年，依然深植，看不出嚴復思想有任何劇烈的改變，在在勾勒出人類欲臻及歷史陳述自主的困難。

第二，由於讀者對歷史的知識，對某段歷史的詮釋，以及其本身的歷史立足點三者之間的衝突，使得讀者必然要採取一種不斷「對話」的立場閱讀作品。歷史本身與史實的撰述二者的底層均共有「語言」方面的問題。只要人們認爲「語言」無法將事實做澄澈透明的客觀呈現，而僅是本身在向我們說話，那麼史學家和讀者雖然致力於恢復歷史事件或歷史人物的「原」貌，也都只是一種「閱讀」而已。因此，任何嚴復思想的陳述，皆是由不同大小、嘈雜不堪的聲音交互編織而成，也因此，任何企圖孤立本體、追求本源的努力，都無可避免的墮入「求全」的迷思。不論是周振甫、王栻、徐高阮或史華慈，亦只不過是衆聲喧嘩中較響亮的一個聲音罷了。事實上，眞正的嚴復已無法尋得，我們所看到的，不過是一大堆圖章所鈐記、詮釋過的嚴復。

第三，我們願意在此提出下列的史觀面貌，與論文撰述人對話切磋。首先，我們必須容忍多元化傾向的論述。我們勢必接納各個思想發展或分期的並立、矛盾、斷層和巧合，並更進一步將此多元化現象當作治史的新立足點。其次，傳統史家所貫穿而成的「主流」發展，或以某學說觀念爲根柢的金科玉律皆必須重新受到批判。最後，我們必須强調逆轉顚覆的策略，新的史觀不再追求大一統體系的全貌：不再視嚴復思想「一以貫之」，而應反轉而正視其中的種種裂縫。並且揭示敎條式權威左右歷史書寫的武斷性。如是，我們探究嚴復思想，必能在細微處再顯新意。

余玉照：

嚴復先生在思想建樹及翻譯成就上，眞是令人佩服。三位主講人及四位評論者已經對嚴氏思想有很深入的剖析，只有蔡禎昌先生略爲提到其翻譯上的一些問題，因此，我暫時不談嚴復先生的思想，只想談一下他在翻譯方面給我們的啓示，以及當前在翻譯工作上我們應有的一些作法。

在拙文〈如何促進我國翻譯事業〉中，我曾提出許多建議，很想在此扼要說明以就教於各位。第一，在學校方面，我覺得應該在大學的英語系或外文系，加强翻譯課程，輔仁大學已創設翻譯研究所，期盼其他大學也能在這方面多下功夫。在開設翻譯課程方面，盼望能兼顧筆譯和口譯。第二，在社會方面，我也有幾點建議。首先是成立「中華民國翻譯學會」，這個學會如能順利產生，將在我國翻譯事業的推展上，扮演重要角色。透過這個學會，我們可以從事一系列大規模的翻譯計劃，也可與國外類似學會進行學術文化交流，也可舉辦翻譯會議，或出版有關翻譯的期刊，例如香港出版的《譯叢》就是很有份量的期刊；其次，我建議成立翻譯基金會，在此基金會的協助下，我們可以從事前述幾項工作，特別是可以支援乏人問津但對國家學術文化深具意義的著作做翻譯工作；接下來的建議，是加强各出版公司之間的協調合作，以從事譯介工作。第三，在政府方面，爲了鼓勵翻譯事業，可做的事很多，例如協助「中華民國翻譯學會」的成立及各項計劃、充實「翻譯基金會」的財力；主管翻譯事務的單位，工作要妥爲規劃執行；也可設立「翻譯獎」；考慮接受優秀的翻譯作品做爲大專教師申請升等的代表著作，只要訂定一套非常嚴格的審核標準，當有助於翻譯工作的推展。假設有一位專家，以嚴復先生的翻譯作品爲研究對象，寫出一本很紮實的論著，以其翻譯的中文與原文對照，做很多方面的探討，我認爲這也是非常有價值的升等論文。最後，有關拼音系統、翻譯名詞及術語的統一問題，也是亟待政府出面處理的問題。以上是我的一些建議，從嚴復先生在翻譯事業上的貢獻及其對我們的啓發來說，這些建議應該是值得重視吧！

綜合討論

嚴停雲：

我的祖父其實已是一公衆人物，因此我來參加，是抛開嚴復後代的身份來的，諸位說他好的，我不必大大感激，說他不好的，我也不會生氣。不過有幾點我想藉此機會說明。有人說先祖抽鴉片煙，其實那全是爲了治病；參加籌安會，是當時他認爲袁世凱腦筋不錯，其他一切也都不壞。我必須說，人是沒有十全十美的，如果今天我們僅根據他發表過的言論文章；就來咬文嚼字，啃他的肉，吃他的骨，以這樣的態度來研究他的話，我覺得是不對的。人有可矛盾處也有不可矛盾處。人會變的，尤其是當時整個時代的變動劇烈。但他的中心思想卻一直沒變，即所謂的「公例」、「宇宙心」等，而且他的愛國精神也始終一貫，我覺得能具備這些已很足夠後人來敬仰他了。我祖父是個大智的人，我覺得一個人如果大智，必然也大忠、大孝、大仁、大義。他十四歲時就寫了〈大孝終生慕父母〉的文章。不管他做到了沒有，至少他有此理想。人在不同的階段，思想也會有不同的面貌，這是可以理解的。

嚴仲熊：

在先祖幾個兒子中，晚年一直陪在他身邊的是先父。先父是其第三個兒子，名字是嚴叔夏。從先父的言談中，我有一些片段的記憶，想提出來對這幾篇文章加以印證或補充。

第一，先祖經常告訴先父，中國要强盛，一定要從提高民智著手。

第二，他也一再跟先父强調，身爲讀書人，要深深記住中國文人有一共同特質，那就是愛國。

第三，先祖非常重視中國的宗法傳統。

第四，有關先祖參加籌安會之事，每逢人提，我心裡就難過。我認爲這是沒道理的，先祖已過世，不能提出反證。當時，他知道北平設立籌安會的那個晚上，他帶著先父從天津（不是北平）南下到上海，走之時，他告訴先父：此行我可能遇刺，你要鎭定。

最後我想說，此次研討會的重點應在「風範」二字，指出這些學人有那些値得後人學習，而不是對先人做一種無情的批判，這一點我必須說明。

倪行祺：

我們在討論嚴復先生時，似乎很少人注意到他是一名軍人的教育背景。身爲軍人，英文造詣如此之高，能翻譯這麼多書，實在不簡單。另外，據我硏究，當時在英國留學，與嚴復同時的不是東江平八郎，而是伊藤博文，他們二人同時、同校、同軍，但回國後卻是不同的造化。還有華嚴女士剛才提到抽鴉片的事，這是有時代背景的，以今日來看，抽鴉片簡直萬惡不赦，可是我小時候，父親及所有親戚幾乎都抽鴉片，這在當時是很高級的，不是罪惡，這個時代背景應該了解。

蔡源煌：

剛剛這位先生提到伊藤博文的事，其實在一般嚴復研究中，已被證明是錯誤的。

林保淳：

其實這個問題已不必再細加討論，二人間時代差距的問題也不是那麼重要，但是由此可知，何以在當時會有此傳說，將嚴復與俾斯麥、伊藤博文等人相提並論，實乃時人對他有極大的期望之故，希望他能以所學使中國走上眞正富强的道路。另外，我覺得參加籌安會並不算是嚴復一生中的汚點，不必耿耿於懷，因爲每個人都有權表達他的政治理念，不是參加了帝制，就一定錯，主張民主就一定對，他在當時會傾向帝制，可能是見到當時整個中國在實施民主期間，亂象嚴重，他基於一貫的愛國心，遂把富强中國的潛意識寄託在袁世凱身上，這是很自然的，也正可看出他强烈的愛國心。

林安梧：

我個人對這場以「風範」爲主的研討會，是希望能通過整體思想的理解來入手，並不是想要批判，這是我必須澄淸的。

孫中興：

在討論過程中，我有一些想法。首先，我覺得不必道德判斷。其次，所謂「保守」、「激進」

的定義爲何?事實上這和社會環境有關，並不是那麼絕對，因此，未界定其意義前，就說他保守或激進，並沒有太大意義。

(張堂錡記錄整理)

〈附錄〉

吾祖嚴復的一生

■華嚴

祖父出生在淸咸豐三年農曆十二月初十日（一八五四年一月八日），福建的福州南台蒼霞洲。始祖嚴懷英公原籍河南固始，李唐末造，以朝議大夫隨王潮由中州到福建來。在侯官陽岐鄉落腳。上岐地帶蓋了幢房子，稱爲「大夫第」。高曾祖秉符公業醫，以「精詣仁心」名州里。那時他已經去世，曾祖父名振先，繼承父業，也是一位中醫，位居蒼霞洲的寓所是曾祖父的「醫生館」。祖父和人稱嚴半仙的他的父親、母親陳氏、兩位幼妹，一家五口住在館裡。原來祖父還有一位長兄，不幸幼年夭折。那椿大家都知道，祖父五歲時鄰家鑿井，搭起一座高架子，他爬到最高處俯視井口大叫「好圓、好圓。」的故事，也就是發生在那時那地方。

曾祖父國學造詣很深，行醫之餘，親自教祖父讀書。到了他七歲，才讓他進私塾。九歲令回陽岐鄉進他的胞叔厚甫公的私塾。厚甫公是位舉人，爲人嚴肅寡言笑，所教的是《大學》、《中庸》等等。教授法不佳，祖父讀了沒有興趣。因此，在他十一歲那一年，曾祖父又命令回福州，請了一位宿儒黃宗彝先生來專門教導他。

黃夫子是位名學者，研究學問漢宋並重；漢學重考據，宋學即宋元明儒家學行。「漢學派」崇眞理、重方法，深濡傳統文化；和宋理學家同樣有哲學和道德的意識。黃師便以宋元明之三朝理學家的生平和思想，授與當時年方十二的祖父。夫子又著有《閩方言》等書，滿腦子明代東林掌故。他教學十分認眞，附近地區熱鬧，遇著謝神演戲，他便要祖父上床睡覺，等到鑼鼓聲歇，才把學生叫喚起來讀書。當時很多人抽大煙，老夫子有腰痠背痛的毛病，課餘利用鴉片以爲鎭壓。常常一管煙槍在手，歪斜在床榻上，一面吞雲吐霧，一面講故事給學生聽。祖父一把小椅子貼近榻旁，凝著一雙亮晶晶的眼，聚精會神的聆聽老師講述明儒學案。

祖父十三歲，黃老夫子魂歸道山。他的兒子黃孟修先生來接館。約莫一年的光景，祖父結婚了，娶的是王家小姐。同年六月，當地流行霍亂；曾祖父不眠不休的救治病人，終於被傳染而不治棄世。留下寡婦孤兒，開始了貧苦無依的日子。

照理，曾祖父不至於毫無遺產，但他自行醫以來，慷慨成性，一心濟世，和人醫病從不計較報酬。由於從小跟在高曾祖身邊學習，臨床經驗很多；一旦自己開業，父子相較，可謂青出於藍。當時南台島有六十四鄉，他的大名到處遍播；鄉人遇有疑難症候，都來找他，視同華陀再世，嚴半仙之名由是得來，每天出診，路上得經過一座石橋，貧苦的病人常羣集在那兒等候施診。他的轎子到了，便在廣場旁停下，立時出轎爲衆人一一診視。這後來成了慣例，他每天得在橋頭消磨好一段時間。病人如有無力買葯的，他便代付葯款；有還就收，沒還也不索討。所以行醫多年，收入不多；有時候維持家計也都困難，別說積蓄了。

嚴半仙因拯救他人而染病身亡，鄉人十分哀慟。都認曾祖父是天神下凡，爲鄉里救難。如今限屆滿，羽化歸眞。有人竟說了曾祖父曾托夢給他之類的神話，來他靈前索取香爐中的香灰治病。一時香爐中的香灰都被索取一空。這固然是鄉人迷信，但曾祖父如何受人敬重和信服，由此可見。

曾祖父去世後，祖父不但不能繼續跟著黃孟修先生讀書，蒼霞洲的寓所也不能再住下去。於是一家人摒擋了一切，遷回陽岐故鄉。其時位居上岐的祖屋「大夫第」已經人滿爲患，只隔牆外面有三間小而破舊的木屋，那原是堆放雜物的地方，曾祖叔父們同意整理出兩間供一家人居住。曾祖母和兩位姑婆住一間，祖父夫婦住一間；簡陋貧困，不必待言。事實上，祖父是長房秉符公的孫子，正屋理應有他的住處；當時有打抱不平的戚友們要支持祖父爭回這項權利，但是祖父堅持不肯。他認爲有五個舖位可讓他一家人夜能歇息，有一張書桌可供他讀書寫字，也就可以了；正屋由別人或者他居住都一樣，何況他決不願意因自己緣故把已住在那兒的族親趕出去。這便安於那兩間小木屋，靠母親和妻子爲人繡花、縫紉所得的微薄收入過日。常常早上出門沒吃什麼東西，經過賣「鯃仔」（家鄉特產，生醃的一種小魚，其鹹無比。）的小擔子，給販者一個小錢，兩個手指頭拈起兩三尾小魚仰面往嘴裡一丟，一面咀嚼著一面昂首闊步的走著去。祖父成名後，那介於祖居和破屋之間的小弄道被稱爲「幾道巷」；至於他住過的那兩間小屋，則因年久失修倒塌而被拆除了。

一八六六年，船政大臣沈葆禎在福州創辦的馬江學堂招生，考取的衣食住全由學堂供給，每月還可以領四兩紋銀的津貼。當時一般人家的子弟以科舉爲重，都不想投考。祖父和母親及妻子商量一番，決定報名。入學考題是〈大孝終身慕父母論〉，祖父寫出了一篇文情並茂又感人肺腑的文章，大受沈葆禎的激賞，以第一名錄取入學。

十九歲的時候，祖父以最優等成績從馬江學堂畢業；被派在建威練習船上實習。沒多久，船政局自製的揚武軍艦落成，便把他改調上去。二十四歲，先入英國的朴資茅斯大學院，後入格林尼次海軍大學。二十七歲學成回國。開始了主持天津水師學堂二十年的生涯。

一八八五年，祖父又到歐東走了一趟。念及國人「事事守舊，鄙夷新知，於學則徒尚詞章，不求眞理。」而痛心不已。於是大聲疾呼，一切當從「開民智」、「新民德」、「鼓民力」、興教育、重科學做起。念當時人們著重科舉，老人家不由那條道路，自忖「職微言輕」，所以決定參加鄉試。但是前後接連四次，都落了榜。只好再尋找自己的方法。一八九五年，因深受甲午戰爭失敗的刺激，開始翻譯《天演論》；目的是介紹「物競天擇，適者生存。」的道理，向國人敲起祖國危亡的警鐘。此書一出，舉國震撼。他又先後寫了好些文章，刊登在天津的《直報》上。中間「闢韓」一文，强有力的對國人起了當頭棒喝的作用。有識者莫不爭相讚譽、嘆服；卻遭非議者如鄂督張之洞的嫉惡，說祖父直如洪水猛獸。

儘管嫉惡的人聲音響亮，祖父利用他的一支筆，再接再勵地向救國家的目標邁進。他先後翻譯西方有關思想學說的著作八種：爲使國人了解經濟關係一國的命脈，他翻譯了《原富》。爲讓國人知道學問一切得從合乎邏輯下手，翻譯了《名學》和《名學淺說》。爲闡述羣學的重要性及誤用自由平等的弊害，翻譯了《羣學肄言》、《社會通詮》、《羣己權界論》。《法意》中包括世界政治、法律、禮俗、風教等等，所以也翻譯出來供國人借鏡。當時西方有關思想學說的名著甚多，他從海洋般浩瀚之中，以不世出的遠見卓識，選出了可以針砭時弊的該八部巨作。

祖父的譯作引起了極大的回響，他的「信、雅、達。」和「一名之立，旬月踟躕。」也立時不脛而走。但有人認爲老人家所譯的書有曲解原著的地方。這一點，史華哲所著《嚴復》中分析得很清楚：祖父的譯筆與衆不同，原文以外，或章或節的加以按語，對原著有所批評也有所補充。例如他譯亞當斯密的《原富》，强調羣、國的利益應該重於一切。「國富」是包括國家的財富與權力。經濟自由是要擴大國家的「計劃」。……這雖然和原作者下筆時略有出入，但結論並無差移。祖父强調大我重於小我，內心用意很深。譯《天演論》時因赫胥黎不贊同斯賓塞的理論，祖父恰是相反；所以他雖然忠實地道出赫氏反對斯氏「任天爲治」的觀點，自己卻爲後者辯護。所以《天演論》的譯文中包涵了兩個主題。《羣學肄言》中，祖父仍相信應以國家之富强爲主，對斯氏的一切以人民福祉爲主，國家只是工具，不是目標的說法不能十分脗合，所以又出現了「曲解原文」的局面。……這是例子，事實上，祖父認為這是較直接而有效果的方法，把心中所要傳遞給國人的訊息，加强語氣的說出來。落筆採用典雅的先秦文體。這在當時極受器重，也就是一股力量，吸引士大夫階級的人目光轉向他。「字字由戥子稱出」的斟酌文句。他如此苦心經營，為的是一片愛國心，期望見國家起死回生。如果他不愛國，就不見得選這些作品來翻譯。他生當十九世紀末葉中國最貧弱的時候，中國的富與强，是他畢生最關注的一回事。

當時，只有海軍人員有機會接觸科學和海外的情況；古今中外第一流的洞察力和大文豪的手筆，則不是海軍人員必須具備的條件。這兩項不易兼備的特長，卻極難能可貴的集中在祖父身上。章太炎輓黃興的對聯說：

無公則無民國
有史必有斯人

歷史上多少有大作為的人物，他們的業績是因時勢造成的。如果沒有他，也會有別人以相同或不同的形式完成同樣的功業，這是時勢造英雄的意思；如果有人能使歷史進程大為超前，便是英雄造時勢了。祖父屬於後者，是無可疑義的。他曾經說：「有數部書，非僕為之，可決三十年中無人為此者。」且看今日附近一個世紀，除了毛澤東曾令人以白話文譯了赫胥黎的《進化論與倫理學》（即《天演論》的原著。）又有從《原富》的原著譯成白話文的《國富論》。其餘未見顯著的成果，據說因為深奧難譯，可知思想上的問題遠比文字上的困難。祖父所說的話並不誇大，事實上，他使歷史的進程超前了何祇三十年?!

一八九七年，和王修植、夏曾佑等在天津創辦《國聞報》，該報大部分社論都由祖父撰寫。後來他投稿到上海的《外交報》，和東京的《新民叢報》。為使國人易於學習英文，編寫了《英文漢詁》。手批的《老子道德經鈔》在東京出版。在上海青年會發表多次演講，集中演講稿由商務印書館出版了一冊《政治講義》。又完成了手批的《王荊公詩集》和《莊子》。……一九一〇年，朝賜文科進士出身，祖父自己覺得好笑，鄉試四次都名落孫山，此時像天上掉下來般來個進士。其實他一向反對科舉，尤感八股文誤國誤民。當時希望科舉得名，是想藉此為傳聲筒，使自己的言論能廣達國人耳中。此刻時過境遷，朝廷給的只是個空名，對他已經沒有意義了。

又一年資政院成立，以碩學通儒被徵為議員。祖父的聲名可以說如日中天。

上海青年會演講政治學盛況空前，祖父寫信給家人：

……前回演說，印稿撒至五百餘張，尚有求者，今日海內視吾演說真同仙語，羣視吾如天上人，吾德薄何以堪此，恐日後必露馬腳耳。

又說：

……做得一篇請興辦海軍摺稿六七千言，大家佩服無地。我現在真如小叫天，隨便亂嚷數聲，人都喝彩，真好笑也。

所說「恐露馬腳」，是他相信天道公平，人各有福分，而且人的福分有限。盛名是福中之福，世人所最愛。莊子說：「名，公器也，不可以多取。」祖父也認定，多取盛名，將招虧損。

祖父生平勤寫書信，給朋友也好，給家人也好，都娓娓道來的在信中表達他的心意。既無所不談，也暢所欲言。文字寓意絲毫不苟，而且書法極爲精美。研究他的思想的人，都認爲他的書信有高史料價值。給江西熊純如先生的就有一百封左右。家書也寫了很多。一九〇五年，他有信給大伯父，中說：

……本日接到爾由西貢六月廿四、廿七所發兩緘，讀悉一切。始言由粵到閩不過旬日勾留，接洽公事後即當北行赴京，謁外商二部，事畢然後回閩料理葬事。嗣後稱擬在閩作三四個月延擱，任福田北上，謁農外商二部，面陳情形，而己則以料理書籍為事云云。汝父旁觀者清，竊以此為計之至左者。汝若不同恩慶赴京，在汝以為吾將一切面子讓與福田，己則寧居人後，此意誠為高尚。但京師之人必以云爾，而謂吾兒傲慢不恭，不將渠輩掛眼，于此等事不肯自己親行，但教碌碌十九人之類為之。吾兒方及壯年，家貧親老，此後職宜與世為緣，豈宜更蹈汝父覆轍，邀其謗毀？故願吾兒一聽父言，必變此計，吾非望汝媚世阿俗，然亦甚不願吾兒為無謂之忤俗。吾前者即緣率意徑行，于世途之中不知種下多少荊棘，至今一舉足輒形掛礙。頃者自回國以後，又三四次睹其效果，深悔前此所為之非。此事非父子見面時不能細談也。故今者第一囑咐，乃吾兒于役之後，必往京師一行，是為至要。汝今聲名日益籍甚，到京之日，必有人拉汝出山，吾兒當念毛義捧檄之意，凡事稍徇私情，藉以獻酬羣心，念為親而屈可耳。亦不必向人乞憐，但不可更為高亢足矣。

儘管祖父教導兒子免於蹈他覆轍，他自己的路卻仍是荊棘重重；原因是他愈被贊譽，嫉妒他的人也愈多。世局紛亂，人心愈見趨炎附勢，爭權奪利。一九〇七年祖父任安慶師範學堂監督，他在家信中說：

……高等學堂之有風潮，實因官界與我挾妬反對，而紳界則以學堂為利藪，各思分肥。而學生一因去年沙汰之多；二因求請畢業不遂；三因夏考在即，恐復被沙汰；……於是有十三日之風潮。……皖人惟恐吾之不去，於是在《南方》、《神州》諸報極力布散謠言，備諸丑詆。……刻安徽大紳士則謀監督，小紳士則謀管理雜差，真所謂一骨截投狗亂爭者矣。至學堂吾所用之管理、教員，大抵多站不住，因提學司曾赴日本，帶有得意速成留學生數人，正無處位置故也。提學腦筋有病，素為名士，人極糊塗；至學務尤為外行。加以妒吾名盛，口裡恭維，背後反對；此堂之事，皆此老之助成也。嗟嗟！學堂本教育之地，而小人視為利藪；學生劣者不可沙汰，沙汰即起風潮。此後學界尚可問乎？

民國元年，祖父被聘爲北京大學校長。接事後，困難重重。他信中說：

……大學堂無款即不能開學，……公事亦極難辦。有學生彭姓兄弟號佛公、俠公，兩人在《國風日報》數次造謠，與我反對。教員等極為不平，然只得不與計較。……

又說：

……此間政府尚未成立，款項極支絀；大學堂無款，恐不能開學。公事亦極難辦。……

又說：

……大學堂事煩責成亦重，數衍不可；稍一整頓，必至開罪多人。每月開銷在二萬元以上，度支部無款，昨向道勝銀行借來七萬，俟此銀到手，方能開學也。……

又說：

……大學堂已于昨日開學，事甚麻煩。……

……大學堂現是借款辦理，僅僅可以支持到暑假。……

祖父辛辛苦苦的帶著北大走，雖然從他就任到辭職，前後不過五個月，但他使幾將斷氣的學校復甦過來。

民國四年，袁世凱想當皇帝，祖父素稔他不是一個救國救民的人，無意支持他。雖然心裡認為在各方面條件都未配合的情況下，國家不宜立刻轉向民主。袁氏屢求未得應允，忿然說：「就算嚴復是聖人化身，我也不敢再用他了。」楊度組織籌安會，强行取巧盜名；又派軍警監視著祖父。老人家深陷機阱，一籌莫展。梁啓超寫了〈異哉所謂國體問題者〉一文，袁氏令夏壽田送了四萬圓請祖父撰文反駁，也被拒絕了。雖然如此，祖父仍深以當時不曾立時登報聲明自己是被盜名而自責不已。事實上，祖父和袁氏相識近三十年，友情的羈絆，不欲使對方過分難堪的中國人厚道作風，又以老病之軀，不能由他說走就走的乘夜潛逃出京等等，都是使他不能從心的因素。這事到今日早已無議論的價值，就說當日，一些和祖父親近的人，也都十分了解老人家的處境和苦衷。但大部分人不明眞相，以為祖父自身求榮，或屈於權勢而推波助瀾。使祖父有生之年，受盡國人的誤會和不諒解。他自嘆地說：

「籌安會之起，楊度强邀；其求達之目的，復所私衷反對者也。然而丈夫行事，既不能當機決絕，登報自明；則今日受罰，即亦無以自解。」

祖父和嫡祖母王夫人共同生活了二十六年，嫡祖母棄世。江夫人是我的祖母，她本是位書香人家的小姐。但父母相信算命的話，說必需給人當偏房，夫妻才能白頭偕老；於是祖母來嚴家當祖父的姨太太。她因此心中鬱鬱不樂，生了三個子女，精神病發作了。祖父再娶朱夫人爲繼室，那一年他四十八歲。

老人家是家庭的安定磐石，繼夫人、如夫人和三種顏色的子女，雖然大體上大家可說相當親愛，不爭不吵。但八個孩子年齡差距太大，智力和個性亦然；所以有事時磨擦難免發生。這時候，祖父就像石磨的軸心，團團轉的爲了訓斥、安撫、勸導以及央求等等而煞費心機。

那日是大伯父的生母王夫人的忌辰，大伯父設壇祭拜。四叔、五叔以破除迷信爲由，不肯磕頭。祖父的信到了：

……吾兒當知，我諸子中，有以幼弟傷長兄感情，是極大關係。諺云：「長兄為父嫂為母。」又曰：「父有長子，稱為家督。」況大哥年將知命，可為汝父有餘，乃以嫡母忌日，叫汝代勞拜佛，汝緣不信宗教，或他見解，遂露不豫之色，兼有無謂語言，使大哥傷心，豈非該死？惟是大哥本身，亦有不對之處，因他當下見汝曹如此，便應呼到面前，扎實教訓一番，劈面大罵，才是做家督正理。而乃容忍不言，骨肉之中過於世故如此，是亦不合也。至於迷信一事，吾今亦說與汝曹知之：須知世間一切宗教，自釋、老以下，乃至耶、回、猶太、火教、婆羅門，一一皆有迷信；其中可疑之點，不一而足；即言孔子，純用世法，似無迷信可言矣。而及言鬼神喪祭，以倫理學Logic言，亦有不通之處。但若一概不信，則立地成Meterial-ism，最下乘法，此其不可一也。又人生閱歷，實有許多不可純以科學通者，更不敢將幽冥之端，一概抹殺。迷信者言其必如是，固差；不迷信者言其必不如是，亦無證據。故哲學大師如赫胥黎、斯賓塞諸公，皆於此事謂之 Unknowable，而自稱為 Agnostic。蓋人生智識，至此而窮，不得不置其事於不論不議之列，而各行心之所安而已。故汝等此後，于此等事，總以少談為佳，亦不必自矜高明，動輒斥人迷信也。……

這日，江夫人寄了一盒西洋參給她所生的女兒我的大姑吃，發生了一些小問題。祖父寫信給朱夫人：

……姨太說細實必食此物，故聽其寄歸。我不知毛頭亦食此物，今果食之，可向其分用；個個都是我兒女，婦人淺度量，必分彼此，此最不道德討厭之事。汝為太太，切須做出榜樣，以公心示人，而後乃可責備別人也。……世間惟婦女最難對付，人家有大小，有妯娌，有姑嫂，甚至婆媳，但凡相處，皆有難言。惟有打頭者係賢淑大度之人，處處將私心、爭心，與為己心除去，然後旁人見而服之，不至互相傾軋。然此甚難事耳。

祖父又念江夫人有病，她的一對兒女（我的父親及大姑）當時年紀都輕，乏人照料。便在信中一再央求朱夫人：

……萬望賢卿于這一雙兒女一視同仁，認真照應，我他日必有相當酬報。……

世局不平靖，十數口之家居無定所。加以家中開支甚大，老人家素無積蓄，單靠手邊薪水過日。而他又「大丈夫有可爲有不可爲」有可接受有不可接受；一家生計實有朝不保夕之慮。一九一二年他寫信給朱夫人：

……大學堂下半年政府能否開辦，我們尚在那裡與否，皆不可知。要想挈眷回閩，作極節省打算，賣筆墨過日；但福建眼下亦極危險，訛詐勒捐，結黨暗殺，無所不有，豈安居之地？故亦作為羅論。左思右想，要尋一安身立命之地，渺不可得，奈何奈何。……

兒女們在身邊時，祖父常親自敎他們國文、英文和算術。但他又另外請一位國學專長的金子善先生，專門敎他們四書五經和資治通鑑等等。同時請得一位外國小姐敎他們英文。祖父到任所去，兒女們留在家中，他常和他們通信。信中或有指點，或說些爲人處世的道理給他們聽。那回他寫信給父親：

……刻下新舊兩曆並行，凡作書信，用新則純新，用舊則全舊，不可乍陰乍陽，必致迷亂誤事。汝前書皆用舊曆，此信乃忽填新曆日子，何耶？又如朔、望、弦、澣及初幾等字，皆舊曆有之；不宜以書新曆。如兒此稟乃四日所作，則竟書四日、四號可耳，而乃填為初四。汝方努力為有章程踏實做事人，此雖小節，亦有章程人所不苟者，不可忽也。……

又一封信裡說：

……日日行，不怕千萬里。得見有恆，則七級浮圖，終有合尖之日。且此事必須三十以前為之，四十以後，雖做亦無大用；因人事日煩，記憶力漸減。吾五十以還，看書亦復不少，然今日腦中，豈有幾微存在？其存在者，依然是少壯所治之書。吾兒果有此志，請今從中國前四史起。其治法，由史而書而志，似不如由陳而范，由班而馬，此固虎頭所謂倒啖蔗也。吾兒以為如何？

下面一信是父親結婚以後祖父寫給他的，中說：

……汝自受室以後，精爽變易，大異童冠，尤于文字見之。但尚不足于 Concentration，故多訛字。如來書「辛苦」則作「幸苦」，「艱辛」則作「艱幸」，不自知也。前一緘寫「蒡」字作「蓴」字，書亦無此字。閉門索句，艱苦固非朋輩所與知；而非經一番戛戛其難之候，終身沒出息矣。吾于文字頗知荼蔗，往往自輕己作，成輒棄去。又以居今之日，時異往古，有志之士，須以濟世立業為務，不宜溺於文字，玩物喪志；又薄身後之名，所以存稿寥寥，他日不足災梨棗也。

那一次四叔寫信給祖父，說他因爲便於時常回家省親，所以決定進一所離家不遠的學校。祖父回信說：

……汝欲得入近校，可以時常回家看父，誠屬孝思。做父母之人，望其子弟學問有成，常過於圍聚膝下。故韓愈說歐陽詹曰：「詹，閩越人也，父母老矣；舍朝夕之養以來京師。其心將以有得，于是而歸為父母榮也。雖其父母之心亦皆然，詹在側，雖無離憂，其志不樂也。詹在京師，雖有離憂，其志樂也，若詹者，所謂以志養忠者歟。」等語，汝務知此意也。且吾病雖劇，固未必即死；而汝在吾前，于病亦無濟也。……

四叔想趁暑假遊西湖，祖父告訴他：

……所云暑假欲遊西湖一節，雖不無小費，然吾意甚以為然。大抵少年能以旅遊觀覽山水名勝為樂，乃極佳事。因此中不但怡神遣目，且能增進許多閱歷學問，激發多少志氣，更無論太史公文得江山之助者矣。然欲與趣濃至，須預備多種學識才好：一是歷史學識，如古人生長經由，用兵形勢得失，以及土地、產物、人情、風俗之類。有此，則身遊其地，有慨想憑弔之思，亦有經略濟時之意與之俱起，此遊之所以有益也。其次則地理學知識，此學則西人所謂Geology，玩覽山川之人，苟通此學，則一水一石，遇之皆能彰往察來；並知地下所藏，當為何物。此正佛家所云：「大道通時，雖牆壁瓦礫，皆無上勝法。」真是妙不可言如此。再益以攝影記載，則旅行雅遊，成一絕大事業，多所發明，此在少年人有志否耳。……

祖父在信中對四叔、三姑、四姑和五叔提到佛經與佛學，說：

……可知老病之夫，固無地可期舒適耳。然尚勉強寫得《金剛經》一部。以資汝亡過嫡母冥福。每至佛言：「應無所住而生其心。」又如言：「法尚應捨，何況非法。」等語，輒嘆佛氏象數，宗旨超絕恆識，謗者辟者，徒爾為耳。

祖父得父祖遺傳，對醫理病理十分通曉。但感中醫未臻研究完成的階段，家人甚至家中傭工有病，都囑咐看西醫，還特別叮嚀要選著好醫生。祖父的姪兒伯鋆想學鐵路工程遇有困難，祖父也勸他學西醫。他在信中說：

……故吾意不如仍習醫葯，蓋西醫一科，歐美進步奇猛。為國民計，須得多數人勤治此科，一也；又醫學所關於教育、法政甚大，刻吾國人亦漸知之，十餘年以往，必大看重此學，二也；三則我家累世為醫，積德累功由來已久，今日子孫仰席餘蔭，未必不由此故，吾意頗欲不墮先人之緒，三也。以斯之故，甚願吾姪學醫。至于照應己身與一切親愛之人，所不論矣。鐵路一事，其業頗勞苦，須有身力乃可任之。吾所見如此，實與伯玉意思不同；姑言之，以備姪自擇可耳。學問須擇所好，不必勉強也。

老人家素有痰喘咳嗽的毛病，腸胃不好，常瀉肚子。有時候則便秘，夜裡屢患失眠，加以腿筋跳動，十分痛苦。六十歲過後，這些症況變本加厲。這年離開天津經上海到福州，一路上辛苦萬分，他在家信中這樣寫：

……最苦者，每次上車下車，無論何站月台上，總有幾百步好走，此即要我之命，因行至半途，大喘輒作，此時心慌氣塞，甚者二便都要出來，如無歇息處所，巴不得便坐在地上。……

病得太痛苦，只好求助於鴉片煙。一九二〇年他寫給父親信中說：

……須知吾身乃有兩病，從前醫生皆來細為看出。蓋第一在肺，眾人所知；其次在腸，眾人所忽。然吾自得疾以來，大便實未嘗好過，乍癒乍劇，每日早晨二三度或四五度，至下午始差。客歲在閩在滬均是如此。當時葯膏未除，病甚，便以葯膏止之，亦復有效。至去年到京，累患脾泄，向狄博爾求葯，亦無良果。大病，入協和醫院，藥膏經甘醫除去，泄瀉頗甚，而溲以為鴉片之反動力，轉以為佳。然每日三四行，實亦不甚覺苦。出院到家之後，始尚不甚苦人，至此後月餘日，漸漸增劇，又腹中酵氣 Fermentation，早起五點以後，刺激苦人，不能安臥。上午非五七次至圊不已，坐是飲食不養，人亦瘦困，而喘咳加劇。近者英邱格 Qouk 大夫代吾診治，于十二夜，用 Calomel 兩片，以發膽汁，天明用 Magnesium sulphate 水兩匙，意取如此宣泄二次，可將腹中刺激惡物，全行刷下。不料吾自戒煙以後，腸胃極弱，遂乃一泄至十零遍，而人不支矣。于是將第二劑急止，然至十五夜，尚用其半以遂前畫，現在雖尚有零星泄瀉，幸已降差，天明稍可安臥，再加數日將養，當可稍安，此近治第二症之實在情形也。其第一症治法，前施大夫到此，已用 Sodium Iodine 為君開一方子，近者老格改作 Potassium Iodine，製成葯水服之，痰尚好吐，但須飲水甚多，否則鼻孔發硬作痛，唇皮焦乾，可知其性之燥熱。格取吾痰細驗，見其中兩種微生，一是作肺炎者，名Pneumonia；一是作痰涕者，名Ucerous Eatarrh。吾肺中有此二種無數，時作刺激，使人咳嗽不止；且吐痰過多，肺質受傷，致以成喘。渠刻為我製一種葯，用新發明有驗之Vaccine，以為此二種之Antidotal，如能受效，當可望瘉等語。吾自只得徐觀其效而已。此吾治第一症之情形也。日來風日清美，樹木漸青，而吾不能出房半步，病中強起作此數字，蓋欲吾兒知其病狀之詳。

隔了兩個多月，祖父又有信給父親：

……吾喘咳尚無大差，即如昨夕之睡，十二點半上床，至一點一刻始能略睡，至四時一刻則喉癢不止，終不能安睡矣。……格醫時來，因見針不甚效，則歸咎於北方之煤與塵土之多，……意欲令我到申，略換天氣。而柯醫又不以為然，意謂梅暑方感，與吾體氣極不相宜，遂作罷論。

鴉片煙也好，名醫的悉心調理也好，都不能減輕祖父的病苦。他還一度聽醫生的指點，用了一些嗎啡，但也未見效果。鴉片用了戒去，戒了又用；眞是用了不是，不用又不是。當時人們以鴉片爲治病的靈葯，有錢人家做長輩的慫恿子弟吸食的大有人在，看年輕人上了癮終日蜷曲在煙榻上，內心自得的認爲從此不慮兒輩離鄉背井。祖父以鴉片治病，輿論大加譏諷，老人家曾極力反對吸食鴉片和婦女纏足，衆人乃添一份評詆，說他自相矛盾，事情到了自己身上，卻能說不能行。

一九二一年農曆九月廿七日，祖父在福州城內郎官巷寓所逝世。遺囑中寫：「㈠中國必不亡，舊法可損益，必不可叛；㈡新知無盡，眞理無窮，人生一世，宜勵業益知；㈢兩害相權，己輕，羣重。」享年六十九歲。

祖父畢生崇尙民主和民權，〈闢韓〉一文，批判了韓愈在〈原道〉中「知有一人而不知有億兆」，就是史無前例，最大膽、有力的反對君主專制的聲音。演講〈憲法大義〉時特別强調從政者當先反問自己是「心乎國與民乎？心乎己與子孫乎？」有人說祖父反對革命，事實上他並非反對，只認爲革命實踐要採取漸進的方式，非倉促草率可成。他相信國人民智未開，民德未新的當兒，推翻舊的政權不見得會有好結果。和孫中山先生在倫敦見面時也坦白地說：根本之圖，得先從教育著手，五四運動如荼如火地展開，他採取冷靜觀察的態度，一面固然因爲當年學潮使他對一般「經歷不足、閱世未深，易受虛浮道理影響，而被某些人利用的青年學生」沒有信心，骨子裡仍然堅信一切得從教育普及做起。革命如果未趁時機成熟，一定勞而不獲。他極有自信的反覆說著這一句話，肯定百年之後，歷史可以證實他的看法。

百年的時間過去，中國歷經動盪：洋務運動失敗。來的是維新運動，之後是辛亥革命。國人好不容易有個歇下來舒一口氣的機會，又來了一九四九年的共產主義革命。過了十七年，出現「文化大革命」的十年浩劫，使十一億人民受盡艱苦。所以，奪取政權成功不過是革命的第一步，爲國爲民，接下去要走的路還長。民生富足是一個國家安定的要素，那靠的是經濟事業。而經濟的發展靠的是教育所啓引的智慧，這實是一國邁向富强之道的不二法門。明顯的例子如日本：明治維新得以成功。經歷了第二次世界大戰，日本可以說一敗塗地，地理環境並不好，也沒有特別的物產資源；

但她重新站立起來，成個可以傲世的一等强國。台灣也是一個好例子，四十多年來我們處身這彈丸之地，生活的安定使年輕人可以專注地讀書；一個個學有所長，發揮在各行各業上。靠他們的智慧，台灣富裕了。在台灣的中國人，過著前所未有的舒適的生活。歷史一天天在證實祖父的話，那不但正確於一時，將是千秋萬世而不移。

大家都知道祖父愛國，知道他以獨樹一幟的手法，把西方極具影響力的八種學術思想巨著介紹給國人。卻不曾探討他的思想見解在歷史上發揮了什麼樣的作用。毛澤東推崇祖父是和洪秀全、康有爲、孫中山一樣向西方尋求救國救民眞理的先進中國人。一九七五年三月二十日，周恩來寫信向中共國家文物局局長王冶秋借取一批祖父生前寫的信札回去閱讀。更使大陸學者專家的目光熱切地集中在祖父身上。又以採集資料較易，他們對研究祖父的工作做得比台灣多得多，著眼點也取更大的時空上不同的角度。所得結論雖然不見得篇篇透徹客觀，但到底不乏是他知音的人。國外（如歐美、日本等地。）學者專家的論文著作也時有所見，對還老人家以應得的歷史地位，雖仍有一截距離，是日見接近了。

晚年，祖父的心情趨向沉寂，苦悶的時候，甚至對他自己那番偉大的文筆生涯，也起了有何價值的懷疑。他說：

「自嘆身遊宦海，不能與人競進熱場，乃爲冷淡生活，不獨爲時賢所竊笑，家人所怨咨，而擲筆四顧，亦自覺其無謂。」

這是非常可了解的一種心情，尤其是那些極敏感、極具智慧的人，他們的情緒起伏，思潮澎湃，常較一般人幅度大得多。時日的推換，境物的變遷，祖父心中感觸日增。這或許又是可令人目他爲「矛盾」的地方，當他借赫胥黎原文警告人們不可如佛教徒一樣「哀生悼世」，「徒用自弱」。……而一面他念念不忘「應無所住而生其心」，「法尚應捨，何況非法。」他有好幾首追和王荊公談禪的詩，現鈔錄其中數首如下：

和《即事二首》

之一

鍾山無雲起，鍾山無雲入，若問當時雲，無際鍾山碧。

之二

無心即無雲，有雲因有心，所以雲生滅，還向心中尋。

和《擬寒山拾得二十首》

之二

我曾為草豆，欣欣望春雨，及其身為男，夢想鄰家女，我之知有我，正以有物故，物我各有需，（紛）註然知好惡，若令無好惡，此我豈得度。註：原文缺一字。

之三

人之生有求，祇然養身故，當其作夢時，此意仍未去，所以種種色，一若覺所遇，及其已死時，此身已無處。假令尚有求，定與今殊趣，以死為夢覺，此理吾未喻。

之四

人生處一世，以氣為外緣。一切愛惡欲，常為形質牽。既已不自主，云何為彼愆。所以於眾生，無怒但哀憐。此是佛地語，仁者當勉旃，先生為此論，吾乃無間然。

此時，老人家一身病苦。生命到了這裡，感觸深，領悟也已透徹。「所以於眾生，無怒但哀憐」可安慰的，一生的光陰沒有分秒虛擲，雖然不無遺憾，也時感寂寞；但路總是一步步踏實地走完成了他的是翻譯家、教育家、思想家、哲學家的一條遼闊的路程。

張季鸞：報人典範

張季鸞以國士無雙之精神，
以南董之直筆，作社會之導師。
在此報業「三限」解除之後，
季鸞先生憂國愛國、悲憫感恩之精神，
更應懸爲一代新聞記者之座右銘。

張季鸞先生的中國報人風範

■王洪鈞

一、前言
二、布衣而為天下師
三、季鸞先生的四個風範
四、藉先賢風範療報業之疾

一、前言

世界上最偉大的教育力量，不是學校，亦不是一本教科書，而是一種足以師法的風範。所謂：「君子之德風，小人之德草，草上之風必偃。」

孔子是世所公認的大教育家；他的一言一行皆能表現一種風範；因此，顏淵才讚嘆曰：「仰之彌高，鑽之彌堅，瞻之在前，忽焉在後。夫子循循然善誘人。」這就是說，孔子對他學生的影響，無時不在，無地不在。試問，身沐其中，能不變化氣質者幾希！

今日是個大教育的時代。無時不在，無地不在的教育力量，已爲大衆傳播所取代。尤以報紙，既然具有告知、解釋、及忠告的功能，可稱集「友直、友諒、友多聞」三益友之大成。身爲報人，一筆在握，其對世道、國運及人心之影響，實無法衡量。

祇是現代報紙，淪爲政治工具者，固不必言；在西方國家，受自由理念之影響，亦已經高度商業化。每日出版之報紙，一如商品，唯讀者之喜愛是求。報業經營者醉心利潤及企業形象，遠超過其對社會應盡之責任與影響。以美國而言，欲求如十九世紀偉大報人如格里雷（Horace Greeley）者（註①），已不復見。所謂報人風範亦難得提起。反倒是電視主播、專欄作家，竟取代偉大之編輯人，成爲媒體英雄，爲大衆所歌頌。

現代報業

我國現代報業，早期固受西方教士及外商之影響，但自一八七〇年代，國人辦報初露曙光；至一八九〇年代，更見耀眼之光芒，無論為士人辦報或革命報紙，皆志在開啓民智，喚起民衆，結束滿清之專制統治，實施民主憲政，俾將四千年之古國，改造為一個現代化之國家。因此，中國現代報業自誕生之際，便與國運及國家發展結為一體。十九世紀轉頁前後，許多報紙受政治壓迫或經濟壓力，倒閉或遭封閉，報人繫獄者纍纍。但開國報人對國事之憂患意識及文化使命感，已蔚為一代中國報人之風範，影響於國家社會者，世所罕見。

兩個階段

中華民國建國近八十年迄今，前一階段，歷經袁氏稱帝、軍閥割據、北伐統一、抗日戰爭，及中共倡亂，可稱國無寧日，民不聊生。中國報業，大體而言尚能承替前一代報人之遺風，以國脈民命是爭。尤以抗戰期間，除申報新聞報等純商業報紙，托庇外人保護，續留淪陷區外，舉國民心之凝結、士氣之激勵，集億萬人心如一心，全靠政論報紙及黨營報紙之鼓吹，使輿論力量得以發揚。前者，以張季鸞先生主持筆政之大公報足為典範。後者，則以中國國民黨建立之黨報體系及其他新聞傳播機構代表。

關係國運

先總統蔣公對此一階段報業與國運之關聯，及新聞記者之社會角色，曾有極深入之評價。（註②）有謂：「新聞記者應為國家意志所由表現之喉古，亦即為社會民衆賴以啓迪之導師。我國五十年來國民革命之事業，其由萌芽而發展而成熟，皆與新聞界有極深之關係。其消長進退之機，亦視新聞界之認識與努力以為斷……。今當全國努力抗戰之時，我新聞界為國奮鬥責任之重大，實不亞於前線衝鋒陷陣之戰士。如何宣揚國策，統一國論，提振人心，一致邁進，而完成三民主義國家之建設，實唯新聞界之積極奮起是賴。」

制式經營

中共政權崛起，政府播遷來台後四十年，應屬後一階段。此一階段，中華民國必須生存壯大於若干基本上難以調和之形勢中。國家一方面仍在戰時，必須實行戒嚴法令，另方面卻要厲行民主憲政，維護新聞自由。一方面，政府既以光復大陸為國策，期能擊敗中共之和平統戰，自需要全民意志集中，團結和諧；另方面，潮流所趨，仍須以建立民主開放的社會為號召，承認多元價值觀念，尊重個人權利。一方面，國家需要勤儉建國，養成節約風氣，另方面，政府則力倡自由經濟，鼓勵消費，力求提高國民物質生活水準。在上述一連串不調和的政治指標下，報業祇有在一種制式化的經營下自求多福。長期的報禁保障了少數既得利益的報業經營者；威權政治亦萎縮了報業的正常功能。報紙既已鑄型，報人更無風範可言。

報禁解除

及報禁解除，經營權利開放，言論自由放寬；雖然報紙之頁數、內容均見豐厚，新增報紙與資金雄厚的商業及官方報團則互相陷於苦戰，使報業市場出現了一片紊亂。供求機能全失，以聳動內容及優惠條件「强銷」作風極為普遍。公衆對報紙開始產生了厭食症。據調查顯示，社會在報禁開放前對報紙滿意的程度尚能維持百分之七十二點六，報禁開放後，已降爲百分之五十一點一，百分之八十一點四的受訪者主張對報業「托辣斯」有所限制，百分之八十二點五的受訪者强調社會責任重於新聞自由（註③）。尤以若干具有高度專業觀念的新報相繼夭折後，更顯示報業發展之重重危機。

自救呼聲

因此，報業自救呼聲此起彼落。咸認爲倘任憑商業主義及無節制的新聞自由誘引報業，自構成國家重要體系的地位，向外游離，倘使今日報業背棄中國傳統報業的憂患意識及文化之使命感，流爲庸俗的新聞販賣業，不獨將造成中國報業之悲劇，且終不免殘化報業對國家和社會的輿論功能。

如何使今日報業重振開國前後報紙創機造勢之磅礴氣概，導引國家社會渡過黎明前的黑暗時期，似唯有自先進報人中尋求其風範，以供師法。開國報人，有筆如槍，義無反顧，鼓動風潮，遞嬗政體之時代背景雖已不存，其爲民前鋒覺醒天下的悲憫情懷，仍是爲今日仁人志士之榜樣。

置身此際，念及報業地位之衰微，輿論功能之不彰，國事混沌，人心惴惴：其能樹立卓然獨立之中國報人風範，足使現代新聞記者心嚮往之者，唯有榆林張季鸞先生。因爲自民國十五年到民國三十年，由張季鸞先生主持言論及新聞之大公報，於民國達成統一，國民產生共識，以迄全民抵抗侵略，提昇國家地位方面充份發揚了輿論報國的中國報業傳統！

二、布衣而爲天下師

張季鸞先生，名熾章，陝西揄林人，生於一八八六年（一說爲一八八八年）；自幼失怙恃；因在鄉讀書，文才優異，一九〇四年，保送三原宏道學堂；翌年，以陝西考選留日學生獲取，一九〇九年東渡日本；在日期間，開始參與雜誌出版工作，爲獻身新聞事業之嚆矢。

武昌起義後，季鸞先生返國，參加其鄉賢于右任先生創辦之革命報紙「民立報」工作，鼓吹革命思想；民國二年到北京，任北京「民立報」總編輯。因憤慨袁世凱嗾人刺殺宋敎仁，曾直言譴責，一度被捕繫獄。

兩度繫獄

稍後，季鸞先生返上海，加入「大共和日報」；民國七年，在上海創辦「民信日報」。袁世凱死後，季鸞先生再去北京，接辦「中華新報」。民國八年，北京警察廳以新聞界登載中日大借款密約，封閉八家報館，「中華日報」即爲其一；季鸞先生亦因此再度繫獄。

出獄後，季鸞先生復返上海，主持「中華新報」；民國十三年，失業返北京；民國十五年，與吳鼎昌、胡政之接辦英歛之先生於一九〇二年在天津創辦之「大公報」。

文人論政

自民國十五年至民國三十年期間，大公報之筆政及新聞方針，皆由季鸞先生主持，乃使「大公報」在國家深陷內憂外患最艱危之階段，成爲全民輿論之象徵，更獲國際之重視。民國卅年，美國密蘇里大學新聞學院頒贈「大公報」榮譽獎章。戰時，中國新聞學會及重慶各報聯合委員會於同年五月十五日在重慶舉行盛大慶祝會；季鸞先生當日撰論強調中國報人之精神，並指出「大公報」按商業方法而經營，仍保持文人論政之傳統。

季鸞先生於民國三十年歿於重慶。綜觀其獻身報業三十年，以一半的報人生涯，嘔心瀝血，灌注於「大公報」，終使「大公報」在「不黨」、「不賣」、「不私」、「不盲」四志勗勵下，成爲中國書生辦報之典範，對國家和人民作了最大的貢獻。

因此，季鸞先生逝世後，哀榮極盛。蔣委員長唁電中以深厚的情誼寫出：「執手猶溫，遽聞殂謝」，並以「一代宗師」題輓致悼。國府褒揚令中，更稱：「張熾章學識淵通，志行高潔，從事新聞事業歷三十年，以南董之直筆，作社會之導師。」布衣而爲天下師，庶幾爲季鸞先生所創立之中國報人風範。（註④）

三、季鸞先生的四個風範

季鸞先生，一文弱讀書人，爲什麼能以如椽大筆的力量擔負起百年僅見文人論政、書生報國的使命？如前所述，我國現代報紙之經營方法雖來自西方及東瀛日本，辦報之理念，亦自西方新聞學術爲其圭臬，但敢自稱爲中國報人者，莫不繼承了我國先秦時代歷史家之精神，辨是非、張正氣、闢邪氛，義無反顧，視死如歸。尤以季鸞先生天性仁厚，集數德於一身，更豐富了中國報人的品格才智，自成典型。

管窺所及，以爲季鸞先生的言行文章具有下列風範，可稱集合了中國的史家、士人、及革命志士的明澈、灑脫、超然、從容的特色，且不强調其文筆的剛柔互濟，出乎至誠，見於文章。

關懷天下

一、關懷天下：新聞記者原應目光四射，關懷天下，季鸞先生獨富有中國讀書人對天下蒼生所負的使命感，而期藉言論有所獻替。

季鸞先生所撰「中國新聞學會宣言」中，便流露了許多與天下共憂樂的情懷。其如：「同仁今日集會陪都，緬懷共和締造之艱難，體念國難犧牲之壯烈，承近代言論先輩之遺志，而自省其對歷史人羣所應負之重責，誠以爲少數報人，其雙肩擔負，乃有無窮之重。」（註⑤）

・國士自許

季鸞先生恆以國士自許，認爲救國濟世，人人有責，固不待於軍人政客。譬如民國十五年，季鸞先生等接辦「大公報」之初，便自矢「再爲鉛刀之試，期挽狂瀾之倒」，「依時立言，勉效清議」。（註⑥）所以大公報之言論及新聞處理，無不以放眼天下之目光，突顯國家之地位。民國廿五年四月一日，「大公報」同時刊出津滬版之際，季鸞先生曾撰論稱：「將不斷記載當前之危機，喚起全國之奮發。至於我國立國精神，原爲人類平等，故世界禍福，皆所關心。」（註⑦）

民國廿七年六月，季鸞先生著文探討新聞記者從事報導工作之基本態度，曾說：報人採訪新聞，撰述紀事，要採純客觀態度，公正無私；有謂：「自根本上講，報人職責在謀人類共同福利，不正當的自利其國家民族，也是罪惡」（註⑧）民國卅年五月十五日爲「大公報」接受美國密蘇里大

學新聞獎章之社論中特別强調：「中國思想是世界一家，我們愛中國，也愛世界」。（註⑨）

•天下一家

季鸞先生所提倡的中國報人之世界觀或天下觀，研究其思想者，尚少提及。其實這種目光祇有在中國政治文化中培養，西方國家之人文地理環境恐難孕育出這樣的觀念。

原因何在？誠如季鸞先生所說我國古代的政治與文化，向以天下爲一家。禮運大同篇所揭示的「大道之行也，天下爲公」的福利社會遠景，正因爲在孔子思想中鄙視霸業，獨重仁道。孔子說過「蠻夷而中國，則中國之；中國而蠻夷，則蠻夷之」，足證中國儒家不以人爲的國界爲國際，卻以人性的國界爲國際。因此，中國的讀書人便秉承這種「樂以天下，憂以天下」的胸懷，關心人類之安危。其如宋儒范仲淹則更進一步以「先天下之憂而憂，後天下之樂而樂」爲志。季鸞先生主張「報人職責在謀人類共同福利」，淵源在此。

•世界趨勢

或以爲今之國際社會，爾虞我詐，各爲己謀，果中國報人志在天下，豈不流於迂腐？孰不知中國文化之優良既在於成熟。我以天下爲一家，事實上，正是今日人類社會唯一生存的希望。季鸞先生有謂：「國際友誼靠報人維持，世界文化，靠報人流通」（註⑩）。證諸今日世界資訊流通之「全球化」（globalization），正是如此。因爲現代傳播科技早已打破國界，無微不在，無遠弗屆。未來傳播發展，報人倘無健全之世界觀或稱天下觀，影響所及，豈是人類之福。我國傳播事業在硬體上或不及西方，但傳播之哲學，應對西方有所補益。則季鸞先生關懷天下眼光，自可成爲中國報人應具之風範。

熱愛國家

其二、熱愛國家：季鸞先生自幼年便過著漂零的日子；及負笈日本，從黨人及志士遊，更深感國亡無日之危機。回國之後，季鸞先生目睹國難日深而民心痲痺，不禁悲憤塡膺，日夕呼號者，惟愛國與救國！

季鸞先生所撰文字中，經常流露出內心對國家之焦慮，甚至自恨自責，未能一盡報人之天職！季鸞先生生於接辦大公報之初，固已揭櫫「言論報國」之理想，但由於自民初迄抗戰，國事蜩螗，輿論不張，季鸞先生乃將滿腔悲憤，化為錦繡文章。民國廿年，大公報發行一萬號，季鸞先生在紀念詞中痛貶清帝「僞立憲」，北洋「僞共和」兩個時期一個問題之不能解決，進而指出：「三十年來，本社前級同仁之苦痛煩悶，今猶有待於掙扎奮鬥者也。近代國家報紙負重變使命，而在改革過渡時代之國家爲尤重。……故（同人等）於十五年天津反動政治最高潮之時，更毅然接辦本報，更爲鉛刀之試，期挽狂瀾之倒。歲月忽忽，又數年矣，而所謂言論報國者如何？際茲紀念，悲愧交併矣！」（註⑪）

•憂傷感憤

民國廿五年，是中日戰爭爆發前一年，時局緊張，國難殷重，人心憂惶，季鸞先生於是年四月一日撰「今後之大公報」社論（註⑫），開頭就說：「本報同人認識祖國目前危機異常重大，憂傷在抱，刻不容紓。」復稱：「本報同人自慚譾陋，徒切悲悚，惟於縈心焦慮之餘，以爲挽回危局之道，仍在吾全國各界之智慧與決心。」同年九月一日，季鸞先生在「本報復刊十年紀念之辭」中復

稱：「十年來徒隨時勢而悲喜，常顚倒興奮希望與失望，自愁與自解，或憂傷感憤焦急企盼之各種情緒間」（註⑬）

惟其以孤臣孽子之心，獻身國是，季鸞先生在當時每一執管，憂傷悲憤之情，便自然流露。其間最使人感到惻然者，咸稱民國廿五年十二月十八日蔣委員長西安蒙難之際，季鸞先生所寫「給西安軍界的公開信」社論（註⑭）。季鸞先生在那篇社論中以一字一淚的筆調，勸告張學良、楊虎城說：「你們快快把蔣先生抱住，大家同哭一場！這一哭，是中國民族的辛酸淚，是哭祖國的積弱，哭東北、哭冀東、哭綏遠，哭多少年來在內憂外患中犧牲生命的同胞！」讀文至此，相信愛國之士，必亦同聲一哭！

民國廿七年，抗戰軍興，全國人心振奮，季鸞先生愛國熱情洋溢，恨不能挽袂而起，投筆從戎。在是年十月十七日所撰「本報移渝出版」社論中曾寫下了極具感性的文字，略稱：「我們這一年多，實在無成績，但自誓絕對效忠國家，以文字並以其生命獻諸國家……假若國家需要我們上戰場，依法徵召，我們便擲筆應徵。」（註⑮）由此可見，季鸞先生的愛國救國熱忱，完全出之一片摯誠。

•最後叮嚀

季鸞先生民國三十年九月六日逝世，半年之前，亦就是三月十六日，他寫下一篇膾炙人口的「中國新聞學會宣言」。這一篇文字固然表達了全體中國報人的心聲，其中於中國報人對國家之責任，更是說得透澈，充份顯示季鸞先生個人的國家觀念。文稱：「我國報人與國家民族命運，具有最密切之關係」；復謂：「吾儕報人對抗（戰）建（國）實負有重責，夙夜自勉，不敢懈怠，有利國家萬死不辭……。當茲興亡成敗之交，惟有至誠至勇，盡忠報國，使中國得其自由平等，萬民享其樂利」。更稱：「吾儕報人，以社會之木鐸，任民衆之先鋒，更應絕對以國家之利益爲利益，生命且不應自顧，何況其他」？（註⑯）

季鸞先生去世，未寫遺囑。這篇文字實可視爲他對中國報人同儕的最後叮嚀。悲乎國士之歿！

悲憫感激

其三、悲憫感激：一般人多強調季鸞先生的「報恩主義」，那是因爲他在「歸鄉記」中，以「報恩主義」說明他的人生觀。其實，季鸞先生關懷天下，熱愛國家，固出自對人類對蒼生一片悲憫之心，有了這片悲憫之心，才能化爲感激，化爲報恩。

呂坤「呻吟語」中有謂：「聖人悲時憫俗，賢人痛時疾俗，衆人混時逐俗，小人傷時敗俗。」雖說祇有聖人，才有悲憫心情；報人並非聖人，甚至談不上賢人，需悲憫之心爲何，其實，報人亦好，其他種類的新聞記者亦好，無論是客觀報導新聞，公正表示意見，但懷抱悲憫之心者，常可使大衆化仇恨爲友誼，化誤解爲諒解；化妒忌爲同情，化悲觀爲樂觀。

•軫念民生

季鸞先生的悲憫懷抱，祇看他時時想到民生之痛苦無依，而勇爲其喉舌，便可想知。接辦大公報未及，季鸞先生在各地派出旅行通信員，調查民生狀況。當調查河北各縣情況發表後，季鸞先生於民國十九年十一月二日撰論稱：「願問全國讀者諸君，對於此荒蕪頹廢的祖國河山，窮苦蒙昧的同胞大衆，是否動悲憫，感恥辱，生責任之心，發救濟之願？」（註⑰）足證季鸞先生的思想邏輯，必是先動悲憫，而知羞恥，而生責任心，而發救濟願。簡言之，感激來自悲憫。

季鸞先生的悲憫心情，是內蘊的，但遇外在刺激，必有所觸發。譬如他在「還鄉記」中提到（註⑱）遊鎮北臺時，看到「成列的烽墩，向東西兩方，無限展開；向西一直通寧夏，向東到黃河，看這四百年前軍事上的偉大設備，令人想見祖先們保邊衞國的辛苦。再往上想，從周秦以來，吾族祖先們在這萬里邊塞之間，不知流了多少頸血，受了多少艱苦！一代又一代地這樣防禦著、奮鬥著，榮枯盛衰之間，不知犧牲了多少仁人志士。我在鎮北臺，對於荒沙殘照，不由得泛起種種思潮。」從室外荒沙殘照，引發榮枯盛衰的種種思潮，寧非聖人的悲憫！哲人之悽愴！

•報恩主義

因此，他在「歸鄉記」中乃道：「我的人生觀，很迂淺的，簡言之，可稱報恩主義。就是報親恩，報國恩，報一切恩！我以爲如此立志，一切祇有責任問題，無權利問題，心安理得，省多少煩惱。」他又說：「本來報恩之道，人各有其宜，不必一律，我祇希望大家都親親而仁民，推廣骨血的至情，涵養愛人愛國的摯感」。

•仁的精神

從悲憫，而感激，而報恩，這正是儒家「仁」的精神。正因爲有此懷抱，季鸞先生乃對世事關注，對國家熱愛，對社會同情，對人人皆存忠厚，世稱：「志士仁人」，大抵如此！

季鸞先生歿後，其好友胡政之先生說：「季鸞爲人，外和易而內剛正，與人交輒出肺腑相示，新知舊好，對之皆能言之不盡。而其與人亦能處處爲人打算，所以很能得人信賴。」這段話雖然平實，亦足代表一種風範。

敢言善言

其四、敢言善言：我國自先秦始，史家的精神便是直言和敢言。固無論「在齊太史簡、在晋董狐筆」；亦無論太史公之「究天人之際，通古今之變，成一家之言」，即是歷代士人、言者，無不秉承這種精神，發揮春秋之大義，不受威脅，不爲利誘。開國報人率皆繼承我國這種史家精神，踵事增華，而成爲中國報人獨具之風格。

• 歷史精神

季鸞先生在所撰「中國新聞學會」宣言中（註⑲）曾謂：「淸末咸同以來，滿政窳敗，外患侵陵，瓦解之勢已成，亡國之禍無日；當是時也，海內外之志士仁人，遠承數千年歷史文化之精神，近受明末諸大儒革命思想之陶冶，據復活之國魂，爲革命而奮起，其武器無它，報紙言論是也。」季鸞先生深受史家精神之薰陶，對開國報人多所感念，復對「中國自古淸議在於民間，故處士譏議爲一切政治運動之母」，念茲在茲，乃視此精神爲中國讀書人言論報國之圭臬。

• 議政勇敢

尤其民國十五年至民國卅年，內憂外患，國勢阽危，季鸞先生雖爲人敦厚，惟議政勇敢，且時時以獨立之言論自惕。季鸞先生嘗謂：「但本良知發言，不計利害毀譽」，「對政治貴敢言」，「不畏强權」，「不媚時尚」。因此，讀季鸞先生之文章，無不感正氣淋漓。

• 文如其人

然而，季鸞先生的文體，卻是將百軔鋼，化爲繞指柔，自然灑脫，正如其人。無論世界局勢，國家政事，皆能娓娓道來，如敍家常；義理嚴密而情辭懇摯，沁人脾腑。古稱言難。進言者必以「情欲信、辭欲巧」爲尚。梁啓超先年固然自詡「筆端常帶感情」，猶難免粗獷有偏。季鸞先生之文，就議論而言，可稱爐火純青！

四、藉先賢風範療報業之疾

季鸞先生逝世，瞬間已近半個世紀。其畢生言論報國，勞瘁以歿，未能目見抗日戰爭之勝利，國家之儕身四强，誠足爲憾。但最可憾者，仍爲季鸞先生關懷天下、熱愛國家、悲憫感激及敢言善言之中國報人風範，竟未能久傳，更遑言發揚光大。即是今日集報學界諸君子於一堂，對季鸞先生之志事風範，以感激崇仰的心情，援引闡釋，亦非基於思古之幽情，毋寧是藉先賢之遺風，樹爲這一代報人之典型，以療今日報業之病疾。

盛景難再

如前所述，我國開國報人，無論爲士人辦報或革命報紙皆有其創造時勢領導輿論之目光與志氣。王韜、容閎固是我國報業先賢，梁啓超以「救國爲己任，言論覺天下」更奠定了士人辦報的範型。國父勉革命報人以先知先覺自任，尤其創造了中國報人「先天下之憂而憂，後天下之樂而樂」的風範。

波瀾壯闊之開國盛景，不能重現；但自張季鸞先生對書生論政之謳歌，及對　國父作爲「中國最偉大之主筆」的推崇，吾人初可認定季鸞先生確以融會我國現代報業諸先賢之遺風，豐富了中國報業的傳統。此所以季鸞先生一再陳述中國報業之特色，不在於一種「大的實業經營」，而是「文人論政」。

永懷風範

就今日時代潮流及國家發展之趨勢，報紙之實業經營殆屬必然。但文人論政的精神，包括本文前所指出關懷天下、熱愛國家、悲憫感激以及敢言善言等，由季鸞先生所塑造的中國報人風範，卻不應被庸俗的商業主義所取代，乃至殘化了輿論作用，紊亂了文化價值觀。

民國七十六年三月廿日，爲季鸞先生百年誕辰，筆者曾撰「布衣而爲天下師」一文紀念之（註⑳）。文末有謂：「國家今日，否極泰來，形勢見好，獨人民心理分歧，國家意志渙散，似非興國之兆。緬懷先賢，放眼未來，相信國家亟切需要再有一個『大公報』，爲國家之精神干城，爲輿論之象徵；需要再有一位張季鸞，以國士無雙之精神，以『南董之直筆，作社會之導師』。尤以報業『三限』解除之後，季鸞先生憂世愛國、悲憫感恩之精神，更應懸爲一代新聞記者之座右銘。」

謹以虔誠的心情，將這一段話，作爲本文的結束！

（民國七十九年九月十六日脫稿於文化大學）

註釋：

①格里雷（Horace Greeley）美國政黨報業後期最偉大報人之一，於一八四一年，創辦論壇報（the Tribune），一八七二年逝世。

②蔣公於民國廿九年三月廿二日對中央政校新聞班首期畢業生訓詞。
③參考中華民國報紙事業協會民國七十九年九月所作「對當前報業近況意見調查表」。
④參閱拙著「布衣而爲天下師——紀念張季鸞先生」，載於民國七十六年三月廿日中央日報。
⑤民國五十年九月一日出版「中華民國新聞年鑑」。
⑥民國廿年五月廿二日大公報社評。
⑦民國廿五年四月一日大公報社評。
⑧民國廿七年六月，張季鸞先生撰「無我與無私」一文載於「戰時新聞工作入門」，引自陳紀瀅先生著：「報人張季鸞」（民國四十六年九月六日重光文藝出版社出版）。
⑨同註⑤
⑩同註⑤
⑪同註⑤
⑫民國二十五年四月一日津滬大公報社論。
⑬陳紀瀅先生著：「報人張季鸞」。
⑭同註⑤
⑮同註⑬
⑯同註⑤
⑰民國十九月十一月二日大公報社論，引自民國六十八年台灣新生報出版「季鸞文存」。
⑱同註⑬

⑲同註⑤

⑳同註④

（本文作者現任文化大學傳播學院院長）

報業鉅星張季鸞先生

■李　瞻

壹、前言

中國報業史上，有很多報業偉人，如香港「循環日報」的王韜（一八二八～一八九七）；上海「時務日報」與北京「京報」的汪康年（一八六〇～一九一一）；上海「時務報」與橫濱「清議報」、「新民叢報」的梁啓超（一八七三～一九二九）；上海「時報」與「申報」的陳景寒（一八七七～一九六五）；上海「神州日報」、「民呼日報」、「民吁日報」與「民立報」的于右任（一八七九～一九六四）；上海「時事新報」、「大晚報」、英文「大陸報」與「申時電訊社」的張竹平（一八八六～一九四四）；天津、上海與重慶「大公報」的張季鸞（一八八八～一九四一）；上海「時報」主編及「中國報學史」作者戈公振（一八九〇～一九三五）；與上海「民權報」的戴季陶（一八九一～一九四九）等。綜合而言，其中志節高雅、觀察銳敏、立論磅礴、專業精神、熱愛國家，普受朝野與國際敬重，並發揮重大影響者，應以張季鸞先生爲第一人，他是中國報業的一顆鉅星！

貳、家世淵源

張季鸞先生名熾章，筆名少白、一葦，晚年亦用榆民、一記者與老兵。清光緒十四年二月初八日（一八八八年三月二十日）出生於山東鄒平，原籍陝西榆林。民國三十年（一九四一）九月六日在四川重慶去世，享年五十四歲。（註①）

張先生爲次子，祖先都是武官。父親名楚林，字翹軒，棄武學文，在清總兵劉厚基與知府蔡兆棟栽培下，考取進士，先後分發到山東鄒平、寧陽，擔任知縣。張公清廉剛直，刻苦自勵，被譽爲「善折獄，治盜有方。」巡撫張曜奇其才，曾屢加保舉。可惜官運不好，曾兩次被革職，二十多年，僅做官六、七年。晚年想返鄉，卻因路費短缺，無法成行。六十六歲時（一九〇〇），因病在濟南去世，家人仍在寧陽，家中一貧如洗。這時張先生才十三歲。他追憶父親去世的情形說：「得訃之後，同先三兄大舍侄即日奔喪。時值殘臘，在大風嚴寒中，騎驢旅行三日，趕上啓棺含殮，哭拜最後的遺容。這一幕悲劇，三十幾年來，常常憶起，無限悲痛！」（註②）

張先生的母親王氏，是翹軒公的繼配，山東沂水人，個性很堅强。親友勸她留在山東，她不答應，帶著張先生小兄妹三人，到沂水拜別外祖母，扶柩歸葬。從山東到榆林，歷盡艱辛。

榆林在陝北，歷代是駐軍重地。城北有一鎮北臺，登臺只見成列的烽火臺向東西延伸，向西直通寧夏，向東直達黃河。榆林附近是一片沙漠，沙丘起伏，景色荒涼。榆林一帶鄉村殘破，人民貧困。王夫人回到榆林，家中只有幾個元寶，和人家合夥做生意，又被人家吞沒，打官司沒有結果。王夫人不管境遇困難，仍培育張先生讀書，最後終因身心交瘁，於一九〇四年去世，時年僅三十七歲。張先生對母親的去世記道（註③）：

我最後見面，是清光緒三十年正月。我又要到三原宏道學堂，臨行拜別，先母依窗相送，面有笑容，誰知即此成了永訣！到校兩月即接到訃聞，待我奔喪到家，只見到寺中停寄的薄棺一口！……這尤是終生大恨，三十年來，時時想起，不由得感到無可如何的悲哀！

參、求學經過

張先生自幼體弱多病，口吃，但聰穎過人，讀書過目不忘。十三歲時，即能熟記四書，作文一揮而就，詞意超羣。

一九〇〇年（光緒二十六年），回鄉後，在田善堂先生私塾就讀，表現優異。這時清廷榆綏道道臺劉兆璜到職，很賞識他的才華，也同情他的境遇，即叫他進衙，親自教讀。

一九〇二年（光緒二十八年），劉兆璜又出錢送他到醴泉九稷山劉光蕡講學的「煙霞草堂」唸書。劉光蕡字古愚，是陝西國學與關學大師（註④），教學注重史地，使他打好國學與史地的良好基礎。這時張先生專攻經世之學，對「資治通鑑」與「文獻通考」諸書用心最勤，亦極有心得。以後寫的評論文章，言之有物，條理分明，富說服力，可說是受益於劉古愚的栽培。當時他僅十五歲，在劉的學生中，他年紀最輕，可是用功最勤，後來的成就與影響也最大。

一九〇四年二月（光緒三十年正月），張先生十七歲，考上三原宏道高等學堂。不幸入學甫兩月，其母病歿。他想到母親含辛茹苦，扶其父柩遠道歸葬，如今才三十七歲就辭人世，因此立志報母恩、報國恩、報一切的恩，確立他「報恩主義」的人生觀。（註⑤）

一九〇五年（光緒三十一年），陝西省遴選留日學生，張先生爲學憲朱艾卿所賞識，乃由宏道學堂保送到日本留學。到了日本，他先後曾入東京經緯學堂與東京第一高等學校，不久即能默讀日文字典，知者無不驚奇。最後到早稻田大學攻讀政治與經濟學，奠定他現代社會科學的基礎。（註⑥）

肆、獻身報業

一九〇五年八月，國父於東京創立同盟會。同年十一月二十六日在東京創辦「民報」，爲同盟會機關報。該報第二期起，就與保皇黨梁啓超主編的「新民叢報」展開論戰。主題是：是否要革命？是否要民主政治？這一論戰持續了兩年，結果是革命黨得到了勝利，使很多原來是保皇黨的，都轉而投向了革命黨。他在日本留學期間，恰好看到了這場論戰，不但激發了他對政治的興趣，也對革命事業有了信心，隨即參加了同盟會。陝西留日學生，出版了一種反清的刊物「夏聲」，張先生才華出衆，被推爲總編輯，並且在「夏聲」發表了很多文章。這是他獻身新聞事業的開始，也從此走上了「言論報國」與「新聞救國」的道路。（註⑦）

一九〇八年（光緒三十四年），他從日本回國，在關中高等學堂任教兩年，然後再赴日本，他帶侄兒阜生並勸同學王軍余至日本留學（註⑧）。後王君至東京，他親往車站迎接，住其寓所，並親自以利剪爲王君剪去髮辮，勸其參加革命，加入同盟會，協辦「夏聲」雜誌。

一九一一年武昌起義後，張先生立即返國，應邀參加上海于右任之「民立報」工作，擔任編輯，撰寫文章，對革命宣傳與民國成立貢獻很大。

民國元年，國父就任臨時大總統，在于右任推荐下，他前往南京，任臨時政府秘書，適時撰擬大總統就任第一篇文告，這是張先生畢生引以爲榮的一件事（註⑨）。同年二月，孫先生辭臨時大總統職，他乃回到上海，與于右任、胡政之等人，創辦了「民立圖書公司」。

民國元年四月，張先生與曹成甫至北京創辦北京「民立報」，南北呼應。宋教仁被殺案發生後，北京「民立報」言論激烈，張、曹均被捕下獄，曹被殺害，張被囚三月餘幸得釋放，與康寶忠南下上海，撰「鐵窗百日記」一文，刊於「雅言」月刊。這時，他的留日同學胡政之，正擔任「大共和日報」總編輯，請他擔任國際版主編，並譯述日本報刊論文。同時，他應聘爲吳淞中國公學的教員，講授西洋史，其中一位學生盛世才，以後做了新疆省的督辦。

民國四年，他和康心如等在上海創辦「民信日報」，張先生自任總編輯，激烈反袁。以後該報因經費困難停刊。

民國五年，袁世凱去世，黎元洪接任總統，他又與康心如北上，接辦北京「中華新報」，並兼任上海「新聞報」駐北京通訊記者。「中華新報」是政學會的機關報，他自任總編輯，除寫社論外，並爲其他著名雜誌撰文，筆名「一葦」。後因刊載安福系政府，和日本非法簽訂「滿蒙五路中日借款合同」的消息，揭露了段祺瑞政府出賣我國寶貴資源的行爲，而觸怒了徐樹錚，北京七家報館同時被封閉，張先生再度被捕下獄，幸不久被釋，但該報始終未獲復刊。

民國八年，他再任上海「中華新報」總編輯。但該報經營困難，他自兼數職，十分艱苦，直至民國十三年，終因經濟困難而被迫停刊。不過這時他的政論已很受世人重視，當時名記者邵飄萍，曾在他「新聞學總論」中極爲推崇：

「中華新報」為政學會之機關報，近亦注意於營業。其執筆之張一葦君，頭腦極為明晰，評論亦多中肯，勤勤懇懇，忠於其職，不失於賢明之記者，且自身殊少黨派之偏見。惟該報營業方面，似未得法，故銷數仍未大增（註⑩）

上海「中華新報」停刊後，他失業了。其間曾短時擔任隴海鐵路會辦，但他的興趣還是辦報，所以不久他就接辦「大公報」，進入了他一生報業生涯的鼎盛時期。

伍、辦大公報

自辛亥革命，張先生一直是革命報刊的骨幹，但他體驗到，這些報刊常因經費不足或經營不善而停刊。因此，他很希望辦一份不依賴黨派、不接受任何津貼而完全獨立自主的政論報紙。民國十三年，他與胡政之、吳鼎昌商量，用獨立資本創辦一包括日報、週刊和通訊社三合一的新聞機構。同年冬，「中華新報」停刊，張先生去北京，胡去天津，此議乃罷。十五年春，北方政局大變，張先生在天津沒有事做，吳、胡再勸他南下主持「國聞週報」，但他仍希望兼辦日報，實現他原來的理想。

這時，恰好有英斂之創辦之天津「大公報」停刊，而帶給他們三人合作的最好機會，也使張先生的志業進入巔峯。

「大公報」係滿人英斂之，於一九〇二年六月十七日（光緒二十八年五月十二日）創辦。「英君目擊庚子之禍，痛國亡之無日，乃糾資辦報，名曰大公」（註⑪）。並其認爲報紙乃國家改革之先驅。入民國後，由主要股東王祝三接辦。民國五年胡政之曾任該報總經理兼總編輯。民國八年胡曾採訪巴黎和會，是唯一中國記者。九年胡離開「大公報」，十年他在上海創辦「國聞通訊社」，十三年又發行「國聞週報」。但「大公報」卻日漸衰萎，至十五年元旦正式停刊。

吳、張、胡三人商妥合作計劃，以五萬元用「新記公司」名義接辦「大公報」，於民國十五年九月一日正式復刊。復刊初期，經費完全由吳鼎昌籌措（註⑫），不向任何方面募款。三人專心辦報，並約定三年內不得擔任有俸給的任何公職。吳任社長，張任總編輯兼副經理，胡任經理兼副總編輯。三人共組社評委員會，研究時事問題，商榷意見，決定言論方針。文字雖然由三人主持，但張先生負修正整理的責任。意見不同時，服從多數，三人意見各不相同時，則從張先生。張、胡以勞力入股，每到年終，由報館致送兩人相當數額的股票。（註⑬）

自此以後，由於華北局勢改變，與「七七」抗戰發生，「大公報」發展極為迅速。除天津版外，張先生曾先後負責創辦上海版（二十五年四月一日）、漢口版（二十六年九月十八日）與重慶版（二十七年十二月一日）等。在這十五年中，他全力主持「大公報」，直到去世為止。他對中國新聞事業的主張與貢獻，都在這段時期中發出光輝，永垂不朽。

陸、報業思想

現在我們紀念張先生，最重要的是要瞭解他的報業思想，辦報方針，成功因素及其貢獻，藉以見賢思齊，建立報人典範。茲先將其報業思想，敍述如左。

一、建立文人論政的獨立報業

二十世紀初葉，歐美先進國家，正是獨立報業與文人論政的黃金時代。如倫敦「泰晤士報」的北岩勛爵（Lord Northcliffe）與「每日電訊報」的彭翰勛爵（Lord Burnham），紐約「世界報」

的普立茲（Joseph Pulitzer）與「紐約時報」的奧克斯（Adolph S. Ochs）；以及如日本東京「國民新聞」的德富蘇峯，與「萬朝報」的黑岩淚香等（註⑭）。張先生躬逢其時，目濡耳染，所以他立志辦一份不依賴黨派，不接受津貼，與完全獨立自主，並由文人論政的政論報紙。

民國十五年九月一日，「大公報」在天津復刊，張先生撰文以「四不」爲發行宗旨，以維護「大公報」之獨立性（註⑮）

㈠不黨：純以公民之地位，發表意見，此爲無成見，無背景。凡其行爲利於國者，擁護之，其害國者，糾彈之。

㈡不賣：聲明不以言論作交易，不受一切帶有政治性質之金錢輔助，且不接受政治方面之入股投資。是以吾人之言論或不免囿於知識與感情，而斷不爲金錢所左右。

㈢不私：本社同人除願忠於報紙固有之職務外，並無他圖。易言之，對於報紙，並無私用。願向全國開放，使爲公衆喉舌。

㈣不盲：夫隨聲附和，是謂盲從；一知半解，是謂盲信；感情所動，不事詳求，是謂盲動；評詆激烈，昧於事實，是爲盲爭。吾人誠不明，而不願陷於盲。

民國二十五年四月一日，「大公報」在上海創刊，張先生撰發刊詞，重申十年前宣告國人之四大宗旨，使「大公報」永爲中國公民之獨立言論機關（註⑯）。

二、報業應維護國家利益

張先生十七歲，就確定了「報親恩與報國恩」的人生觀。他是一位孝子，也是一位虔誠的愛國主義者。因此認爲，他所一生獻身的報業，應該義不容辭的維護國家利益。所以他在接辦「大公報」後，就在「四不」政策中昭告國人：「凡其行爲利於國者，擁護之，其害國者，糾彈之。」

在他主持「大公報」的十五年中，最大的問題就是日本要以武力滅亡中國。張先生是日本通，他的言論，最初是勸告日本，放棄併吞中國的「大陸政策」。「九一八」事變後，他已瞭解日本執迷不悟，乃呼籲國人反省，奮發圖强，精誠團結，準備抵抗日本侵略。「七七」事變後，則主張全民犧牲奮鬥，維護國家獨立，堅持抗戰到底，爭取最後勝利。茲將其重要言論，簡述於左。

民國二十年八月（「九一八」前夕），東北情勢危急。張先生在「大公報」連續發表三篇社論：㈠再論日本大陸政策；㈡幣原認爲禍源在宣傳；㈢東北官民之重大責任（註⑰）。這些文章，主要目的在剖析日本「大陸政策」之謬誤；朝鮮「萬寶山慘案」之發生，係由於日本之誇大宣傳所引起；並東北官民係站在國防之第一線，每個人均有重大責任。凡我官民，皆應隨時隨地，宣揚中國之正當理由，同時勿委日人以口實，竭共同之心力，渡國家於難關，勿使竟成燎原之大火焉。（註⑱）

「九一八」事變後，日本席捲東北四省，隨之華北危急，全國上下莫不悲憤塡胸，皆有寧爲玉碎，不爲瓦全，而願立即對日決一死戰之要求。張先生留學日本，深知我國國力虛弱，如感情衝動，稍一不愼，就有亡國滅種危險。在這段時期（「九一八」至「七七」），他在「大公報」發表有關中日問題的文章，計有數百篇，主要指責日本侵略中國之不當，痛陳利弊，希望日本軍人懸崖勒馬；同時敦促政府勵精圖治，銳意建設，喚醒國人，團結自强，犧牲救國。

「大公報」這種論調確實不合輿情，影響報紙銷售與廣告收入。二十四年春天，陳紀瀅曾以此事相詢，張先生說：「這就是大公報與他人不同之處，也就是『不盲』誓約的實踐！」他又說：「你想想，我們拿什麼跟日本人打仗？我們的國防建設，如此脆弱；經濟基礎，也非常不穩固。中央正埋頭苦幹，力求內部安定，這時候正需要全國人民力持鎮靜，發奮圖強，給中央一個從容準備的時間。不洩一時之憤，跟日本作最後的清算，才能得到勝利。（註⑲）」最後且堅定的說：「大公報絕不盲目的投人所好，即使因此關門也心甘情願！」一份民營報紙，如此深謀遠慮，熱愛國家，這是何等的情操！

民國二十五年十二月十二日，「西安事變」發生了！國家統一，又遭破壞，他實在痛心疾首，因之連寫了三篇社論：㈠西安事變之善後（十二月十四日）；㈡再論西安事變（十六日）；㈢給西安軍界的公開信（十八日）。尤其最後一篇發生了扭轉危局與旋轉乾坤的作用。大意說：（註⑳）

……主動及附和此次事變的人們聽著！你們完全錯了，錯誤的要亡國，亡自己。現在所幸尚能挽回。全國同胞這幾天都悲憤著、焦灼著、祈禱你們悔禍。

……你們趕緊去見蔣先生謝罪吧！你們快把蔣先生抱住，大家同哭一場！這一哭，是中華民族的辛酸淚，是哭祖國的積弱、哭東北、哭冀東、哭綏遠，哭多少年來在內憂外患中犧牲生命的同胞！你們要發誓：從此更精誠團結，一致擁護中國。你們如果這樣悲悔了，蔣先生一定陪你們痛哭，安慰你們，因為他為國事受的辛酸，比你們更大更多。

……今天的事，關係國家幾十年乃至一百年的命運，現在尚有大家成功的機會，所以不得不以血淚之辭，貢獻給張學良先生與各將士，我想中華民族的命運，只有徹底的同胞愛與至誠才能挽救這是一篇傳誦一時，情文並茂的不朽文獻，當時政府曾加印數十萬份，以飛機散發在張學良與楊虎城的軍營中，對張、楊悔過與蔣先生之脫險有極大貢獻。自此以後，「大公報」之地位更爲國人所肯定，可說是中國的「泰山北斗」。

抗戰爆發後，「大公報」立即擁護政府。於民國廿六年十二月八日，發表「最低調的和戰論」，拆穿日本軍閥的詭計，拒絕招降式的和談，並堅決支持政府抗戰到底，不打敗日本，絕不罷休。同時，他寫了許多鼓舞民心士氣的社論，如「勗中國男兒」、「國民與國民軍」與「中國國民應有的自信」等。他說：「請問世界上那一國的軍隊能像中國一樣的耐飢寒耐勞苦？那一國的軍隊能像中國軍隊那樣的勇於犧牲？……中國軍隊是世界上最優良的軍隊。」（註㉑）

在抗戰期間，凡要脅或破壞團結者，他都嚴辭譴責。如民國二十七年冬，汪精衛自重慶轉赴南京，成立僞政府，他立刻發表「滅亡的和平！與奴隸的和平！」社論，予以聲討！二十九年冬，紅軍改編的十八集團軍，不服從最高統帥的命令，他乃於十二月二十四日發表「政治團結與軍事統一」社論，嚴正指斥中共「破壞團結，危害國家。」

民國二十七年，張先生榮任國民參政員，曾爲政府起草許多重要文告，並提出「國家至上、民族至上；軍事第一、勝利第一」的口號。由上所述，可知他是如何熱愛國家！並對國家的利益是看得何等重要！

三、報業應爲公衆論壇

一九四七年，美國新聞自由委員會（Commission on Freedom of the Press），首先提出社會責任論（Social Responsibility Theory），其主要內容爲報業享受自由，必須擔負社會責任；並爲了維護民主政治，報紙應爲公衆論壇。這些主張，張先生早在十六年前就已經提出，他是一位先知先覺。

一九三一年（民國二十年）五月廿二日，張先生撰「大公報一萬號紀念辭」，他即主張「報紙應爲公衆論壇」。他說（註㉒）：

……本報過去，少有成就，同人學識，尤為淺陋，誠不足負起輿論之重任。惟追念中國近代之痛苦，感於時勢之所需，深願貢獻此一略有基礎之小事業於全國國民之前。自今日起，更願聽全國國民之指導督責，而期其援助與合作。蓋同人始終抱一理想焉，以為輿論之養成，非偶然也，必集全國最高智慧之權威，而辯論，而研究之，最後鍛鍊而成之結晶體，始為輿論。依此輿論而行之政治及社會事業，始能不誤輕重緩急，不入迷途。國家果有此等輿論，始可永免內亂，可不受障礙而前進。

夫報紙者，表現輿論之工具，其本身不得為輿論；即同人自念，其所有者，惟若干經驗與常識耳。建國大事，何知何能，是惟有公開全國國民，請求其充分指導、督責、援助、合作，敢望全國之政治家、教育家、各種科學之專門家，及各種產業之事業家，凡所欲言，可在本報言之，其互辯者，在本報辯之。凡在法律所許可之範圍之內，同人願忠實介紹，聽國民為最後之批判，期以五年十年，中國將能形成真正之輿論。

探討輿論、貴在自由辯駁與尊重不同意見，他說：（註㉓）

……凡公人行動，茍其動機為公，縱見解偏頗，原則上亦一律尊重之。所深惡而痛絕者，惟違背民族利益與喪失國民立場之人耳。抑團結非空言所致，所貴討論意見，凝結感情。本報深願繼續努力於斯，在法律禁令之範圍內，公開本報為全國人民討論問題與交換意見之用。同人深信救國利器為動員輿論，輿論養成，賴自由討論，其介紹之責，本在報界者也。

張先生身爲報人，但不以輿論代表自居。尤其他對輿論之形成、價值、功能，以及它與報業的關係，其見解可說字字珠玉，發人深省，值得報人三思。

四、報業應促進社會改革

張先生說：「近代中國改革之先驅者爲報紙，大公報其一也。」他又說：「近代國家報紙負重要使命，而在改革過渡時代之國家爲尤重。」（註㉔）

報紙不僅爲政治改革之工具，亦爲社會改革之動力。

我國以農立國。但鴉片戰爭後，五口通商，我國被列強劃分爲勢力範圍，形成大都市的畸形發展。而廣大農村，由於天災人禍而面臨破產。張先生關心農村，切盼改革農民生活。民國十九年十月，他派記者至河北農村，實地作深入調查。調查所得，每天在「大公報」系統報導。不但有文字，還有畫家的速寫。同年十一月十二日，他寫了一篇社評，題爲「中國的文明在那裡？」他指出（註㉕）：

……中國政治為都會政治，一切主義政策，皆都會之主義政策；而政治家、實業家與學者等，所經營擘劃研究思索，舉不出於都會，其持以判斷事物，鍛鍊思想者，要以都會生活為其背景。至於全國數百萬方里中，百分之九十以上大多數同胞之生活狀態為何，則大抵茫然無所感知。易言之，中國之政治家，實業家與學者等，並不知中國事，不理解中國人生活，與最大多數同胞精神上並無接觸是也。此殆中國改革多年失敗之根本，亦都會政治家、實業家與學者等，精神墮落淪為寄生害蟲之由來。

這些通訊，不但描述了農村生活之疾苦，也揭發了地方行政官吏的很多缺失。他一再呼籲政府，深入調查全國各地方人民之特殊痛苦，並用政府與社會之全部力量，掃除貪污腐敗之官吏，改善人民生活，藉以團結民心，鞏固國家基礎。同時他又說（註㉖）：

全國國民，必須放棄多年來只責罵政府之消極政治觀，立即採積極的態度以對國事；一方面督責政府改良，一方面贊助擁護政府良好政策之實行，以把握當前撥亂反治的重大時機。

張先生以報紙改革社會的計畫，不久因「九一八」與「七七」事變發生，他不得不轉而從事迫在眉睫的救亡工作，因之他的理想未及實現，殊爲可惜。

五、報業應享自由並擔負責任

前面說過，一九四七年，社會責任論誕生，主張新聞事業享受「自由」，必須擔負責任。張先生主張獨立報業，自然主張「新聞自由」。同時他是愛國報人，也是一位報恩主義者，亦必然重視「責任」。所以他是社會責任論的先驅，比「自由而負責的報業」一書，恰好早了十年。

民國二十六年（一九三七）二月十八日，張先生撰「論言論自由」社評，強調「自由與責任」的重要性，並分政府與言論界分別說明之。（註㉗）

……政府統制新聞言論，應限於關係國家大局之重大問題，此外應無必要。……換言之，政府應認檢扣新聞或干涉出版，為不得已、為不幸。司其事者不可抹殺人民言論出版自由之權利。……吾人認為政府有權禁止者，應限於：㈠破壞國體；㈡妨礙國防；與㈢擾亂社會秩序之宣傳。此外概不必禁止。

言論界應注意者，須知自由之另一面為「責任」，無責任觀念之言論，不能享自由。……國難如此，不論日刊、定期刊，或單行本，凡有關國家大事之言論，其本身皆負有嚴重之責任。言論界人士，自身時時須作為負國家實際責任看。倘使我為全軍統帥，為外交當局，則我應如何主張？

應作何打算？此即所謂責任觀念也。……苟盡研究之功，諳利害得失之數，而發為誠心為國之言論，而政府猶干涉及壓迫之，此政府之罪也。反之，自身研究不清，或責任不明，政府是不肯定說其是，政府非自亦不敢鳴其非，而徒委責於政府之干涉，是自身不盡其責任矣，自由何從保障哉？是以吾人以為言論自由問題之解決，首視言論界本身之努力如何。要公、要誠、要勇！而前題尤需熟籌國家利害，研究問題得失。倘動機公，立意誠，則勇敢出之。……總之，言論自由，為立憲國民必需之武器，然不知用或濫用，則不能取得之。即偶得之，亦必仍為人奪取。吾倘如享英美式之言論自由，則必需如英美言論界處理問題之態度。尤其關於國防利害，須加慎重，弱國之言論界，在此點之責任更艱鉅矣！

目前我國「報禁」已除，報業已享有英美式之充分新聞自由；但國家處境，似較五十三年前更形險惡。我國報人，在當前激烈之商業競爭下，可曾思及報業責任之艱鉅？

柒、辦報方針

「大公報」的成功，不僅具有高尚的報業思想，同時亦有正確的辦報方針。說明於左。

一、重視新聞，首先建立全國新聞採訪網

民國二十五年九月一日，張先生撰「本報復刊十年紀念之辭」，強調新聞報導之重要性。他說：「報紙生命，首在新聞，蓋應能反映中國之全部重要問題，以滿足救亡建國途中國民之一切需要

。」（註㉘）這是對文人辦報一向忽視新聞報導的一大突破，也是「大公報」成為全國大報的因素之一。

「大公報」為了充實新聞，除採用中外新聞通訊社稿件外，首先建立全國新聞採訪網。北平、南京、上海，與漢口設立辦事處，駐有專人負責採訪新聞。另外在廣州、重慶、西安、蘭州、青島、濟南、太原、鄭州、開封、南昌、長沙、徐州等四十多個城市設有通訊記者（可拍電報）。此外尚在一千多個城市設有通訊員，如此構成一個完整的全國性新聞採訪網（註㉙）。此外，張先生並經常遴派專人，至國內外作深入專題報導。主要者如民國十九年十月之河北農村調查報導，民國二十二年秋之「滿洲國」調查報導，二十二年與二十七年兩次之新疆調查報導，以及對蘇聯之調查報導等。這些系列報導，均曾洛陽紙貴，備受讚譽。不僅為「大公報」帶來聲望，亦使「大公報」之銷數激增。如民國十五年復刊時，僅銷兩千份，八個月增至六千份，但至抗戰前夕，津滬兩版之銷數已超出十萬份，而全國分銷處，已達一千三百餘所（註㉚）。陳紀瀅認為，大公報設通訊課，是全國新聞網的首腦，負責指揮全國辦事處與通訊員的採訪工作，並負責解答他們的問題。這是「大公報」新聞豐富的原因，也是成功的一個重要因素。

二、文人論政，社評為報紙靈魂

「大公報」雖然重視新聞，但在本質上它是一份文人論政的政論報紙。所以張先生主持的社評，自然成為「大公報」的靈魂，也使它成為全國輿論的重鎮。

前面說過，「大公報」的言論，係以「四不」政策（不黨、不賣、不私、不盲）為最高指導原則。並以「立意至公、存心至誠、忠於主張、勇於發表」，與「不求權、不求財、不求名」以及「辦報應準備失敗」等信條，貫徹其「四不」政策。而且始終如一，終生信守不渝。（註㉛）

張先生對新聞事業與對國家最大的貢獻，是他寫的社評。從辛亥革命的「民立報」，到他主持言論達十五年之久的「大公報」，在三十年中，他大約寫了三千篇社論。這些社論都是爲了救國救民，以及如何提高我國新聞事業的水準。在前面介紹他撰社論的內容中，可充分看出他熱愛國家與熱愛人民的情操。

張先生的文章簡潔有力，有理性，富感性，不用冷僻典故，不用深奧道理，一般人都能看懂。陳紀瀅認爲他的文章有三大特點：㈠議論公正；㈡辭義圓通；㈢富於情感。談問題，近情近理，敘事有憑有據。他能言人之所未言，言人之所欲言，亦能言人之所不敢言。如果有所批評，總是鞭辟入理，儘量顧全當事人之顏面，使對方心服口服，在無形中接受他的意見。（註㉜）

「西安事變」後，「大公報」受到朝野的敬重，聲望達於巔峯，成爲全國最成功的政論報紙。

三、尊重學術，開闢專欄、專論

張先生認爲報業應爲「社會公器」，並應爲「公衆論壇」。並爲提高輿論品質，報紙必須與學術相結合。

「大公報」爲了實踐這個理想，並適應廣大的不同讀者，它先後開闢了「專欄」、與「專論」。天津「大公報」的學術專欄計有：（註㉝）

㈠圖書週刊：週一刊出，由北平國立圖書館主編，刊登書評，介紹新出版的中外名著。

㈡哲學週刊：週二刊出，由清華大學張申府教授主編，介紹中、西哲學與人生哲學。

㈢經濟週刊：週三刊出，由南開大學經濟研究所何廉教授主編，討論經濟學理、制度、以及經濟與個人生活之關係。

㈣科學週刊：週四刊出，由清華大學主編，討論歐美科學最新發展，以及科學對人類生活之貢獻。

㈤教育週刊：週五刊出，由北平師範大學主編，討論教育思想、教育制度，與實際教育問題等。

㈥醫學週刊：週六刊出，由北平協合醫院主編，介紹世界醫學最新發明、衞生醫藥常識與醫理剖析等。

㈦文藝週刊：週日刊出，由沈從文教授主編，有文藝創作、文藝批評，與文藝介紹等。

此外尚有「思想欄」，負責介紹各種新思潮；以及每日之「小公園」副刊，經常刊登散文、文字、小品、小說、詩歌，與戲劇等，鼓勵年青學者，園地完全公開。三十年代，許多著名作家，都是「大公報」的投稿人，如著名戲劇家田漢、曹禺，他們的得獎作，都是在「大公報」發表的。

民國二十二年，「大公報」又開闢了「星期專論」，每週日刊出，相當社論，專門刊登學者專家的論文，樹立了我國「學者論政」的權威，也眞正做到了「報紙應爲公共論壇」的理想。當時全國著名學者如胡適、傅斯年、蔣廷黻、羅家倫與張君邁等，都是「星期專論」的作者。「星期專論」稿費很高，最初每篇銀元四十元，以後增至一百元。大約是一位優異高中教員的一個月薪俸，也是張先生每月薪俸的二分之一，至於其他專欄、專刊，與副刊的稿費，「大公報」也是全國最高的，幾乎是其他報紙的一倍。他常說，辦報不能虧待文人，因爲我們也是文人，而且「大公報」是「文人論政」的政論報紙（註㉞）。

尊重學術，文人論政，公共論壇，與提高輿論品質，是「大公報」成功的重要因素之一。

四、設立文藝、科學獎金，鼓勵創作發明

民國二十五年九月一日，張先生撰「本報復刊十年紀念之辭」，闡釋「大公報」之辦報方針如左（註㉟）：

一、提升報紙品質，改變國人輕視報紙與記者之錯誤觀念；

二、報紙應以「採訪事實，介紹輿情」爲主，報紙不得存成見、有偏私，壟斷輿論；

三、報紙討論國家與社會重大問題，應立意至誠，忠於主張，勇於發表，不計毀譽。

同時他指出，新聞、言論爲報紙之生命。其主要內容，應以政治、經濟、外交與社會改革爲主，而此等重大問題之解決，則有賴報紙結合學術，提升輿論品質，與建立公衆論壇而爲之。但他認爲：「現代報業除刋行報紙外，應爲社會實際服務。凡社會應倡行之事，報紙宜爲其先鋒或助手。同人審知此義……乃舉辦科學獎金與文藝獎金，僅表紀念之微意耳。」（註㊱）

「文藝獎金」計分詩歌、散文、小說、與戲劇四種，鼓勵文藝創作；「科學獎金」不分類別，主要獎助科學發明。這些獎金，每名五千銀元，極爲優厚，具有極大鼓勵作用。

捌、成功因素

前面說過，崇高的報業思想，正確的辦報方針，奠定了他成功的基礎。但宏偉的器識與他感人的道德精神，更是他成為報業偉人的重要因素。茲簡述於左。

一、報恩主義，志潔高雅

「報恩主義」是中國孝道與傳統文化的精髓。張先生這種精神，得到了全國人民對他的絕對信任，這是他志業的最大資本。

二、眞知灼見，一代宗師

他的言論主張，在當時不僅感人肺腑，發揮了極大的影響力，而且從近代史的發展，足以證明他的智慧與遠見。他實在是一位「輿論重鎭，一代宗師」。

三、專業精神，報業典範

自辛亥革命，張先生投身「民立報」，直至民國三十年九月六日去世，其間三十一年，除極短暫時從事公職外，他始終堅守崗位，終生願做一位「不求權、不求財，與不求名」的新聞記者，這種專業精神，堪稱報業典範。因為他相信，報人具有專業精神，然後他的「新聞才能客觀，言論才能公正。」胡健中曾說（註㊲）：

……他那時名望很大，如要做官，「拖青紫如拾芥耳！」……季鸞先生可以做官而一輩子不做官，這表示他的敬業精神，表示他對工作崗位的鍥而不捨，直到蓋棺，這一點是很難能可貴的。

四、三人合作，永垂不朽

關於吳、張、胡三人的精誠合作，彼此的互信、互敬與互諒，無疑也是「大公報」成功的重要因素。「大公報」的資本是吳鼎昌個人出資的，但他從不干涉它的業務、新聞、與言論；而張、胡亦能忠於理想，堅持獨立報業與文人論政的方針。胡政之曾說（註㊳）：

……中國人向來最不容易合作，而「文人相輕，自古已然。」吳、張同我都有個性，都可說是文人。……但我們合作多年，精誠友愛，超出通常交誼。所以然者，各人都能尊重個性，也就能發揮個性。吳先生長於計畫，我負責經營，張先生長於交際、思想，與文字，我們各展所長，放手做事。這樣在互尊互敬中，所以在二十年間，才能由一家地方報辦成一個全國性報紙，而且在國際上得到一點地位，這都不是僥倖的。

五、舉國同欽，特殊支持

張先生的人格，不僅受到全國讀者的讚佩，而且也受到黨政軍與學術界的一致尊崇。尤其他受到蔣委員長的倚重，予以特別支持，這是任何其他報人所沒有的。「九一八」事變後，中國最迫切的問題是日本要滅亡中國，焦點是在華北的平津一帶。張先生是日本問題專家，他已經團結了華北的學術界，這是蔣委員長倚重張先生，建立華北精神長城，對抗日本侵略的主要原因（註㊴）。抗戰前後，蔣委員長經常邀約張先生餐敍，徵詢國是意見，也透露一些重要消息，這是「大公報」成爲「南山北斗與輿論重鎭」的重要原因。

六、寬厚待人，廣結善緣

張先生成功的另一原因，是他「待人寬厚，廣結善緣。」他雖然是全國大報的主人，遨遊於公卿之間，並得到國家領袖的依重，但他總是謙謙君子，和顏悅色，寬厚待人。陶希聖認爲，張先生具有魯仲連式的風格，以「溫良恭儉讓」，做爲人處世的基本原則，這也是他人緣好、交遊廣、消息靈通的主要原因（註㊵）。「大公報」受到學術界的敬重，不完全是由於稿費高，而是它還附帶了張先生「誠懇的禮貌」。

張先生對報社同仁視同手足，人人以報社爲家，個個願爲報社效力。戰時普遍待遇微薄，生活清苦，一般習慣，主管人員都是先向報社借支，以後再由個人薪俸中扣還。每年三節，報社財務部門，均將借支金額列册呈閱，張先生通常是將借支較少者一筆勾銷，不再扣還。借支較多者，則酌減借支金額。而一般同人家中有特殊困難者，或同人父母有重病者，他亦特別救助或親往探視。他這種仁慈作風，塑造了「大公報」的鋼鐵陣營（註㊶）。

七、新聞道德，一絲不苟

至於新聞道德，張先生眞是一絲不苟。他重視「新聞自由」，但更强調「社會責任」。他從不誹謗名譽，渲染犯罪，他雖然消息靈通，但絕不洩露國家機密。他雖提攜青年，愛護同人，但他發現「大公報」記者「謾罵劉汝明將軍與勒索胡宗南將軍」時，他就立即將他開革（註㊷）。由此可見他對新聞道德的重視。

八、國際榮譽，實至名歸

民國三十年（一九四一）五月五日，美國密蘇里大學新聞學院，評選「大公報」爲這一年度的最佳外國報紙，而頒發給「大公報」榮譽奬章。這類奬章是第一次頒給中國報紙，可說是整個中國新聞界的光榮。張先生特別寫了一篇社評，題爲「本社同人的聲明」，指出中國報人有一特色，和各國有所不同。各國報紙當做企業經營，而中國報紙原則上是文人論政的政論報紙，這一點可說是中國報紙的特長（註㊸）。

民國二十七年六月，他寫「無我與無私」，專談記者思想與修養問題，他說（註㊹）：

……根本上說：報紙是公眾的，不是「我」的。當然發表主張或討論問題，離不了「我」，但是要極力盡到客觀的探討，不要把小我夾雜在內。……而且要力避自己的好惡愛憎，不任自己的感情支配主張。……名譽心本來是好事，但容易轉為虛榮。以賣名為務，往往誤了報人應盡之職責。

張先生對記者提出這些要求，應是自由報人的最高道德規範。他做到了這一點，他主持的「大公報」也做到了這一點。儘管他和他的報紙都不求名，但實至名歸，千秋萬世，他仍得到應得的榮耀！

九、熱愛國家，鞠躬盡瘁

張先生的體質一向不好，長期熬夜辛勞，使健康更差。民國二十三年春，發現患了肺病。當時肺病不易治療，最好的方法就是休息，但是他辦不到。「七七」事變後，報館多次遷徙，他到處奔走，生活不安定，工作加重，肺病進入第二期。民國二十七年，當選參政員，工作更重，無法靜養，終於民國三十年九月六日病逝。

張先生爲國家社會鞠躬盡瘁，創立了文人論政，書生報國的典型，受到國人普遍的尊敬。許君遠有篇紀念他的文字說：「他一生不曾做官，等他的噩耗傳出，全國黨、政、軍、學以及新聞界，驟然失去了一位導師，一致表示哀慟！」（註㊺）

蔣委員長曾於九月四日親往醫院探視，所以他那「執手猶溫，遽聞殂謝」的唁電，讀來倍覺親切。公祭日委員長以「一代宗師」題輓致悼，並親臨嘉陵賓館弔祭。國民政府以他功在國家，特明令褒揚（註㊻）：

> 張熾章學識淵通，志行高潔，從事新聞歷三十年，以南董之直筆，做社會之導師。凡所論列，洞中竅要。抗戰以來，尤能淬勵奮發，宣揚正義，增進世界同情，博得國際聲譽。比年連任參政員，對於國計民生，並多貢獻。茲聞積勞病逝，軫悼殊深，應予明令褒揚，以昭懋績，此令。

這篇褒揚令，字字眞實，無一字虛誇，可說是張先生一生的忠實寫照。翌年，全國新聞界將其公葬於西安翠華山竹林寺，備極哀榮！

玖、結論

張先生具有中國傳統文化和倫理的特質，並兼有西方民主政治與自由主義的思想。他景仰創導國民革命的孫中山先生，和繼承孫先生革命志業的蔣中正先生。為反共、為抗日、為民主政治、為現代社會改革，默默貢獻了一生。論文筆，論影響力，他超越了梁啓超。他的思想和主張，是先知先覺，已做了歷史的見證。他的為人處世，可為後人的典範。他不僅是中國報業的一顆鉅星，也是中國近代史的一位偉人！

註釋：

①張季鸞先生出生年代，一說為一八八六年（光緒十二年）。但根據民國二十三年張先生自撰「歸鄉記」一文，其於一九〇〇年隨母扶父柩回榆林，「時年僅十三歲」，依此推算，其出生年代應為一八八八年。

②張季鸞：「歸鄉記」。民國二十三年十二月廿五日。

③同上。

④關學乃北宋哲學家張載所創立的一個學派。

⑤同註②。

⑥王軍余：追念同學張季鸞。傳記文學．第一卷第七期，頁七六，民國五十一年。

⑦新華社：新聞界人物㈠。北京：一九八三年。頁一〇七。

⑧同註⑥。

⑨張季鸞自認生平有三大樂事：一為孫大總統撰擬就任第一篇文告，二為美國密蘇里大學新聞學院贈「大公報」榮譽獎章，三為五十歲得子。

⑩邵飄萍：新聞學總論。頁二二九。

⑪張季鸞：「大公報一萬號紀念辭」。民國二十年五月廿二日。

⑫吳鼎昌曾任大清銀行總務局長，民初任農商部及財政部次長，民國七年任鹽業銀行總經理，民國十一年任鹽業、金城、中南、大陸四家銀行創辦的「四行儲蓄會」主任。購買「大公報」之五萬元，係吳從鹽業銀行之「經濟研究」專款項下撥用。

⑬上海「大公報」第二版，民國三十八年四月十五日。

⑭李瞻：世界新聞史（十一版）。台北：三民書局，民國七十八年。詳見第二、七、八篇。

⑮張季鸞：「大公報一萬號紀念詞」。民國二十年五月二十二日。

⑯張季鸞：「今後之大公報」。上海大公報，民國二十五年四月一日。

⑰譚慧生：「張季鸞」。民國偉人傳記。高雄：百成書局，民國六十五年。頁三八二—三。

⑱同上。

⑲陳紀瀅：報人張季鸞（三版）。台北：重光出版社，民國六十年。頁一六—一七。

⑳同上。頁一七—一九。

㉑同註⑰，頁三八九—三九〇。

㉒同註⑮。

㉓同註⑯。

㉔同註⑮。

㉕張季鸞：「中國的文明在那裡？」天津「大公報」，民國十九年十一月十二日。

㉖同上。

㉗張季鸞：「論言論自由」。上海「大公報」，民國二十六年二月十八日。

㉘張季鸞：「本報復刊十年紀念之辭」。天津「大公報」，民國二十五年九月一日。

㉙陳紀瀅：報人張季鸞（三版）。台北：重光，民國六十年。頁五一—六〇。

㉚同註㉘。

㉛張季鸞：「本社同人的聲明」。重慶「大公報」，民國三十年五月五日。
並參閱註⑮、⑯、㉗、㉘等文獻。

㉜同註㉙，頁一—三四。

㉝參閱陳紀瀅：「我對季鸞先生及大公報的體驗」。傳記文學，第三〇卷第六期，頁一三—一七。以及陳著「報人張季鸞」等其他文獻。

㉞同上。

㉟同註㉘。

㊱同上。

㊲胡健中：「我對張季鸞先生的觀感」。傳記文學第三〇卷第六期，頁二四。

㊳胡政之：「社慶日追念張季鸞先生」。上海「大公報」，民國三十五年九月一日。

㊴陶希聖：「遨遊於公卿之間的張季鸞先生」。同註㊲，頁一八—二一。

㊵同上。

㊶劉光炎：「一位新聞工作者對季鸞先生的印象」。同上，頁二九—三〇，以及劉先生與作者之談話。

㊷陳紀瀅：「范長江與大公報」。同上。頁三三—三七。

㊸張季鸞：「本社同人的聲明」。重慶「大公報」，民國三十年五月十五日。
㊹張季鸞：季鸞文存。下册，附錄頁一九。
㊺許君遠：「以簡單肅穆儀式來紀念季鸞先生」。上海「大公報」，民國三十五年九月七日。
㊻袁昶超：中國報業小史。香港：新聞天地社，民國四十六年。頁八七。

（作者現任政治大學新聞研究所教授）

張季鸞「報恩思想」的時代意義

■鄭貞銘

一、序論

一代論宗張季鸞窮其一生，以無私之情操，深邃之智慧，沉潛之思想，傳神之椽筆，投注心力於中國新聞事業，貢獻智慧於大公報，不但為國家民族作了極致的貢獻，將一個人一生有限的價值發揮至無窮，更為後世及中國新聞事業樹立了永垂不朽的道德與文章的典範。

張季鸞的人生價值體系

分析一位偉人之志業事功，除了由其外顯之言行功績來論定外，更須深入探究其所賴以發為行為的中心思想，人生觀與價值觀，惟有蘊之於中才能形之於外，每一個偉人事功的背後，都有一個左右思想行為的價值體系，張季鸞亦不例外。

張季鸞在自釋其一生行止能為國家社會作如此之奉獻時，歸因於他正確篤實的人生觀，也就是建基於「報恩主義」的人生哲學，有了此一中心思想，其對人、事、物，國家與社會之基本態度，均秉持著「感恩」與「圖報」的理念。

「報」的觀念，不但在中國之人倫關係、社會組織、宗教信仰以及政治運作上扮演著關鍵性行為準則的角色，即使在西方社會，亦多少存在著以「報」為基礎所形成的文化內涵與行為規範；「報」的觀念，基本上是沒有文化界限的，所不同的是，在不同文化領域中它所佔比例之輕重不同，影響程度亦有深淺之別。

受中華文化長期孕育

中國傳統「報」的觀念，不但源遠流長，且紮深根於最基層之社會組織與人倫關係；因此，張季鸞的「報恩主義」並不能說是他所發明創見的，而是傳統中華文化長期孕育的結果。

然而，可貴的是，張季鸞在當時漫天烽火的中國，環境折磨人們太深，時代虧欠人們太多的環境中，不計較因時代悲劇所帶給每個人的流離失所人命如草芥，以及恨、怨與不幸，而珍惜於親人，社會乃至於國家所施予個人貧乏得可憐的「恩」，並以完全的回報爲終身職志，其情操之高深實令人欽佩。

更值得稱道的是，張季鸞並不只是一位思想家，更是一位實行家與宣傳家，他以己身實踐報恩主義之行爲，來作爲這種主義的具證，並將抽象模糊之報恩觀念予以具象，使之成爲一種可以宣揚，並影響世道人心的道德主義，這也是中國數千年來道德主張世俗化、行動化的創舉。

一個偉大主義之價值，不在於他是一個奇想，而在於其經世致用之實用性，亦即其對整體人類利益與世道人心規正的功用；因此，當今日社會物慾橫流，道德淪喪，人們只知追求一己之私、一己之利，對大自然與公共利益甚至他人權利，無所不用其極侵吞强佔之際，「報恩主義」雖不是一帖特效藥、萬用靈丹，但是在維繫人類最低限度的道德觀念與人我分際界限上，卻存在著可以預期的功效與時代意義，這是筆者撰述本文念先哲思今世的本意初衷。

二、張季鸞報恩主義之理論與踐履

張季鸞文章報國三十餘載，所撰文字不下數千篇，然大多爲批評時局宣揚公益，絕少論及私誼，因此在張季鸞現存的作品中，具體說明報恩主義主張與原委的，只有民國二十三年十二月二十五日載於「國聞週報」的「歸鄉記」。是年秋季，張季鸞尊翁百年冥誕及張母王太夫人三十週年忌辰，回鄉掃墓立碑，在陝西榆林住了一個半月，鄉人對其之崇敬與歡迎之盛況空前，歸後感於親情與故鄉情誼，乃撰「歸鄉記」一文。「歸」文是張季鸞少數論及己身的作品，也是分析張季鸞家世與思想很重要的文獻。

張季鸞在「歸鄉記」中闡述報恩主義的想法時說：「我的人生觀，很迂淺的。簡言之，可稱爲報恩主義。就是報親恩、報國恩、報一切恩！我以爲如此立志，一切只有責任問題，無權利問題，心安理得，省多少煩惱。不過我並無理論，不是得諸注入的智識，是從孤兒的孺慕，感到親恩應報，國恩更不可忘。全社會皆對我有恩，都應該報。現在中國民族的共同祖先正需要我們報恩報國，免教萬代子孫作奴隸，人們若常常這樣想著，似乎易於避免墮落，這是我的思想。」（註①）

報恩思想出自至誠

對於報恩主義，張季鸞並沒有作太多說明。事實上，報恩主義是可以望文而生義的，它的偉大處不在於它的理論深奧或難以踐履，對報恩作太多理論性之分析，不惟無益，反失之矯情；因此，張季鸞說：「我並無理論」。

但，季鸞先生雖無理論，卻極多實踐，所以他在於民國三十年九月六日晨逝世時，大公報即有一篇「悼季鸞先生文」，其中說：

「季鸞先生爲人和平忠厚，平易近人，但輕財仗義，急人之急、憂人之憂，而待人無疾言厲色，尤能獎掖後進，善予指導；凡是和他共事的，沒有一個人不受他薰陶而思力圖上進。……」（註②）季鸞先生這種待人以誠的思想，實源自報恩的實踐，而他此一思想的形成，也是經過極自然而簡單的過程，「不是得諸注入的智識，是從孤兒的孺慕，感到親恩應報，國恩更不可忘，全社會皆對我有恩，都應該報。」（註③）

從這段文字可以看出，張季鸞對國家的愛，是基於報親恩的擴大，而且出自至誠，不但沒有理論，也不是得諸注入的智識，純粹是他天賦秉性的自然流露與身世際遇的必然感懷。

張季鸞的父親張翹軒爲了報答劉厚基與蔡兆槐的栽培之恩，在家裡供設兩個人的牌位，要子孫後代祭祀，這個報恩的作爲，使張季鸞從小就受了很深的影響。

張父於光緒廿六年病逝濟南，時張季鸞僅十五歲，隨母扶柩跋山涉水千里歸葬陝西，返鄉後張母含辛茹苦養育張氏三兄妹，後因與人合夥生意被人侵佔，張母又親自上堂涉訟，身心憔悴，遂以不壽，張母死年僅三十七歲，時張季鸞負笈外地，接到訃聞，奔喪到家，只見薄棺一口，這些遭遇，使張季鸞立志報母恩，報親恩！

我們從同文另一段文字更可瞭解張季鸞報恩思想之原委：

「我對家庭的觀念，一方面說，很重，一方面說，也很輕。爲什麼很重呢?就是一個老孤兒，父母去世早，罔極之恩，無法報答，加以家運甚壞，人口單薄，自己常常感到嚴重的責任，與孤獨的悲哀，多年不能回家看看，常常不安，近年尤甚。對國家社會一點未盡力，更感到公私兩負，有背親恩。爲什麼說很輕呢？我從沒有治產求富的一套觀念，事實上我父子兩代，沒有增加過財產，只有減少些，……現在是什麼時代！中國不保，那裡說到家庭？大家不得了，一家怎樣獨樂？所以我的思想，是贊成維持中國的家族主義，但是要把它擴大起來，擴大對父母對子弟的盛情，愛大家的父母與子弟，從報答親恩，擴大成爲報共同的民族祖先之恩。這種思想，是很對很需要的。」（註④）

由家而國由內而外

這一輕一重由家而國由內而外的態度，恰好說明了季鸞先生報親恩報國恩的理路與胸襟。

中國另一名報人梁啓超也認爲報恩是中國道德大原之一，這個說法與張季鸞的報恩主義相互輝映，梁啓超認爲：「中國一切道德，無不以報恩爲動機，所謂倫常，所謂名教，皆本於是，人若能以受恩必報之信條，常印篆於心目中，則一切道德上之義務，皆若有以鞭辟乎其後，而行之亦親切有味……，吾國數千年以此爲教，其有受恩而背忘者，勢且不齒於社會而無以自存。吾國人抱此信念，故常能以義務思想，克權利思想，所謂正誼不謀利，明道不計功，非必賢哲始能服膺也，鄉黨自好者，恆由之而不自知，蓋彼常覺有待報之恩，荷吾仔肩，黽勉沒齒而未遑即安也。」（註⑤）

大公報的「四不政策」

張季鸞之報恩主義是否受梁啓超之影響，不得而知，但由兩位中國極重要報人對報恩認識之透澈與重視，當知報恩實乃基於中國傳統倫理關係中，所必然產生的一種人際間乃至於天人間相互的義務關係，這是一種不待外求而可內自生的道德理念，這種思想的淵源並不十分重要，重要者乃是此種理念成為具體可行的行事處世的準則依據。

我們由張季鸞一生行誼中，可充分了解季鸞先生除了在孝道上謹守其報親恩之本份外，更可在其憂國憂民操危慮患的工作上驗證其對國家民族社會克盡報恩主義的實際踐履，茲就三方面略加敍述：

一、以實際行動報國恩：胡政之、吳達詮、張季鸞三位先生於民國十五年接任大公報，三人在分掌財務、經理業務與編輯的分工原則下，於天津復刊。

大公報在復刊之初即揭櫫「不黨、不賣、不私、不盲」的四不政策。

不黨：「純以公民之地位，發表意見，此外無成見，凡其行為利於國者，擁護之；其害國者，糾彈之。」

不賣：「不以言論作交易，不受一切帶有政治性質之金錢輔助。……吾人之言論，或不免囿於知識及感情，而斷不為金錢所左右。」

不私：「本社同人除願忠於報紙固有之職務外，並無他圖。對於報紙並無私用，願向全國開放，使為公衆喉舌。」

不盲：「隨聲附和，是謂盲從；一知半解，是謂盲信，感情所動，不事詳求，是謂盲動；評詆激烈，昧於事實，是謂盲爭。吾人誠不明，而不願陷於盲。」（註⑥）

在「四不」政策下的大公報，即是以國家利益為唯一利益，以社會公理正義為唯一前提，不貪

圖一絲個人不當利益。

大公報自復刊後一直堅持「四不」立場，在民國二十年五月二十二日，大公報發行一萬號；民國二十五年九月一日，復刊十周年時，張季鸞都親寫紀念辭，自信沒有違背「四不」的誓言。

後來抗戰軍興，大公報受迫於日寇侵華而屢次隨政府遷徙，並未因戰火而停刊，此正足以說明彼等對報業工作之堅持，而歷經天津、上海、漢口、重慶、桂林逐次隨政府西遷，亦足以說明其以實際行動抗日兼報國恩之實際踐履。

張季鸞曾說：「在這抗戰期間，一切私人事業，精神上都應認為國家所有。換句話說，就是一切的事業都應當貢獻國家，聽其徵發使用，各業皆然，報紙豈容例外。」（註⑦）

四篇社論字字血淚

因此，大公報隨國難東遷西移，事業財產皆已喪失，金錢的損失，精神的折磨及同人的辛苦，當不難想像，但是大公報主事者仍堅持抗日之立場，並共赴國難。

二、以言論報國恩：文章報國是季鸞先生對國家最大之貢獻，季鸞先生在主持大公報筆政期間，其立論之發人深省，論事之鞭辟入裏直指人心，他的文章簡潔有力，富感性，也有理性，一般人都看得懂，能接受且信服，這些文章不啻抗戰時期之洪鐘，不但激勵國人，更以其對日本了解之透澈，常一針見血指明日人侵華之非。

張季鸞由報恩為出發點的愛國思想，在國難當頭，時局紊亂之時，透過如椽之筆，充分表現出來。與他在大公報共事的吳達詮說：「他人亦憂國愛國，惟季鸞是眞愛國，從心底的深處寢饋不忘以憂國」（註⑧）。因此，他痛恨破壞國家統一的特殊勢力，不低於侵犯國家獨立主權的外力；痛恨蠱惑青年破壞團結的共產黨，不下於賣國求榮的漢奸。

當民國廿五年十二月十二日西安事變發生後，張季鸞先後寫了四篇社論，「西安事變之善後」、「再論西安事變」、「給西安軍界的公開信」、「國民良知的大勝利」，在社論中痛陳國家局勢之危殆，及領袖對國家的重要。

這四篇字字血淚的社論，不是完全浸淫於愛國思想中，是無法形諸於文字的，尤其「給西安軍界的公開信」更是千古傳誦。當時政府曾加印十萬份，派飛機空投到張學良與楊虎城的部隊，事實證明這封公開信對張、楊之改變是發生了很大的影響力，至少讓張、楊二人及西安部隊了解全國民情殷盼之切，以及其所處四面楚歌之情勢而幡然悔悟，書生報國難有比此更高之境界。

朱介凡先生說：「季鸞先生，書生報國情殷，其一片犧牲自我的赤忱，毫不讓於前線浴血苦鬥的將士，那時期，大公報之爲全國上下愛重，乃是中國報業史上所少有的。」（註⑨）

三、對社會的回饋：大公報在經營管理制度上最值得一提的，乃是以劃時代的創舉，開創中國報業職工福利措施與養老備險等制度。

大公報於民國二十二年開始有盈餘，然而大公報並未將此盈餘納入私囊，而是以之辦理職工福利，創設養老備險等基金，其取之於社會，用之於社會之具體行動，正是張季鸞報恩主義中報社會恩的具證。（註⑩）

締造經濟獨立報業

大公報不但努力於為中國社會締造一個經濟獨立的言論機關，同時也為它的職工提供一個有生活保障的工作環境，以當時之環境與時代背景，能有如此之遠見與胸懷，實在不是「得諸注入的智識」，而是感懷「全社會對我有恩，都應該報」的報恩主義偉大情操的「完全發揮」。

張季鸞的報恩精神貫穿整個大公報，透過大公報得以淋漓盡致發揮，至於其對時局所發生之影響力，及後世對季鸞先生事功與大公報之評價，又可從四方面分別敍述：

一、對軍事之影響：張季鸞因其文名之盛，廣識全國軍政學術工商界領袖，以一介書生遨遊於公卿將帥之間，尤見重於軍界將領。當時統帥中最先賞識張季鸞者，首推馮玉祥。

馮玉祥平日極喜歡讀季鸞先生之文，相傳北伐初期，先總統蔣公與馮玉祥會於鄭州，馮玉祥設宴為蔣公洗塵，適季鸞先生亦到，馮乃即席宣佈「本日歡迎之中國兩大偉人，一為軍界之蔣介石先生，一為報界之張季鸞先生。」此言一出舉座詫異，以當時蔣公聲望之隆，張季鸞以一新聞記者得與最高軍事統帥相提並論，可見季鸞先生在軍界領袖心目中之地位。（註⑪）

張季鸞亦見重於當時之軍事委員長蔣公，在抗戰時期，蔣公最看重的報人，非張季鸞莫屬，蔣公常接見季鸞先生，聽取他對國事之意見，季鸞先生病中，蔣公曾親往探視。身後安葬西安附近的竹林鎮，蔣公曾兩度親臨墓地，可見知遇之深。（註⑫）

除了蔣公與馮玉祥外，全國各級將領亦十分重視季鸞先生與大公報，無不喜讀大公報，過去中國軍界人物，多不喜歡閱報，尤其不看社論，認為「社論者新聞記者之胡說八道也」。然自大公報始，這種風氣有了極大轉變，軍界將領以爭睹大公報爲快，每有事件發生，則想知道季鸞先生看法如何，此不但裨益補軍人之政治常識，季鸞先生挾風雷之文剖析時局時事，季鸞先生大有助於全國抗日之士氣，洵非溢美。「給西安軍界的公開信」能發揮如此大的效應，即爲明證。

二、對學界之影響：大公報之特點，除論敘軍事、政治、外交、經濟多有創見外，尤其對文化思想更爲注意，時刊載學術權威之著作，對青年思想實有很大補益；在天津時代，大公報每週出版各種學術性週刊，影響教育與文化普遍而深遠。

張季鸞對學界的另一個影響，是以他在學界與政界普受尊崇的地位，扮演魯仲連溝通者的角色，盡力消除平津學術界與政府對時局的歧見，透過季鸞先生這道極佳溝通管道，將學術界與政府結合成一座抗日的精神長城。（註⑬）

三、對報界之影響：中國自有報紙以來，對政治社會發生鉅大之影響者，除了梁啓超之時務報，宋漁父執筆之民主報外，未有能及大公報者。

復刊後之大公報不但促成報紙社會地位之提升，其內容與編輯政策亦多所創新，例如社論不再作「油腔滑調」、「輕描淡寫」、「不著邊際」之文字，而必須是有骨有肉有立場有見地的最重要之一欄。又如「星期評論」，延攬學術界權威發表有價值之學術論文；提倡「滑翔運動」以促進民間航空事業之發展，而代收捐款成績卓著，信用昭然，尤爲難得。從大公報後，不但報紙與社會各方面之聯繫與結合日趨緊密，報紙在促進社會改革與進步方面，亦發揮了舉足輕重的地位。（註⑭）

榮獲美國密大獎章

更難得的是，大公報「不求權、不求財、不求名、不感情用事、不夾雜私見，爲全人類共同的福利，爲本國全民的福利努力辦報」（註⑮）的大公無私精神，成爲報人辦報的典範，此種「國士」風範，不但在當時值得稱道，尤值今日報人效法。

四、國際評價與推崇：大公報在胡政之、張季鸞與吳達詮之領導下，既有上述特點而影響及於軍政學界各方面，即在國際上亦引起對大公報之另眼相看及肯定，於是有榮獲美國密蘇里大學新聞學院獎章之盛事。

民國三十年五月五日，美國密蘇里大學新聞學院評選大公報爲該年度最佳外國報紙，而頒贈大公報以榮譽獎章；這類獎章，是第一次頒給中國報紙，此在我國新聞界是空前未有的榮譽，不但大公報聲譽更往前邁進，不僅國內同業齊聲道賀，而國際間也廣爲刊載是項得獎消息，從此我國報紙漸爲國際重視，影響不僅及於國內，更可影響對外交涉。因爲當時獲得密蘇里大學頒過榮譽獎的，不過是美國「紐約時報」、倫敦「泰晤士報」、紐約「先鋒論壇報」等二、三家，「大公報」則可能是第四家。

三、報恩思想探源——中國傳統報的觀念

報恩精神貫穿張季鸞之一生，更顯現於其立德立功立言之志業上。梁啓超更認爲「中國一切道德，無不以報恩爲動機」。茲從中國傳統「報」的觀念來分析報恩主義之精神。

在中文裡，報這個字有許多種引申之意義，如報答、報償、報仇、以及報應，這一些名詞族羣的中心意義，是集中於「回應」與「還報」。

報的觀念，是形成中國社會關係的一個重要基礎，中國人相信行動的交互性與事理的相對性，在人與人之間，乃至於人與「超自然」（神）之間，應當有一種確定的因果關係存在，因此，當一個中國人對他人或某特定對象有所施予的行爲時，一般說來，在明顯之觀念中或潛意識裡，他會預期對方有所反應或還報。

事實上，在每一個社會中，這種交互報償的原則都是被接受的。例如，基督教用「你要人家怎樣待你，你就要怎樣待人」來說明人與人之間的報的關係；以「施比受更爲有福」來說明「報」的補償效益，乃至就「原罪」與死後審判的觀念，更是基督教的精義與報的極致表現，移民到新大陸的美國人更有報恩性質的感恩節，印度文化則以輪迴來說明人與超自然的報的關係。

孝道與人倫關係

至於在中國，所不同的是，中國的這種思想或原則有源遠流長的歷史背景與孕育過程，一般人均高度意識到其存在，並廣泛地運用到人際關係、人倫關係以及家庭社會制度上，而且產生相當實用與實際的影響。（註⑯）

中國傳統的報的觀念與行爲，在不同層面有不同的型態與表現方式，最常引用的乃是在社會行爲層次上。在禮記中有段記載：

「太上貴德，其次務施報，禮尚往來，往而不來，非禮也，來而不往，亦非禮也。」（註⑰）

這段話充分說明了中國社會在一般社交行爲中的報的作爲。例如，中國人逢年過節或婚喪喜慶的送禮習俗，並不只是單純的表達致意賀禮，更具有維繫社會關係的意義。收禮的一方在這些場合中，招待送禮的一方吃喝來抵還所送的禮；然而，更重要的是受禮的一方有一種延後還報的義務，也就是當對方有相同的境況時，另一方也須作同樣的，甚至價值稍高的回報，以謀求社交收支的平衡，而這種平衡關係之維持，就全憑報來運作。如果沒有注意保持平衡，就是沒盡到社會義務，會被視爲失禮或不通人情世故。

另外一種社會行爲報的具體事例，乃是武俠與游俠之俠義之風。游俠興起於戰國時代，那時封建勢力衰落，傳統的武士階級喪失了他們的地位與爵位，於是他們乃向任何能夠用他們的人貢獻其能力與忠誠，這些游俠的基本職業道德就是報，他們的僱主以其他的資產來換取游俠不顧生命的報，而這種報必然是「言必行，其行必果。」（註⑱）

雖然，早期的游俠之風在歷經秦漢政權刻意之抑制而逐漸式微，但游俠的騎士精神，並未被消滅，史記游俠列傳那些傳誦的英雄氣節，一直能激起後代的嚮往，而每個時代總會產生一些游俠人物。

另一種更爲普及的報的型態表現在人倫關係層次上，最具體的代表就是孝道與五倫關係。所謂「君臣、父子、兄弟、朋友、夫婦」五倫的關係，完全植基於報所建立的相對待的基礎上，亦即「君先能君，然後君之」、「臣克盡臣職，然後臣之」，不但君臣如此，其他父子、兄弟、朋友、夫妻間的關係都是建立在交互報償的原則上。

即以父子關係爲例，孝道即是還報原則最恰當的說明，即使以最不划算的交易原則來說，做兒子也應該孝順，因爲受到父母如此多的照顧，爲人子者豈可不在父母無法照顧自己生活時施以回報，俗諺說：「養兒防老，積穀防飢」，養育兒女被視爲最普通的社會投資，一個不孝子當然也被視爲一個不高明的生意人，竟不能償付他父母的老年保險，如果以現代的投資與保險的觀念來看父子關係，理應如此。

報的觀念及於政治

報的觀念不但普遍運用到所有的社會關係上，更及於政治運作中，而其本質則是道德層次的，在中國古代即已了解「報恩」不但是德政之基礎，更是天下太平民生樂利之先決條件。劉向在「說苑」中曾指出：

「夫臣不復君之恩，而尙營其私門，禍之原也，君不能報臣之功，而憚行賞者，亦亂之本也，夫禍亂之源，皆由不報恩生矣！」（註⑲）

由這個角度觀之，就維繫政治安定與道德風氣言，「愼終追遠，民德歸厚」之意義，還遠不及「人人報恩，民德歸厚」來得更有意義，更發人深省。

報在中國文化中的另一種運作型態，乃是宗教層次的意義與運用。中國人普遍相信超自然或神對當事人握有以報爲獎懲善惡的能力與施爲，早期的中國人認爲這種報的對象是以家族爲單位的；亦即，報應是降在家族身上的，如易經上說：「積善之家，必有餘慶，積不善之家，必有餘殃。」（註⑳）中國古代俗諺也說：「兵家之興，不過三世」。漢朝名臣陳平也自認「我多陰謀，子孫不昌。」

然而，在心理上我們固然有此認知與體認，但在實際經驗上並不能有效證實這種果報的必然性，早期的宗教家也不能提出適當的解答，在理論上也無法建立合理的解釋體系。

到了佛教傳入中土，中國傳統上報的觀念在宗教層次上才有較完整的理論基礎，佛教中「業」報及輪迴的觀念，克服了報的時間障礙，說明了報不但及於今生，在今生未完之報，可穿透生命之鏈及於後世。

心懷仇恨無異自殘

朱子治家格言中「匿怨而用暗箭，禍延子孫」，以及最通俗的「善有善報，惡有惡報，不是不報，時候未到」的說法，都具有這種意識，宗教層次報的觀念及理論建立完成後，中國傳統報的觀念才得以建構完整的理論體系。

由報的觀念推演至報恩，是另一個過程。報是中性的作爲，報恩則是理性道德主義；報是一項哲理，報恩則是一種人生態度。事實上，由報不但可推演出報恩思想，同樣也可推演出報仇意念。只不過，以人生在世數十載，感念天之覆地之載，感念天生萬物以養人，感念父母養育，社會扶持，國家之護衞，無一不是恩，恩終比仇多。

再者，報恩可以轉嫁，可以無限延伸擴大，報恩是一種積極進取充滿愛心與善意的人生態度，反之，報仇則不然，仇如何轉嫁？仇怨又如何擴大延伸？心懷仇恨無異是人生與心理的自殘。因此，懷抱著報恩的人生觀，只會帶給社會和諧與建設而沒有破壞，而懷抱著報仇人生態度的人，其對社會的破壞大於建設。

誠如前引梁啓超的說法，報恩是中國道德大原之一，「中國一切道德，無不以報恩爲動機，所謂倫常，所謂名教，皆本於是，人若能以恩必報之信條，常印篆於心目中，則一切道德上之義務，皆若有以鞭辟乎其後……其有受恩而背忘者，勢且不齒於社會而無以自存」（註㉑）。張季鸞的報恩思想與作爲就是最好的明證。

程滄波先生生前曾說：「季鸞先生有眞性情、眞性格。他心胸中充滿了善意與是非觀念。他對人的言勸，人家立刻感受到他的眞誠。當年讀「國聞周報」的「歸鄉記」，爲之流淚，同時也爲之雀躍。他的「報恩」觀念，眞是溶化理智與感情而發出的呼聲。」（註㉒）

陳紀瀅先生也說：「我想季鸞先生的報恩主義，很可以補今天甚至以後人生觀的不足。若人人皆存大家對我有恩、國家、社會、黨等都對我有恩，而我亦存報恩之心，則這個社會也就不會有紛爭了。」（註㉓）

四、結語——報恩主義之時代意義

中國有極優越的道德理論與道理文化，但是，往往不是流於曲高和寡，就是失之教條主義，不是流於空泛，就是失之僵化，對世道人心之匡正，往往受限於言與行之間的嚴重落差與失調，而不能發揮預期之效果，這是中國道德文化的無奈與悲劇。

一般將文化依其內容性質區分爲三種層次：

一、精華文化：是一個團體中，由精英份子所創造之文化，完全是精英份子的思想結晶，屬於上層文化，如中國傳統文化中的「人權」理念，民貴君輕的民主思想等，這些上層文化固然爲中華學術思想綻放引人入勝的輝煌成就，但終究只是少數精英份子的心得，並未落實到一般民衆的行爲上。

二、規範文化：是高於行爲層次，低於精華文化的中間文化，對於社會行爲有較可行的限制與合理的規範，此一規範是爲大衆所接受的。

三、行爲文化：是落實於日常生活言行的行爲文化，也是實踐層次文化。

盱衡當前敗壞的社會風氣，要重建重整日趨下流的道德水準，在作法上，不應只著重重整一些曲高和寡之精華文化，更應注意行爲文化之素質與規範文化之可行性，若能根據行爲文化之特色，倡導一些易於爲社會大衆所接納採行的行爲文化，實爲匡正時弊的抽薪之計，亦爲當務之急。

胡適在論及政治方面的主義時，主張要「多談問題，少談主義」，然而在道德文化方面，卻正好相反，我們在道德方面所談的問題太多，而能發人深省，引起共鳴，易行易守的「主義」卻從未出現過。因此，在道德行爲上應是「少談問題，多談主義」，報恩主義即是一個很值得在現今社會推廣的一種道德主義。

因爲報恩的理念與行爲是不待外求而可由內省而獲致的，無論教育程度高低，無論秉性善惡，皆可體會其奧意並深爲感動而確實踐履的，既可作爲行爲文化之內容，更可作爲規範文化之依據，而且也不排除成爲精華文化之可能。

報的觀念是爲中國社會各個階層都能接受且遵循的傳統觀念，不但士大夫級能體其深義，販夫走卒也能心領神會，即使爲非法作歹之徒，也頗受這種觀念之轄制。因此，報與報恩的觀念是可以發展成一種有思想、有信仰、有力量、有系統的行爲主義，而不只是一種玄想與空談。

所謂感恩圖報，所謂飲水思源，人生在世所欲回報的對象實不勝數，除了國家社會之恩外，父母養育之恩，師長教誨之恩，長官提拔栽培之恩，朋友相助之恩，友直友諒之恩，乃至於個人特殊遭遇之一飯之恩與救命之恩等，每一種恩都需要在我們有生之年努力且及時回報。

但回報之道，則端視個人能力與環境，並不奢求一致，更非以物質爲準則。季鸞先生在「歸鄉記」一文中也說：

「本來報恩之道，人各有所能不必一律，我只希望大家親親而仁民，推廣骨血的至情，涵養愛人愛國的摯感。我想這或者不是違背時代潮流。」（註㉔）

翻閱近代名人傳記，不難發現許多偉人之偉大事蹟，大多是受報恩思想之激勵而發爲行爲者，除了張季鸞外，陳布雷先生爲感念先總統蔣公之知遇，而有「油盡燈枯」、「一死報國」之深自期許；張曉峯先生爲追懷恩師，而辛勤創辦中國文化大學，培育無數青年；偉人成功的誘因很多，但是建基於報恩之上則是出發點最正確，而後續力無窮，最能令人堅持到底的一種原動力。

過去數十年中，我國社會同時面臨經濟、社會、政治、文化、教育等一連串之鉅變，連帶地也影響了中國社會之道德規範與倫理文化之運作，我們有理由懷疑中國傳統中交互報償的報的觀念，是否已因社會結構之改變與價值體系之遞嬗，而限制其運用之範圍與頻率，或者人們已不再高度自覺這項報的義務原則的存在，尤其中國社會在西方文化與科技文明的衝擊下，報的原則已不如過往般地行使，或左右人們之行爲；因此，不論是報的觀念或張季鸞先生的報恩主義，在今天這個時空與社會背景下，更有發揚光大的必要與價值。因爲，個人深信「人人報恩，民德歸厚矣！」

後記：

探討張季鸞先生的志業與事功，不得不探究其報恩思想，兼及於抗戰時期之大公報。欲析論報恩思想，又不得不從中國傳統報的觀念談起，因此本文結合了報恩思想、報的觀念與大公報三個鼎足，而以季鸞先生之行誼來印證。

不論是報恩思想、報的觀念或大公報，就今日之環境言，都具有啓發性的時代意義，報恩與報的觀念相信是大有裨益於世道人心與社會風氣，而季鸞先生主持下之大公報所倡議之「不黨、不賣、不私、不盲」及大公無私之辦報精神與格調，更是值得今日各種傳播媒體效法之典範！

註釋：

①張季鸞，「歸鄉記」，原載民國二十三年十二月二十五日「國聞週報」，見「季鸞文存」，（台北：台灣新生報社出版，民國六十八年），頁六五五六。

②陳紀瀅，抗戰時期的大公報，（台北：黎明文化事業公司，民國七十年），頁二三三。

③同註①。

④同註①，頁六五四～六五五。

⑤梁啓超：飲冰室文集第十集：「中國道德之大原。」

⑥張季鸞，「大公報一萬號紀念辭」，原載民國二十五年二十二日大公報，見「季鸞文存」，頁六十四。

⑦張季鸞，「本報移渝出版」，原載民國二十七年十月十七日大公報，見「季鸞文存」，頁五四一。

⑧原載民國卅七年九月六日申報社論：「忠愛國家與愛護青年——追懷張季鸞先生」。

⑨朱介凡，「廬山抗戰精神」，載民國五十七年六月廿日中央日報副刊。

⑩皇甫河旺，「張季鸞之生平及其影響」新聞學研究第三集，（政大新研所，民國五十八年五月），頁一五六～一五七。

⑪曾琦，「敬悼畢生盡瘁新聞事業之張季鸞先生」，見陳紀瀅，抗戰時期的大公報（台北，黎明文化事業公司），頁二三九。

⑫楊爾瑛，「季鸞先生的思想與軼事」，傳記文學第一八一期，（民國六十六年六月），頁二十六。

⑬陶希聖，「遨遊於公卿之間的張季鸞先生」，傳記文學同前書，頁十九～二十。

⑭同註⑪，頁二四一。

⑮張季鸞，本社同人的聲明，原載民國三十年五月十五日大公報，見「季鸞文存」，頁五八三。

⑯楊聯陞著，段昌國譯，「報——中國社會關係的一個基礎」，「中國思想與制度論集」（台北，聯經出版公司，民國六十六年八月），頁三五〇。

⑰禮記，曲禮，卷一，頁六A，見十三經注疏。

⑱同註⑯，頁三五四。

⑲劉向，說苑（四部叢刊）卷六，頁一A～二A。

⑳易經卷一，頁十一B。

㉑同註五。

㉒程滄波，「我所認識的張季鸞先生」，傳記文學一八一期（民國六十六年六月），頁十一。

㉓陳紀瀅，「我對季鸞先生及大公報的體認」，傳記文學同前書，頁十六。

㉔同註①，頁六五八。

（作者現任文化大學華岡教授）

■編輯部

綜合討論

時　間：七十九年九月廿二日上午九時
地　點：台北市復興南路一段「文苑」
主　席：楚崧秋（中央日報董事長、中國新聞學會理事長）
論文撰述：李瞻（政治大學新聞系教授）
　　王洪鈞（文化大學新聞暨傳播學院院長）
　　鄭貞銘（文化大學華岡教授）
特約討論：賴光臨（政治大學教授）
　　石永貴（中央日報社社長）
　　林東泰（師範大學教授）
　　方蘭生（文化大學副教授、清華公關公司總經理）
列　席：祝基瀅（文工會主任）

主席致詞：

我國報業史上有不少名報人和評論家，如就志節、遠見、貢獻與影響而言，在民國一、二十年代，以辦大公報而名噪一時的陝西榆林張季鸞先生，恐怕要算第一人了。今天中央文化工作會在「近代學人風範」系列研討會中，特以季鸞先生作為研討的對象，一方面固在緬懷先哲，見賢思齊，同時更有見於目前國內新聞界頗顯紊亂現象，大家如能對張先生的人格風範、報業思想與辦報方針多所了解，相信又有助於亂象的導正與澄清。現在擬就張先生這些方面的特點簡述如左，以期拋磚引玉。

一、志節高尚，報恩主義

季鸞先生十分孝順，但不幸十三歲喪父，十七歲喪母，成為孤兒，因此孕育了他的報恩思想。他說：「我的人生觀，簡言之，可稱為報恩主義。就是報親恩、報國恩、報一切的恩！我以為如此立志，一切只有責任問題，無權利問題，心安理得，省多少煩惱。」

張先生贊成中國的家族主義，但他主張應將對父母、子女的愛，擴大為對國家與民族的愛。這種情操，得到了全國人民對他的信任，也是現在我們仍舊懷念他的主要原因。

二、堅守崗位，專業精神

自辛亥革命，季鸞先生參加上海于右任創辦的「民立報」，與先後主持的北京「民立報」與「中華新報」；上海的「中信日報」與「中華新報」；以及民國十五年以後主持的天津、上海、漢口與重慶的「大公報」，前後三十一年，他始終堅守崗位，立志做一位報人。這種專業精神，媲美英國「每日電訊報」的彭翰勛爵（Lord Burnham）與倫敦泰晤士報的北巖勛爵（Lord Northcliff）

。這也是「大公報」新聞客觀與言論公正的主要原因。同時，張先生當時的聲望很高，並受國家領袖倚重，他如願做官，隨時可做；但他不做，這是他最受人尊敬的地方。

三、無私無我，恪守道德

季鸞先生認爲，新聞記者不僅不得誹謗他人名譽，侵犯隱私權、渲染犯罪新聞，與洩露國家機密，而且更應積極的做到「不求權、不求財、與不求名」，並進而應做到「無私無我」的境界。他說：「報紙是公衆的，不是『我』的。當然發表主張或敍述問題，離不了『我』；但是要極力盡到客觀的探討，不要將小我夾雜在內。而且要力避自己的好惡愛憎，不任自己的感情支配主張。」

這應是自由報人的最高道德規範，他率先做到了這點，他主持的「大公報」也做到了這一點。

四、文人論政，報業典範

季鸞先生認爲報業應是文化公益事業，不能當做商業經營。他創立了中國獨立報業文化論政的典型，受到國人的普遍尊敬。主持「大公報」後，以四不（不黨、不賣、不私、不盲）政策，做爲言論的基本方針，並以「立意至公，忠於主張，勇於發表」以及「準備失敗」，做爲他支持「四不」政策的信條。他說：「中國報人有一定的特色，和外國有所不同。外國報紙當做企業來經營，而中國報紙原則上是文人論政的機關，這可說是一個特長。」

五、熱愛國家，鞠躬盡瘁

季鸞先生一生從事報業，大約寫了二千多篇社論，這些文章，可說完全是爲了爭取國家的生存、獨立與主權的完整。他說他從未想到爲自己或家中增加一分產業；在他五十歲生日時，于右任先生曾以「日日忙人事，時時念國仇」詩句祝賀，這也是張氏一生的忠實寫照。尤其記者與政府的關係，他的意見特別懇切，他說：「新聞記者平時儘管批評政府，攻擊政府，但到了國家危難的時候，應想盡方法幫助政府。一切採訪既不是爲個人，也不單爲報館，而是爲了國家前途。」

民國三十年（一九四一）五月五日，美國密蘇里大學新聞學院，評選「大公報」爲這一年度的最佳外國報紙，而頒給「大公報」榮譽獎章。這類獎章，是第一次頒給中國報紙，可說是整個中國新聞界的光榮。

當季鸞先生聲望如日中天，全國上下對大公報的企望愈益殷切之時，張先生卻因憂國傷時，積勞成疾，因肺疾而於同年九月六日與世長辭，享年只有五十四歲。倘上天另假以十年以上的時日，相信他對國家固將益宏貢獻，而於中國報業必將產生更爲廣大而長遠的影響。

文工會主任祝基瀅先生致詞：

自從兩年前開放報紙登記以來，我們國內的報紙產生了兩種令人關心的現象：一是報業的欣欣向榮；一是由於資訊充足、流通迅速，使得我們對新聞自由理念重新加以詮釋、關心。張季鸞先生一生對新聞事業有非常大的貢獻，尤其是他的「不黨」、「不私」的主張。在今天我們國家大幅度從事憲政改革的時候，最需要新聞公正、確實而完整的報導，張季鸞一生身體力行的也正是這些理念。因此，我覺得深入探討其對報業的貢獻是十分重要且有意義的。

論文發表（略）

特約討論

賴光臨：

我對張季鸞先生十分敬佩，十年前在拙著「中國近代報人與報業」中，即曾有一篇論述其辦報的事功。現在，我想提出四點粗淺的意見，請大家指教。

第一，張季鸞在民國十五年辦「大公報」主持筆政時，曾提出不黨、不賣、不私、不盲的「四不」主張，這四項主張，他不僅坐而言，更重要的是能起而行。從十五年到三十年這段期間，他始終能堅持這四點原則，不求權、不求名、不求財，故在政治、經濟上能保持獨立。這種精神，若能從其時代背景來思考，即可看出他卓然不羣的人格風範。當時軍閥割據，在北方辦報者幾乎都在軍閥脅迫下接受津貼，報業一片烏煙瘴氣，而大公報卻能堅持原則，實令人刮目相看，可說是表現了清新、高尚的報人風格。

第二，張季鸞繼承了傳統知識分子的高貴精神，以盡言責爲天賦的責任，過去的知識分子，物質生活雖窮困，但精神上仍以全人類爲懷抱，表現出意氣昂揚的特質，張季鸞將這種精神融入大公報中，成爲大公報的報格。

第三，張季鸞能發揚傳統的倫理精神。他標榜言論自由，重視言論責任，但和西方的把權利、義務，自由、責任相對待的觀念不同。他之重視責任，是一種自覺的使命感，純義務的自發反應，並由之建立他的「報恩」觀念，要報答一切親恩、國恩，不要求任何回報。中國的倫理關係是盡義務的關係。中國傳統的倫理精神，在他身上發揮得淋漓盡致。這在精神境界上也比之西方高一層。

第四，在報業與政府的關係上，大公報也處理得很圓滿。他善盡輿論監督之責，以敢言著稱，但不是與政府對抗；他的言論是以善意出發，而非敵意；從另一方面看，他能自尊，盡其報人職責，然後才能受到政府的尊重。這實可做為今日報業與政府關係發展的模式。

石永貴：

時代環境對人的影響很大，季鸞先生就是一個典型的例子。個人在台灣新生報服務期間，出版「季鸞文存」一書，本來還想續出滄波先生的文集，後因已有其他出版社出版，故未完成心願。實在是因為這兩位先生對我們近代中國的言論影響很大。

個人在中央日報服務，兼任總主筆，也即是季鸞先生對中國報業最有貢獻的一環。每晚面對當晚的社論，手裡握的是一支筆，心裡所存的就是「良知」，而我桌上擺著的就是「季鸞文存」。

季鸞先生的成就來自兩方面：一個是蔣委員長；一個就是當時的抗戰環境。蔣委員長非常重視知識分子，尤其是有寫作才華的人。在抗戰期間，張季鸞先生固然有一支筆，假定沒有蔣委員長，季鸞先生這支筆也沒有辦法發揮。

我們也看到許多文獻，蔣委員長常找季鸞先生，將其想法告訴他，季鸞先生一方面了解蔣委員長的苦心，一方面也了解國家的處境。回去之後，就變成大公報的社論。這個大公報的社論與蔣委員長的想法相當契合。有時委員長的文件、文告，也會先請季鸞先生「指教」，這種運作相當高明，在當今民主國家的政府也常如此做，但都沒有委員長用得高明。

我們可以說季鸞先生與委員長已結為一體，但季鸞先生從不要求作官，這種「不為己謀」的精神，才有季鸞先生，以及「大公報」的影響力，他的出發點就是掌握住委員長對國家民族的苦心與志節，而不是討好委員長。這種報人風範與氣節值得特別推崇。

另外就是抗戰環境。因爲抗戰環境除了少數漢奸及奸商之外，大家都希望中國勝利，剛好季鸞先生掌握此一契機，所以他的四個精神「國家至上、民族至上、軍事第一、勝利第一」，變成國家的精神，也就成爲「大公報」的精神。「大公報」在野，蔣委員長在朝，將朝野結合得非常好。這也就是我們當今所需要的精神。今天我們在朝是一個精神，在野是另一個精神，一正一負剛好抵消。抗戰的環境是使大公報所以能夠成爲大公報的重要因素。

季鸞先生在文人論政方面是成功的，文人辦報則不很成功。我們目前在台灣，也有許多文人辦報而失敗的。文人不能辦報，文人可以寫文章，這兩個不能混爲一談。季鸞先生的言論是成功的，但大公報的業務卻並不成功。他可以論政，但不一定能辦報，用人更是功敗垂成，像王芸生、范長江，更毀了季鸞先生的苦心。

另外一點，現代中國歷史上有幾位都是「日本通」，就是蔣委員長、張季鸞、蔣百里，他們都是留日的，所以對日本非常了解。像張季鸞先生就是因他對日本了解，寫日本文章才能入木三分。這對我們新聞教育很有幫助，新聞工作一定要專要精。

林東泰：

在緬懷張季鸞先生的偉大報人風範之餘，如何來回觀省察當前的報業表現，是身爲一個新聞教育者很自然的心懷。固然目前的報業環境與季鸞先生當時有相當大的不同，但是我們仔細思量比較，我們現在的辦報環境，可能要比季鸞先生當年的環境要好很多，人力、物力不慮匱乏，資訊網路也與當年不可同日而語；可是不論當年或現在，政治紛亂，國事如麻，則有許多共通處，因此從季鸞先生的辦報精神與格調，來省察當前表現，實在有許多地方值得我們思考。

張季鸞先生所提的「四不」主張，即所謂不黨、不賣、不私、不盲，一直是國人辦報的基本立場。首先來談談「四不」中的不黨與不私：季鸞先生主張不黨不私，其目的在要求辦報要以國家整體爲重，不應以個人或黨派的利益爲考量，因爲報紙乃社會公器，不是私人或黨派的工具。可是睽諸今年初的政治紛爭，我們看到許多新聞媒體竟然也捲入政治漩渦，實在令人擔憂新聞的社會公器角色職責。

其次是「不賣」的問題：季鸞先生主張不賣，無非是要求辦報的人，要有理想、有抱負，要有悲天憫人的心懷，不應急功近利，只是一心一意想賺錢。可是讓我們環顧整個報業環境，甚至整個傳播環境，那一個不是汲汲營營於賺錢、銷數，或收視率，而爲了銷數和收視率，各個新聞媒體無不使出渾身解數，惡性新聞競爭，只要新聞有賣點，則愈衝突愈煽情的異常事件，成了新聞媒體的最愛，誰還想到社會責任？譬如「肢體語言」和「許曉丹風波」，都是新聞媒體造就出來的，試問這些新聞秀場的受益者是誰？受害者又是誰？新聞界除了賺進大把鈔票之外，又盡到了什麼社會責任？

接下來讓我們談談「不盲」的問題：季鸞先生主張不盲，無非就是要求新聞媒體在新聞報導和評論時，能夠堅守公正客觀立場，不盲從、不附和。試以當前海峽兩岸的統獨論爭爲例，固然我們現在擁有充份的言論自由，即使高談闊論台獨論調，也不違法，但是問題在於不違法的事情，新聞媒體只要秉諸良知，即使不違法但是很可能傷害國家和人民福祉的，則應採取相當程度的保留，而不是又把它當作一個新聞賣點來處理。不僅台獨言論如此，統一觀點亦復如是，固然吾人贊同中國統一的基本立場，但是如何統一，在什麼條件下統一，更值得我們重視，畢竟台灣二千萬同胞的福祉，是必須考量的，而且必須優先考量，不應犧牲台灣同胞的利益來急切地談論統一之道。所以不論台獨或急統的觀點與論調，新聞媒體在處理時，都應該做適度的考量，不可隨意附和或盲從。五十年後的今天，我們在此紀念推崇張季鸞先生，試想假使新聞界在統獨言論上，隨意盲從附和台獨或急統的主張的話，五十年後的子孫又將如何來論斷我們今天的媒體表現呢？

其次，讓我們來談談季鸞先生的「報恩」思想，季鸞先生所說的報恩，是報親恩、報國恩，報一切恩，但反觀今天的新聞傳播事業，它的龐大企業性格，基本上宰制了新聞從業人員的獨立自主專業取向，在鉅大的企業階層官僚體系操弄之下，個別的專業從業人員的唯一效忠對象，就是報社或報社的所有權者——報老闆；在其他傳播媒體亦然，譬如電視記者就必須服膺電視台總經理的政策和一切指令，否則無法在該台存活。而這種向報老闆報恩，甚至向金錢看齊的報業性格，已經嚴重扭曲了新聞專業人員的專業道德和規範。對於新聞傳播事業的企業文化，假使我們期盼新聞傳播媒體會自主的悔改遷善，那幾乎可以說是不切實際的幻想了。今天面對新聞媒體的企業性格，欲求負起社會責任，必須建構足以制衡這個龐大企業的強力「社會機制」，如傳播法規、傳播政策、新聞自律、新聞批判、民衆接近媒體的使用權（access right）等，才可能迫使新聞傳播媒體鉅碩無比的權力，不致侵犯個人或整個社會及國家。

最後要談的是新聞教育的角色與功能。我們都知道五十年前中國新聞教育並不發達，新聞教育實在談不上爲當年的新聞事業能有什麼具體的貢獻，而我們在緬懷季鸞先生被國人與世人尊崇的偉大報人風範，都會提起他曾獲美國密蘇里新聞學院頒贈的榮譽奬章，面對季鸞先生所獲的這項國際殊榮，每次想起這件事，我都是百感交集，滿懷的錯綜複雜心情，當然我們都爲季鸞先生能夠代表我國新聞界，獲得當年國際最享盛譽的新聞最高學府頒贈獎章，深深引以爲榮，因爲這是代表中國新聞界的辦報精神與風格，都能受到國際新聞界和新聞教育界的重視。但是另一方面，我個人也頗感深深的歉疚與憂心，我之所以有這種心情，完全是反躬自省當前新聞教育與新聞界的互動關係的結果。身爲一個新聞教育工作者，我常常這樣問自己：我國新聞教育機構能不能贈獎國內或國際新聞媒體機構，藉以提昇我國新聞媒體的專業表現，及提昇我國新聞教育的學術地位？我國新聞教育機構是否想過這個問題？還是曾經想過這個問題並做過評估，但是估量結果自覺沒有任何一個新聞教育機構有這樣的權威與地位？假使答案是前者的話，則表示咱們新聞教育界根本過於崇洋，毫無「舜，何人也，余何人也」的見賢思齊動機。若是屬於後者的話，那麼應如何提昇當前新聞教育水準，則是國內新聞教育界刻不容緩的大事，有賴學界共同努力。

但是依我個人的觀察，每次提及季鸞先生，我們新聞學老師似乎只是心存緬懷一代哲人之心，卻無效法密蘇里新聞學院那種樹立以學院榮譽來影響新聞事業的豪情。而面對新聞界的不當表現，也提不出具體建議及改革方案，只是一味搖頭嘆息新聞界缺乏新聞專業道德。今天我們來檢視新聞教育與新聞實務界的互動關係，最常聽到的就是新聞教育學府所培養的專業人才，無論他們在學校接受多少的新聞倫理與道德，一旦畢業後進入新聞界，則完全接受報社的宰制指揮，過去所受的倫理道德悉數還給了學校老師。固然我們不得不承認新聞媒體的企業性格與文化的影響力，但是今天的問題是我們的新聞教育面對這種問題的回應做法是什麼？我們從今天新聞學校教育的課程來看，大部份的課程可以說都難以符合當前時代的客觀環境，尤其不能否認的是許多課程內容根本與時代脫節，這樣的教育環境又如何期盼能夠培育優秀的報人來改造當前新聞媒體惡質生態？所以面對新聞教育界自嘲只是一個「白紙製造業」，所教育出來的學生就等著各個新聞機構的「染色作用」，事實上，更令人擔憂的倒是我們的新聞教育到底怎麼了？

方蘭生：

論學識，張季鸞先生雖是文、史、語文兼精；論本事，其文筆雖倍受推崇，前面石社長也提到中美斷交後，世界日報馬克任先生所寫的社論也不比季鸞先生差；但爲什麼季鸞先生特受世人推崇爲「一代報人」呢？我個人認爲，除了季鸞先生聰明過人、有膽識外，他從小遭遇家難、國難，在如此困難的環境中，他依然能夠把古聖賢書融進自己胸襟之中。同時，將這些力量激發，培育個人來回報社會、國家，成爲報人的決心、毅力。換句話說，在目前競爭激烈的報業環境中，只有成功的「辦報者」，卻缺乏如季鸞先生如此風範的「報人」，我認爲是和「環境」有密切的關係。

從報禁開放到現在，尤其這半年經濟的不景氣，每個月每家報紙都在盤算廣告量如何下降，每位老闆都在算著如何挽回廣告量。所以在這種環境之下，如何包裝報紙、如何提昇廣告量，才是報老闆最重要的課題。所以要這些辦報人能夠「不黨、不私、不賣、不盲」實在很難。出現的儘是商業化、包裝良好、受讀者歡迎的報紙，而不易出現像當年季鸞先生所辦的大公報。就以目前學習環境而言，如果上「報業史」、「採訪寫作」，花一、兩個鐘頭和學生講季鸞先生如何偉大，我相信學生的反應，定不如上「攝影」、「廣告設計」來得大。因爲他們覺得那些課程才實用，而風範等只有在寫作時才用得上。社會以「功利」爲主導的風氣，影響學生及辦報者的心態極大。

季鸞先生所提倡的「社會責任」，與美國所提倡有很大的不同。季鸞先生的「社會責任」比較適合我國。王洪鈞教授提到季鸞先生的四個風範——「關懷天下、國土自許、天下一家、世界趨勢」。這些即能分辨出我們和西方的不同、以前的報人和現在的辦報者有何不同。我個人有個膚淺的建議，除了開研討會出論文，是不是能夠請有關單位拍短片，將季鸞先生的精神包裝起來，因爲視覺傳播的效果比出書的效果來得廣。這是個人的一點建議。

綜合討論

單安元（聽衆）：

希望所有新聞界的朋友除了開會討論之外，也能設法成立「張季鸞先生紀念館」，然後透過紀念館有系統地舉辦各種活動。

楚崧秋：

相信主辦單位會考慮這個構想。

（張堂錡記錄整理）

文訊叢刊⑬

知識分子的良心

連横・嚴復・張季鸞

編輯指導／封德屏
美術指導／劉　開
責任編輯／王燕玲
校　　對／孫小燕・黃淑貞
內頁完稿／詹淑美

發 行 人／蔣　震
出 版 者／文訊雜誌社
編 輯 部／臺北市復興南路一段127號三樓
電　　話／(02)7711171・7412364
傳　　眞／(02)7529186

總 經 銷／聯經出版事業公司
地　　址／臺北縣汐止鎮大同路一段367號三樓
電　　話／(02)6422629代表號
印　　刷／裕臺公司中華印刷廠
　　　　　臺北縣新店市大坪林寶強路六號
電腦排版／浩瀚電腦排版股份有限公司
電　　話／(02)7771194
地　　址／台北市忠孝東路三段257號5F

定價200元(如有缺頁、破損、請寄回本社調換)
郵撥帳號第12106756號文訊雜誌社

中華民國八十年四月二十五日初版

新書預約

〈文訊叢刊〉

陪您共享文學高貴的心靈

文訊叢刊⑬

知識分子的良心

連橫、嚴復、張季鸞

文訊雜誌社主編　定價200元

連橫撰述台灣史，
嚴復譯介西方社會科學，
張季鸞的報業成就，
他們的人格風範，堪爲知識報國的典型。
透過專文評析、學術論辯，
讓我們更淸楚了解其生平、思想及成就，
進而尋找出現代人可供借鏡之處。

文訊叢刊⑭

結婚照

文訊雜誌社主編　定價140元

美麗的鏡頭，
甜蜜的笑容，
龍瑛宗、羅蘭、宋瑞、林良、鍾肇政、
丹扉、華嚴、洛夫、瘂弦等三十位作家，
以文學之筆，訴說永不褪色的愛情。

文訊叢刊⑮

陽光心事

張曼娟、林黛嫚、楊明
林雯殿、鄒敦怜

文訊雜誌社主編　定價120元

張曼娟願做個文學擺渡者，
林黛嫚以敏銳的心透視萬物，
楊明藉著文字塑造全新的自己，
林雯殿利用寫作眞正做點事，
鄒敦怜用開放的心觀察世界，
她們的心事值得您傾聽。

文訊叢刊⑯

人間有花香

林佩芬、林剪雲、李若男、
黃秋芳、衣若芬、楊麗玲

文訊雜誌社主編　定價140元

林佩芬的溫柔敦厚，
林剪雲的隨意隨緣，
李若男的熱情週到，
黃秋芳不迷戀不帶人間煙火的少年愛情，
衣若芬每一件事都認眞看待，
楊麗玲擅長人物塑造，
請細看她們筆下的人間景象。

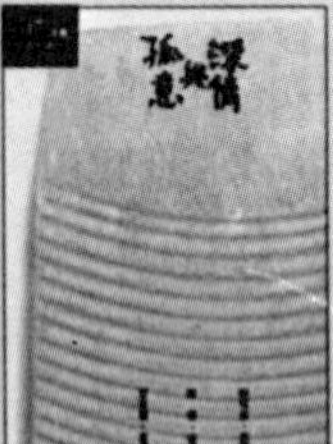

文訊叢刊⑰

深情與孤意

蔡秀女、朱天心、陳燁、
梁寒衣、葉姿麟、詹美涓

文訊雜誌社主編　定價140元

蔡秀女以「人」的立場探詢人世，
朱天心深情於這個世界，
陳燁充滿傾訴的願望，
梁寒衣用寫作做爲「靈魂的出口」，
葉姿麟不肯自囿於閒愁，
詹美涓藉小說看到不同的自己，
讓我們一起走入她們的情意世界。

預約優待，請把握機會（即日起至80年5月31日止）

編號	書名	定價	一般讀者 八五折	文訊訂戶 七五折
文訊叢刊⑬	知識分子的良心	200	170	150
文訊叢刊⑭	結婚照	140	119	105
文訊叢刊⑮	陽光心事	120	102	90
文訊叢刊⑯	人間有花香	140	119	105
文訊叢刊⑰	深情與孤意	140	119	105
五本合購優惠價			八折 592	七折 518

＊文訊訂戶請在劃撥單上註明電腦編號或來電查詢
〔讀者服務專線：(02)741-2364〕

文訊雜誌社

地址：台北市復興南路一段127號3樓
電話：(02)7412364・7711171　FAX：(02)7529186

⊙訂閱文訊雜誌一年900元，兩年1700元，
劃撥帳號12106756文訊雜誌社